徳間文庫

時代小説アンソロジー

てさばき

梶よう子　坂井希久子
篠綾子　山口恵以子
蝉谷めぐ実　藤原緋沙子

徳間書店

目次

艶化粧

梶よう子

梶よう子（かじ・ようこ）

東京都生まれ。２００５年「い草の花」で第12回九州さが大衆文学賞を受賞。08年「槿花、一朝の夢」（刊行時『一朝の夢』と改題）で第15回松本清張賞受賞。16年『ヨイ豊』が第１５４回直木賞候補、同作で第5回歴史時代作家クラブ賞作品賞受賞。23年『広重ぶるう』で第42回新田次郎文学賞受賞。主な著書に『北斎まんだら』『とむらい屋颯太』『空を駆ける』『我、鉄路を拓かん』『雨露』『紺碧の海』等がある。

一

九ツ（正午）の昼見世《ひるみせ》が始まるまでの吉原《よしわら》は、女郎たちにとって束の間の休息だ。早朝、泊まり客を追い出して、その後ひと眠り。目覚めてからは、廓内《くるわうち》に設けられた湯屋に行ったり、最近、無沙汰《ぶさた》の客に文《ふみ》など書いたり、朋輩《ほうばい》と菓子を食べつつ、おしゃべりしたりしながら過ごす。

いつもと変わらぬ光景の中で、別の光景もたしかに存在する。

「おちえ、頼むぜ」

颯太《そうた》は、経帷子《きょうかたびら》への着替えを済ませると、継ぎだらけの粗末な夜具に寝かされた骸《むくろ》から離れ、ひと筋の光も入らぬ板の間を出た。

江戸町《えどちょう》一丁目にある半籬《はんまがき》の遊女屋。大見世ではないが、容姿の整った女郎が揃《そろ》っていると評判だった。

おちえは、白い帷子を着けた女の骸に眼を落とす。蠟燭《ろうそく》の明かりが、こけた頰《ほお》、落ち窪《くぼ》んだ眼、筋の浮いた首元、突き出した鎖骨にくっきりと陰を作る。

労咳《ろうがい》だと聞いていた。

手も足も棒のように痩《や》せて、硬直した身体《からだ》はまるで枯れ木のようだ。自力で厠《かわや》へ行くことも叶《かな》わなかったのだろう。糞尿《ふんにょう》の臭いが部屋に漂っていた。

部屋持ち女郎だったというから、それなりに人気のある遊女だったに違いない。患《わずら》って半年ほど。病がすでに重かったのか、ろくろく医者に診《み》せることなく、看病もされず――いずれにせよ、この女郎が死んだことに変わりはない。

ずっと寝ていたから、腰や背中は床擦《とこず》れで、皮膚がただれて真っ赤だった。病に加え、この痛みで眠ることすら辛《つら》かったに違いない。でも、もうなにも感じない。

おちえは、静かに手を合わせる。

水を張った桶を傍《かたわ》らに置いて髪を梳《す》くが、絡まって、解けない。白髪も多い。

と、板戸が開いて、颯太が顔を覗《のぞ》かせた。

「おちえ、これを使いな」

差し出された器の中には炭が入っている。

「ああ、よかった」

目立つ白髪は炭を擦り付けてごまかす。土に入るまでのわずかな時間であればそれで十分だ。

「この姐《ねえ》さん、年季明けまであと三月《みつき》だったそうだ。なのに病で寝込んで半年。爪に火を灯《とも》すように貯めた銭も薬袋料《やくたい》であっという間に消えたってよ。さらに借金ができたと、忘八《ぼうはち》がうるせえのなんのって。世話などした感じはねえのになぁ」

忘八は楼主《ろうしゅ》をいう。仁義礼智忠信孝悌《じんぎれいちちゅうしんこうてい》、八つの徳を忘れた者のことで、遊里で遊ぶ者のこともそう呼ぶ。

伸びた眉《まゆ》と顔を剃《そ》り終え、おちえは、白粉《おしろい》を器に移し、水を注いで溶く。刷毛《はけ》を浸して、顔に掃《は》く。

おちえはため息を洩《も》らす。

時間が経《た》つと、白粉が浮いてしまう。幾人に死化粧を施《ほどこ》してきたか。数えたことはないけれど、そのひとりひとりの顔は覚えている。

「顔が乾いちまってるな」

「長く患っていたせいだと思うけど」

おちえが、再び刷毛を取ったとき、島田髷《まげ》に十数本のかんざしを挿した花魁《おいらん》が、遠慮なく入って来た。

「ぬしさんが、颯さマンとこの化粧師《けわいし》でござんすか？」

きれいとか美人とかを超えて、なにやら神々しい。そこにいるだけで気圧《けお》される凄《せい》烈《れつ》さ。花魁は、おちえを冷めた眼で見下ろし、そう訊《たず》ねてきた。

「化粧師なんてほどの腕はありません」

問われたおちえが応える。

「おや、謙遜《けんそん》とは。出来た子だねえ。それにしても颯さま、こんな若い娘に死化粧などさせて。酷な男でござんすなぁ。なあ、娘さん、世の中にはもっと楽に稼げる仕事がありんすえ」

「よせよ。まだ整えている最中だ。勝手に入ってくるなよ。おちえの邪魔になる」

おやおや、叱《しか》られちまったと花魁がわずかに眼を細めた。

「通夜もなんもせず、今夜には土ん中と聞いたのさ。だから姐さんに会いに来た。いいでござんしょう？」

しかたねえな、と颯太はおちえを見る。おちえは静かに立ち上がり、亡骸《なきがら》の足下のほうに座り直す。

姉女郎の顔をじっと見つめていた花魁が、

「あと三月我慢すれば大門《おおもん》から出られたってのに。悔しかったろうね」

打って変わってしんみりとした声を出した。

「主《あるじ》は、借金は里のふた親に返してもらうってよ」

「親爺《おやじ》さまは情けがないのでありんすか？」

花魁が眼を剝《む》いた。

「さあねえ、あっしはここの忘八、いやいや主の性質《たち》は知らないものでね」

颯太が、とぼける。

「情けというのは、相手が生きているときにかけるものだと、そうもいってたよ」

そうかえ、と花魁が呟《つぶや》く。と、

「おや、顔が粉を吹いてるじゃあないか。白粉が濃すぎるんじゃないのかえ」

厳しく質《ただ》す物言いに、おちえは思わず肩を竦《すく》ませる。

「ごめんなさい。肌が思いの外荒れていて、そのうえ顔色も悪いので。それを隠そうとしたものですから」

「死病なのに肌の手入れなんか出来やしないよ。それをなんとかするのが、化粧師じゃあないのかえ？」

はい、とおちえは自信なさそうに応える。

「花魁、知ってるとは思うが、死んだら水が失われる。白粉のノリが悪くなるのさ」

颯太が身を縮ませるおちえを窺《うかが》いながらいった。

「だったら、もう少し工夫をしておくれな。言い訳する前にさ」

おちえは、はっとして背筋を正した。

「あのねえ、娘さん」

花魁の声音が変わる。

「わっちらは毎日毎日、白粉を掃《は》いて、その匂いの中で暮らしている。せめて大門を出るときは、素肌のまま潜《くぐ》ってみたい。もうむせ返るほどの白粉は真っ平ごめんなんだよ」

花魁が優しく微笑《ほほえ》んだ。そこには胸が締め付けられるような哀しみがあった。

この人は。それを伝えにきてくれたのだ。いつも濃い化粧だから、同じでいいとは限らない。肌の色が悪いから、白く塗ればいいというものではない。それはただの、ごまかしだ。

おちえは、改めて女郎の顔を見る。たしかに濃く厚い。きれいにする、見映えをよくする、それが、本人にも遺族にもよかれと思っていたのもあるけれど——。

「死んだ人がほんに最期に見せたい顔をぬしさんは考えないとね。でも、きれいだよ、姐さん。髪も黒くしてもらってよかったでありんすなぁ。まだ若い娘さんだけど、たくさん死人の世話をしてきたのがわかりいす」

花魁がおちえを見る。

「この姐さんは気持ちが優しい女でね。売られてきた子が泣いていると、いつも慰《なぐさ》めて、菓子を分けたりさ。そんな姐さんの心根が伝わってくる、生きた証《あかし》が顔にあるようでありんす。そうだねぇ、もっと白粉が浮かないように出来ればいいのだけれど」

花魁が細い指で、姉女郎の顔を撫《な》ぜた。浮いた白粉が花魁の指先に付く。花魁が、その指で自分の顔をなぞった。おちえは身をぴくりとさせる。まるで、花魁の指がおちえの頬に触れているような錯覚に陥《おちい》った。乾いた粉が自分にも移ってきたような気がした。

あたしはまだまだだ。

濃く掃いても薄付きに見える化粧が出来たら——。

「ねえ、姐さん。姐さんはきちりと仕事をしてきた。お上《かみ》に悪所といわれ蔑《さげす》まれても、苦界《くがい》といわれ、憐《あわ》れに思われても、わっちらはここで稼いで、ここで生きてきた。それは、誰にも恥じることはないものねぇ」

しみじみ姉女郎に語りかけると、花魁はすくっと立ち上がった。

花魁が、凜《りん》とした表情をおちえに向ける。

「ぬしさんら、弔《とむら》いを生業《なりわい》にするお人も、決して表立っての商売じゃあない。不浄の者と忌《い》み嫌われる。けどねえ、わっちらもぬしさんらも、突き詰めれば人助けの仕事でござんす。もっとも女郎は、寂しい男たち相手でありんすが、うふふ」

「ありがとうよ、花魁」

颯太が男にしては赤い唇に笑みを浮かべた。

「情けは生きているときにかけるなら、お返しも生きているうちにしないと。親爺さまが、姐さんの借金を棒引きにするまで、わっちは、見世には出ませんよ」

「そいつは主も慌《あわ》てることだろうぜ」と、颯太が肩を揺らした。

花魁が華やかな打ち掛けを脱ぎ、姉女郎に掛けた。

「姐さんをよろしくくえ。あとは紅を塗って、頬を染めておくれな」

「心を込めて務めます」

おちえは深々と頭を下げた。

二

山谷堀《さんやぼり》に架かる新鳥越橋《しんとりごえばし》の北、新鳥越町二丁目。

三間《げん》間口のその店は、屋根看板も置き看板もない。藤色の長暖簾《ながのれん》が、初秋の風に揺れ、店の中からは、かん、かんと木槌《きづち》を打つ音が洩れ聞こえてくる。

おちえはいつものように、竹箒《たけぼうき》を手にして表通りに出る。夏の暑さはまだ残っているが、空の色は澄んだ秋の青色に変わっている。

馴染《なじ》みの野菜売りや向かいの下駄屋の主に挨拶《あいさつ》をしながら、店前を掃き清める。

「おはよう。今日も商売繁盛かい」

近所に住む隠居が通りすがりに木槌の音を耳にしたのか、声を掛けていく。

「あら、いやだ、ご隠居さま、うちはいつでも繁盛です。だって、人は必ず亡くなりますから」

「颯太さんの受け売りかい。あたしの弔いは、こちらにお願いするからね、頼むよ」

「毎度ありがとうございます。あはは、毎度はおかしいですね、死ぬのは誰でも一度だから」

おちえは手を止めて、にっこり笑うと、

「じゃあ、ご隠居さま、お気をつけて。長生きしてね」

身を翻《ひるがえ》して、店の中へと入る。途端に強い木の香りが鼻をくすぐる。おちえは出来上がったばかりの棺桶に触れる。

「うーん、やっぱり檜《ひのき》の棺桶はいいわねえ。匂いもいいし、木目もきれいだし。手触りもいいわ」

「まあ、中で座ってる仏さんはなんもわからねえがな」

帳場で茶をすすっていたこの店の主である颯太が冷めた口調でいった。

「いいじゃないの、喪家《そうけ》の望みなんだから。それを叶えてあげるのが、とむらい屋の仕事でしょ。それに、亡くなった人の最後の乗り物だものね、勝蔵《かつぞう》さん」

「ああ、生きてる者にも座り心地はいいと思うぜ」

龕師《がんし》の勝蔵が薄く笑う。

これから、弟子の正平《しょうへい》と出来上がったばかりの棺桶を今戸町《いまどちょう》に運んでいく。亡くなったのは、喜寿を目の前にしたお婆さんだ。病で長いこと寝たきりだったらしい。昨夜、遅くに報《しら》せがあったのだ。

「正平、木屑《きくず》を片付けろ。ひと息ついてから出るぞ」

「へーい」と、正平が間延びした返事をしながら、首に浮いた汗を拭《ぬぐ》った。

土間の一画には、棺桶用の板が壁に立てかけられ、竹を編んだたが、丸型や四角の座棺が並んでいる。それ以外にも、経文が書かれた幡《はた》や作り物の蓮の花、棺の上に掲げる天蓋《てんがい》、松明《たいまつ》や提灯《ちょうちん》、野辺送りの時、紙吹雪や銭を撒《ま》くための花籠《はなかご》などが所狭しと置かれていた。

店に屋号はない。が、あたりでは「とむらい屋」で通っている。葬具の貸し出しが主だが、頼まれれば、どんな弔いでも取り仕切ることができる。

おちえが主の颯太と出会ったのは、十一のとき、自分の母親の弔いだった。母親は疾駆《しっく》してきた馬からおちえを庇《かば》って、蹴《け》られて死んだ。

母娘ふたりの貧乏暮らし。ひとり残されたおちえを不憫《ふびん》に思ったのか、情け深い長屋の大家が、枕飾りや経帷子などを揃えてくれた。それを取り仕切っていたのが、颯太だった。男のくせに赤みが目立つ唇を引き結んで、弔いを淡々と進めていた。

母を亡くし、ひとりぼっちになったおちえに笑みはもちろん、慰めの言葉もかけてこなかった。けれど、母親の顔に颯太は化粧を施した。丁寧《ていねい》に白粉を掃き、土気色の唇に紅を差した。おちえがこんなきれいな母を初めて見たというと、颯太は、おっ母さんがきれいだったのは生きていたときだ、と応えた。死化粧は、御褒美《ごほうび》だと続けていった。そっと吹く風のような声音をしていた。

おちえは、母親を気持ちよく送り出せると思った。こんなにきれいなおっ母さんなら、黄泉《よみ》の国では幸せに暮らせるんじゃないかと、思い切れた。

行く当ても、身を寄せる先もなかったおちえは、「とむらい屋になる」といって、颯太の処《ところ》に居座った。文句もいわれず、邪険にもされなかった。後にくっついて、幾度も弔いに出た。顔貌《かおかたち》や生き方が違うように死もひとりひとり違うと知った。

「弔いは、死んだ者のためじゃない。残された者のためにあるんだ」

颯太は常にそういう。その言葉に込められた思いが、少しずつわかりかけてきた。弔いは、亡者の魂をあの世に送り届けるものだと思っていたが、残された者が悲しみにケリをつけるための儀式でもある。生きている者が、死者の面影やともに暮らした日々を心の中にきちんと納め、前を向いて生きる、その手助けをするのだ、と。母との別れがきちんと出来た、あのときの自分のように。

おちえは、土間から一段上がった小上がりの店座敷に上がると、

「おにぎり作るから。出掛ける前に食べていってね」

勝蔵と正平に声を掛ける。

「颯太さんも食べる？　あ、そうだ、今戸町のお通夜なんだけど、葬具の貸し出しだ

けよね」

「ああ」と、帳簿付けをしていた颯太が顔を上げた。

「今日は道俊《どうしゅん》さんの出番もないのね」

ない、と颯太は素っ気なくいう。

道俊は渡りの坊主で、とむらい屋の一員だ。お布施がろくに払えない貧乏長屋でも出張って経をあげる。

「金持ち用、貧乏人用の経などありませんからね」

道俊はさらりとそういう。

いまは、花川戸町《はなかわどまち》の商家に一周忌の法要で出ている。おそらく、御斎《おとき》（食事）をいただいて戻るはずだ。

「揃えるのは、枕飾りと樒《しきみ》と香炉、提灯と、四華花《しかばな》と、それから四本幡《しほんはた》はどうする？」

颯太はパチリと算盤《そろばん》を弾《はじ》くと、四華花と四本幡はいらない、といった。

「預かった銭が足りねえ」

「また、そういういい方するんだ。いいじゃないの」

「じゃあ、先の弔いのを使い回すとするか」

おちえは勝手に飛んで入ると、おひつの冷や飯を急いで握る。盆に並べて、店座敷

に取って返すと、

「じゃあ、持っていくものをまとめるわね」

店座敷の中を忙《せわ》しなく走り回り始めた。

不格好な握り飯を手にした颯太が訝《いぶか》しげにおちえを窺う。

「今日は、張り切ってるな」

「別に。仕事だもの」

「あ、そういえば、おれ、昨日、猿若町《さるわかちょう》でおちえちゃん見たぜ」

木屑をまとめ終えた正平も握り飯に手を伸ばした。

「どこから見てたのよぉ。この頃、誰かに見られているようで気味が悪かったんだけど、正平さんなの？」

おちえはじろりと疑いの眼を向ける。

「そんなことするかよ。たまたま見かけただけだよ」

「なら、やっぱり気のせいか」と、おちえはひとりごちながら、首を捻《ひね》った。なんとなくだが、ここ幾度か、尾《つ》けられている気がして薄気味悪さがあったのだ。

「芝翫《しかん》の芝居でもかかってたのかい？」

考え込んでいるおちえに、勝蔵が訊《き》いた。おちえは、さっと気を取り直し、うふふと含み笑いをした。

「実はね、仲良しが出来たのよ」

「仲良しだって！」

勝蔵と正平、颯太までが一斉に声を上げた。

「なによ、そんなに驚くことじゃないでしょう」

「男か女か！」

颯太が身を乗り出した。

「やだあ、颯太さん。女の子よ。お民《たみ》ちゃんっていうの。『角屋《かどや》』の娘さんよ」

一瞬、ほっとした顔を見せた颯太だったが、ふと気づいたように眼を剝いた。

「おいおいおいおい、角屋っていったら、猿若町じゃ役者も通う紅粉屋《べにこや》だろうが」

「白粉とか紅を幾度か買いに行っているうちに仲良くなったの。今日もね、猿若町の甘味処でおしゃべりしましょうって約束してるのよ。あたしに相談事があるって。頼られちゃった」

おちえは、うきうきしながらいう。

「おめえへの相談事なんざ、団子はみたらしと餡《あん》とどちらがいいか悩んでる、とかそんなもんだろ」

「ちょっと、失礼ね。若い娘には色々あるのよ」

「それで、おれたちをさっさと送り出そうと、支度を急いでいたわけか」

「そんなことないけど、せっかくだから着替えもして行こうと思っていたから」

颯太は、ふうん、と頷《うなず》いて握り飯を頬張った。

「で、話したのか、おめえが何してるか」

え？　と、おちえが戸惑う。

「なんだ。話してねえのか。あたしは死人に化粧を施すとむらい屋だってよ。角屋の白粉は死人に掃くんだと」

「そ、そのうち話すつもりだもん」

おちえは、経机《きょうづくえ》の周りに立てる四華花を胸に抱いた。紙で作られている四華花ががさがさ音を立てる。

「ほら、切り込みが入っているんだ。強く抱えたら、紙が千切れちまうぞ」

冷めた口調で颯太がいう。

「おれたちは、死人で飯を食ってる生業だ。不浄な仕事だと嫌う者がたいがいだ。そのお民って娘が、店の品物が死人に使われているのを知っても、仲良くしてくれるかね」

「颯太さん、そこまできつい物言いはしねえでも」

勝蔵が眉を険《けわ》しくする。

「おれだって、桶職人から、棺桶作りを始めたときは他人にいえなかったよ」

「いや、勝蔵さん。だからだよ。大体、その娘に、黙ってたってことは、どこかで、いえねえと承知してるからだろう？　違うか？」

「う、ん。頭ではわかっているの。あたしたちの仕事は、誰に恥じるものじゃないって。必要なお仕事だって。だけど、お民ちゃんにほんとを告げるのを、別のあたしが押し留《とど》めているみたいで」

やっぱり嫌われちゃうのが怖いんだろうな、とおちえは顔を伏せた。

颯太は飯粒のついた指を舐《ねぶ》りながら、

「それでいい。いい辛いのは当たり前だ。けどよ、なんかの拍子にバレちまったら、その娘だって気持ちよくねえと、おれは思うんだがな」

そういっておちえを見つめた。

そうだよね。顔を上げたおちえは、こくんと頷いた。

正平がふたつ目の握り飯を食いながら、明るい声を出した。

「おちえちゃん。ぱあっと明るくいっちまえよ。案外、そうだったの？　これからもご贔屓《ひいき》にっていってくれるかもしれねえよ。おれは、棺桶職人の弟子だって、長屋でちゃんと胸張っていってるからねえ」

「馬鹿。能天気なおめえと、おちえちゃんを一緒にするんじゃねえ。若い娘ってのは、心がビードロみてえにもろいんだぞ」

「わっ。親方のその面《つら》でそんなこと言われても、得心いかねえ」

勝蔵が黙って正平の頭を叩《たた》いた。一瞬、むっとして顔をしかめた正平だったが、ちょっと照れ臭そうにいった。

「安心しなよ。ここにいるおれたちはおちえちゃんが立派に仕事をしていることを知っているし、もしも、その娘がおちえちゃんを嫌うようなことがあったら、文句をいってやらあ——仲間だからよ」

「まあ、とむらい小町って、おめえを呼んでる喪家もあるくらいだ。どうにもこうにも抹香臭《まっこうくせ》え呼び名だがな」

さて、そろそろ行くか、と颯太が腰を上げた。

なんだかんだと、皆が心配してくれているのが痛いほどわかって、胸が詰まる。颯太の物言いはいつも冷たい。けれど言葉はいつもあったかい。

ありがとう、と小声でいった。

「なんだ？　聞こえねえ、なにいったんだ」

颯太がにやにやしながら、耳に手を当てる。

意地悪なんだから。おちえはぷくっと頬を膨《ふく》らませ、

「蔵から枕飾りを出してくるから」

目元を拭って、店座敷から奥へと走った。

雑用の寛次郎《かんじろう》が打ち合せを終え今戸町の喪家から戻った。すぐさま、勝蔵と正平が棺桶を担《かつ》ぎ、颯太は、葬具を大八車に載せ、帰って来たばかりの寛次郎を連れて店を出た。

それからほどなく、道俊が戻って来た。茶色の法衣《ほうえ》に、山吹色の袈裟《けさ》をかけていた。色白で整った顔立ちの道俊によく似合っている。

おちえは思わず両手を組み、拝むように出迎えた。

「お疲れさまでした」

「ただいま戻りました。なんです？　私は仏じゃありませんよ」

「あのね、九ツ半（午後一時頃）に約束があって。だから早く帰ってきてほしかったの。ほっとした」

「それはそれは。颯太さんたちは今戸町ですね。葬具を並べて戻ると、八ツ（午後二時頃）近くになりますから——承知しました。私が留守番をすればよいのですね」

道俊が雪駄《せった》を脱ぎ、店座敷に上がりつつ、おちえを見て、眼を柔らかく細めた。

「おや、艶《あで》やかな衣装ですね。よくお似合いですよ」

おちえはもう着替えを済ませていた。柿色と灰色の弁慶格子の小袖に、緋色《ひいろ》の帯だ。

やはりお坊さまは、というか道俊は、些細《ささい》なことでもすぐに気付いてくれるのが、嬉しい。

「いま、お茶を淹《い》れますね」

おちえは褒《ほ》められたことに気分をよくして、声を弾ませながら急須に湯を注ぐ。

「どちらまでお出かけに？」

道俊が背負った荷を下ろす。

「猿若町の甘味処。だから、九ツの鐘が鳴り終わったら出ようかと思って」

猿若町は、新鳥越橋を渡ればすぐ。

芝居町とも呼ばれる猿若町は、森田座、中村座、市村座という江戸三座以外に、人形浄瑠璃《じょうるり》の二座が置かれている。茶屋がずらりと並び、小屋の座元や歌舞伎役者の住まいもある。いつも人で溢《あふ》れ、華やかな町だ。

角屋は一丁目に店を構えており、白粉や紅などの化粧品の他、櫛《くし》、簪《かんざし》、手拭いなどの小間物も置いている。役者の定紋《じょうもん》の入った品は、とくに人気なのだそうだ。

さらに角屋は、役者も立ち寄る店として、若い娘から年増までが店前でたむろすことでも有名だった。自分の贔屓を見つけるや、大騒動になるという。

「年増が役者さんを囲んじゃうのよ。若い娘が隙間《すきま》に入ろうものなら、物凄《ものすご》い形相で睨《にら》むの。大部屋役者には見向きもしないんだけどね」

丸顔のお民は眼と鼻と口を一か所に集めて楽しそうに笑う。

結構なお店のお嬢さん然と澄ましたところも飾ったところもまるでない。初めておちえが角屋を覗《のぞ》いたとき、お民がさっと近づいてきて、白粉や紅、刷毛など、何が人気で、どれがよいかをあれこれ教えてくれた。奉公人かと思っていたら、角屋のお嬢さんだったから心底驚いた。同い歳《どし》だったこともあるが、贔屓の役者が芝翫で、浅草餅が好物というのも一緒だった。

きっとふたりは、前世で姉妹だったんじゃないかと、店の中ではしゃいで、番頭に咳払《せきばら》いされたほどだ。

お民は化粧品を売る店の娘らしく、いつもきちっと化粧をしていた。

「そりゃあね。売るほどあるんだもの」

そういって笑ったお民に「お化粧を教えて」と、思わず頼んだ。もちろん、おちえ自身も化粧には興味がある。お民のようにきれいにお化粧ができたら、と憧れもあったし、うらやましくもあった。

けれど、半分は死者のためだ。死化粧は生者のそれともまったく異なる。その人を華やかに見せるためだけのものじゃない。

「死んだ人がほんに最期に見せたい顔をぬしさんは考えないとね」

あのとき、花魁がいったことがおちえの中にずっと留まっている。化粧の仕方が載った書物も買った。死人は肌が乾くので、へちま水を含ませた手拭いで顔を押さえ、少しでも潤いを与えるようにした。

さらに、お民に教えてもらうことで、自分なりにもっと工夫が出来るのではないかと思ったのだ。

お民には、気味悪がられるかもしれないし、ほんとをいえないのが苦しいけど、死化粧はあたしの仕事だから、しっかり学びたい。

これまで、色々な死化粧をしてきた。

ときには、顔に傷がある亡骸もあった。なるべく生前の姿に戻してあげたくて、紙を使って、傷を塞《ふさ》ぎ、白粉を施すこともあった。

長患いをして眼の下が黒ずんだりしていれば、男性でも白粉を掃く。あまりに頬がこけているときには、真綿を詰める。特に男性は髭《ひげ》や眉を整えるだけでも、きれいになる。

そういえば、数年前、薄毛のお武家には鬘《かつら》を誂《あつら》えた。白髪まじりの豊かな髷に、参列者が眼を白黒させていたのを見て、おちえはこっそり噴き出した。

髷が細いのを本人が気にしていたというし、これも死化粧みたいなもんだ、と颯太はいったが、鬘と、急いで作らせた特別奉仕料も上乗せして、勘定書きを喪家に渡していた。

「白粉を掃くだけが化粧じゃねえ、亡者が黄泉路を歩くとき、晴々とした気持ちで進めるようにしてやらねえとな」

颯太はそういった。

「ま、それが喪家の安心にも満足にも繋《つな》がる。きれいに顔を整えてやった、大きな弔いを出してやった、大勢の者に見送られた、そういうことだ」

亡くなった人の声はもう聞けない。要望も訊ねられない。残された者たちの意向を汲《く》んで、弔いは執り行われる。

家族仲が悪い家は弔いを見ればすぐにわかる。

他人への体裁ばかり考え、死者を悼《いた》む気持ちがない。そんな弔いは、どんなに豪華でも寒々しく、空々しく眼に映る。

初めのうち、おちえは、硬く、冷たい亡骸が怖くてたまらなかった。急に起き上がったら、どうしようと慄《おのの》いていた。実際、死後、硬くなった身体が解け始めるとき、布団が動いたりするのだ。

「人は魂と魄《はく》で成り立っています。人が亡くなると、心である魂は天に、身体の魄は地に残るといわれます。我々は魂を目にする事はできませんからね、実体を持つ魄を悼むのが一番、楽なのですよ」

道俊にいわれて気づいた。

大事な人の身体を大切に扱ってもらうことが、大事にすることが、残された人たちにとっての安心に繋がるのだと。とむらい屋の化粧師として、自分が出来ることはなんであろうと。

おちえは、吉原の花魁がいった言葉を思い出す。

「生きた証が顔にある」

命を失った身体はもうただの容《い》れ物。かつてその人だった物でしかない。だから、たとえ容れ物だとしても、そこにその人の生を写してあげるのが大切なのだ。

そんな思いなど知る由もなく、お民はすぐに、おちえの申し出を喜んで引き受けてくれた。

お民はずっと不思議だったらしい。

「だって、おちえちゃん、うちで白粉とか買ってくれているのに、全然、使ってないんだもの。変だなぁって思っていたの」

「お使いなの。あたしが使うんじゃないから。でも」

「うんうん。けど、おちえちゃんはもともと色白だから、すごくきれいになると思う。お花見とか、花火見物とか、そういう日だけでもお化粧すると気分が上がるわよ。それにね、昼と夜とお化粧の仕方も違うし、あたしが、伝授してあげる」

「伝授って大袈裟じゃない？　剣術みたい」

おちえが笑うと、お民は、

「そんなことないわ、お化粧だって技があるのよ」

眉をひそめて、真剣な顔をした。それがおかしくて、互いに噴き出した。

角屋はいつも客でいっぱいだ。奉公人たちが走り回っている。番頭も帳場に座ってなんかいられない。常得意が顔を見せれば、すっ飛んで行く。

化粧の指南を頼んで数日後のその日、お民を探すと、店座敷の奥で若い女房とその姑《しゅうとめ》らしきふたりに、江戸で人気の仙女香《せんじょこう》という白粉を勧めていた。お民は、ふたりを笑わせながら、結局、五袋も買わせたようだ。

おちえに気づいたお民がふたりを送り出すと、すぐ走り寄って来た。

「ごめん、おちえちゃん。お待たせぇ」

「いいよ。でも、お民ちゃんすごい。五袋も売っちゃうなんて、商売上手」

「さっきのお客さんは、信州から江戸見物に来たんですって。女子《おなご》なら誰でもほしがる白粉ですし、お土産《みやげ》にしたら喜ばれますよっていったら買ってくれたの」

と、自慢げに鼻をうごめかせた。

「おちえちゃん、お買い物はあるの？」

「あ、紅と紅筆がほしいの」

「それなら、すぐ用意できるから、ね、それより、お化粧教えてって前にいってたでしょ？　いまからどう？」

「えっ。う、ん」

と、おちえはぎこちなく頷いた。

だったら、上がって、とお民はおちえの手を取って、店と住まいを仕切る長暖簾を勢いよく撥《は》ね上げた。

お民は手を繋いだまま廊下を駆け抜け、自室におちえを通すと、乱箱《みだればこ》を持って、取って返した。

おちえは、十畳の座敷に置き去りにされ、ぽかんとしながら、部屋を見回した。

やはり大店のお嬢さまの部屋だ。

座敷には、鏡台や箪笥《たんす》が置かれ、衣桁《いこう》には地紋の入った鮮やかな緑の振袖が掛かっている。

その華やかさに眼を奪われた。

花台には、撫子《なでしこ》が挿された一輪挿し。座敷の角には、牡丹《ぼたん》の花模様の手焙《てあぶ》り——。

おちえはため息を吐《つ》く。

うちじゃ、作り物の蓮の花か、樒だもの。地味ったらありゃしない。

「お待たせ」と、化粧道具を入れた乱箱を抱えたお民が身を弾ませながら、戻って来た。水を張った桶、刷毛が数本、白粉と白粉を溶く器に懐紙などだ。

「色の白いは七難隠すっていうけれど、お手入れは？」

「うーん、糠《ぬか》で洗うくらいかなぁ」

おちえが応えると、お民が、うふふと笑う。

「洗い粉も使うといいわよ」

洗い粉は、豆を挽《ひ》いたものだ。香料なども混ぜられていて、水で溶いたり、糠に混ぜたりして、洗顔する。

「おちえちゃんの肌はキメが細かくて、ほんとにきれい。シミとか痣《あざ》なんかもないのね。うらやましいなぁ、あたしなんて――」

お民がなにか呟いて、そっと指で肌をなぞる。おちえはくすぐったくて、おどけていった。

「そんなに褒められても何も出ませんよ」

「ごめん、ごめん。でね、肌の白さはもちろんだけど、お化粧で大事なことは艶《つや》なの。ただ、白粉を厚く塗って、色白に見せればいいわけじゃないのよ」

お民とおちえは向かい合って座った。売れ筋の化粧水、白粉や紅、眉墨が目の前に並ぶ。

「白粉は、水でよく溶くことが肝心」

お民は馴れた手で、白粉に水を含ませ、溶き回す。

「それから、刷毛で丁寧に延ばすの。ぼてっと付けちゃダメよ、きれいにきれいに、鼻筋、額《ひたい》、頰、塗り残しがないように掃いていく」

鼻を高く見せるには、さらに白粉を厚くするの、とお民がいって笑った。

それから、とお民は紙をおちえの顔に当てた。不思議に思っていると、当てた紙の上から、水を含んだ刷毛でなぞられた。ひゃあ、くすぐったい、と思わずおちえは尻を浮かせる。

「驚かないの。これで、余分な白粉を取って、肌に馴染ませるの」

それを幾度か繰り返し、最後にお民が濡《ぬ》れた手拭いをおちえの目元に当てた。肌が乾くと、

「さ、どうぞ。見てみて」

お民から差し出された手鏡に、おちえは自分の顔を映した。思わず眼をしばたたく。白粉が薄く肌に乗って、しかも頬が艶やかに光っている。化粧は手妻だ。そう思った。

「これが艶化粧。白粉を薄く薄く馴染ませると、こうして光るような肌になるの。ね、きれいでしょ。白粉は厚塗りせずに、素肌を活かすの」

お民がおちえの隣に座って、手鏡を一緒に覗き込む。

と、おちえは、はっとした。お民の白粉はもっと濃い。自分では艶化粧をしていないのだろうか。

その疑問を先まわりしたように、お民が口を開く。

「あたしは、地黒なの。だから、薄化粧だと色白にならないのよ。化粧品を扱う店の娘が色黒じゃ困るでしょ。だからあたしは、京風の化粧をしているの。京の娘のお化粧は江戸よりも白粉が濃いのよ」

お民はそういいながら、一瞬、暗い眼をして、俯《うつむ》いた。が、すぐに顔を上げ、

「でもね、お化粧には技があるといったでしょ。あたしも、気に食わないところは化粧で誤魔化すの。丸顔のあたしは、紅を薄く塗っているし、実は髪もね、ゆったりと結い上げた方が愛らしく見えるんだって。あとは幾度も試してみてね。そうだ、浅草餅があるの。食べる？」

お民はいつものように明るくいい、座敷を出て行った。

おちえは、しばらく手鏡に映る顔を眺めていた。

母親の死顔がふっと脳裏に浮かんできた。

親子だから、母親に顔が似て当たり前だ。ちんまりした鼻とか、唇とか。頬の高さとか。そういえば、颯太が施した死化粧はすごく濃かったことを、急に思い出したりした。

けれど、あのお民の暗い眼はなんだったのだろう。

色黒だから？　女子は色白がいいと世間ではいうが、そんなに気にするものなのか

しら。やっぱり、化粧品を売るお店だから？ でも、なによりお民ちゃんは明るくて、楽しいし、店でお客さんに応対しているときすごく活き活きしている。肌艶よりも、その人自身が輝いているのが一番だと思う。

でも、お民の素顔を見たことがない、とおちえはぼんやり思った。黒い肌の色をそんなに隠したいのだろうか。でもなんとなくそれだけじゃない気がした。お民は化粧が上手だから、ぱっと見には気づかないが、耳の下、頰のあたりはとくに厚く白粉を塗っている。細く見せるため？ でも、訊けない。あたしも隠し事をしているから

――胸がちりりと痛む。

鏡台に手鏡を戻そうとしたとき、閉じ切っていない引き出しから、紺色の紙袋が覗いているのに気づいた。きちっとしたお民にしては珍しい。おちえは、引き出しをわずかに開けて、その袋を中に納めた。

見ると、手焙りの五徳には、土瓶《どびん》が載っていた。土瓶は薬を煎《せん》じるのに使われる。

さっきの袋は薬？

どこか身体が悪いのかしらと思いつつも、その日からずっと訊けずじまいだった。

三

でも、今日は、相談事があるといっていた。その事？

急に心配になってきた。

道俊が訝りながら、おちえを見ている。

「おちえちゃん。湯飲み茶碗を持ったまま、どうしました？　お茶が冷めますよ」

「ああ、道俊さんか」

「私以外には、いませんけどねえ。ずいぶん思いつめた顔をしていましたけど」

「なんでもないの。今日、仲良しと甘味屋で何を食べようか考えていたから」

「そうですか」

そう応えつつも道俊は疑わしい顔つきで、茶を啜《すす》る。

「あ、お饅頭。一昨日のお弔いの時のお供え物だけど」

おちえが慌てて腰を上げたとき、

「葬式まんじゅうでもいいぜ。甘いもんをくれ」

と、暖簾を潜ってきたのは、南町奉行所の定町廻り同心、韮崎宗十郎《にらさきそうじゅうろう》だ。続けて医師の巧重三郎《たくみじゅうざぶろう》までが現れた。

「お役人とお医者さまが連れ立っておいでになるとは、なにやら物騒な組み合わせにしか思えませんが」

「よう道俊坊。今日は、あいつはいねえのか？」

韮崎が店を見回した。

「ええ。仕事に出ておりますが、颯太さんに何か？」

おちえが応えると、

「おれたちだって、好きでこんな辛気臭《しんきくせ》え処に来たわけじゃねえ。仕事だ、仕事」

道俊が「これは恐れ入ります」と、指をついて丁寧に頭を下げた。

「して、仏さまはどちらさまでございましょう」

「銭になるとなれば、坊主も色めき立つのかえ？」

舌打ちした韮崎が大刀を腰から抜いて、小上がりの店座敷に腰を掛ける。

「重三郎さまが、ご検視を？」

再び座ったおちえが訊ねると、まあな、と重三郎は薬籠《やくろう》を畳の上に置いた。おちえの顔が歪《ゆが》む。医師が検視に出たとなれば、事故か事件か、身元が知れないかだ――ともかく、畳の上での大往生や病死ではない厄介《やっかい》な亡骸ということだ。

そもそも韮崎が絡んでいるんだから、明白だ。

「嬢ちゃんが思っている通りだよ。若い娘だ。先月がふたり、先々月は三人、今月はひとり目だ。山谷堀沿いの船宿で今朝方見つかった」

おちえは顔を曇らせた。

重三郎が、じっとおちえを見据える。

「歳の頃は、おちえ坊とさして変わらぬな」

ますます、嫌な感じだ。

「女子ばかり六人目、なんて言い方をするのは、ともに通じる気になる点があったってことですよね」

と、おちえは問い掛けた。

韮崎が、へえっと感心するように顎《あご》を撫でる。

「若い娘が、とむらい屋なんかで働いてると、妙なことに気が回るようになるんだな」

「もともとあたしは勘が働くんです」

おちえは韮崎に向けて、つんと唇を突き出した。

「おちえ坊、火男《ひょっとこ》のような顔になっているぞ」

重三郎がからかう。

道俊がおちえに代わって念押しのように訊いた。

「韮崎さま、どうなんです？　おちえちゃんの勘は当たっているのですか」

「その前に、茶をくれ、酒でもいいぞ。それと、饅頭はどうした。小腹が空いた」

図々しいったら、とおちえは小声でいって立ち上がり、勝手に行くと饅頭を盆に載せて、すぐさま戻り、茶を淹れた。

韮崎が礼もいわずに早速、饅頭に手を伸ばしながら目配せする。

「私が代わりに答えよう」

重三郎が、ちらと韮崎を見やり、大きなため息を吐いた。

皆、歳も商売もばらばら。最初に死んだのが下駄屋の娘で十八。

「これが、そもそもの始まりだった」

重三郎が死んだ娘について続けて口を開いた。

「朝、娘が起きてこない。不審に思った親が部屋を見にいったら、すでに事切れていたというわけだ」

患ってもいない、刺し傷やら、縊《くび》られた痕もない。人から恨まれているようなこともない。自ら死ぬ理由も思い当たらない。

「それで、親が喚《わめ》き立てて番屋に駆け込んできた。なにがなんでも死んだわけが知りたいとな。ふた親の気持ちもわからんでもない。で、おれが、韮崎さんに駆り出されたというわけだ」

「先生を呼べといったのは、北町のお奉行だ。おれは南町だってのに」

韮崎が口の端についた餡を指で落としながら文句を垂れる。

重三郎は町医者だが、北町奉行の榊原主計頭忠之《さかきばらかずえのかみただゆき》の縁戚だ。さほど流行《はや》らぬ医者稼業であるなら、奉行所の手伝いをしろ、と時折、検視に呼ばれているのだ。

「まあまあ、韮崎さま。それで、下駄屋の娘のあとにも、似たような不審な死が続いたというわけですね」

道俊がとりなすような物言いをしながら、訊ねた。

「うむ。いずれの女子も殺《あや》められた形跡はない。ひとり暮らしの者もいたが、物盗《もの と》りに入られた跡もない」

韮崎の言葉を引き継ぐように、重三郎が口を開いた。

「ただし、どの女子にも顔のどこかに痣があった。痣といっても、ほくろのでかいやつもあった。出来物のように、ずいぶん盛り上がっていたようだ」

「ようだ、というのはあいまいですね」

道俊が首を捻る。

「刃物で痣をこそげ落としたような痕が残っていたんだよ」

「自分で痣を削り取ろうとしたってことなの？　それで亡くなったとか？」

自分の身に刃物を当てることを想像して、おちえの背筋がぞわぞわした。

「それはないな。大きく盛り上がった痣を刃で削り落とすのはないことではない。女子であれば、顔だと気に病むこともあるだろうな」

「でも、痣のある女子が立て続けに亡くなるなんてことあるのでしょうか？」

おちえが眉をひそめた。

「若い女子であろうと、心の臓の病で急に逝《い》ってしまうことがまれにある。が、こうも続くのは——」

「面妖《めんよう》でございますね」

道俊が眉をひそめた。

六人目の女子も殺められた形跡はない、が、やはり痣があったらしい。

「面妖といえば、面妖。しかしな。ひとつ考えられるのは、毒だ」

重三郎が重々しく頷いた。

「ヒ素ならば銀の色を変える、それはなかった。あるいは、鉛、水銀。これは急激に死に至ることはない。あとは」

トリカブト、ドクウツギ、ジギタリス、彼岸花、ドクゼリなど次々と草木の名をあげた。

「皆ではなかったが、嘔吐《おうと》の跡があった。知っての通り、毒草は薬にもなる」

「では、薬として用いていた女子もいたのでしょうか？」

道俊が訊くと、

「家の者たちは、薬などは服用しておらんといっていたが、わからんな。五人はすでに土の中だ。此度《こたび》、見つかった女子で調べるとしてもなぁ。草木の毒はものによっては、すぐに死に至ることもある」

重三郎は途方にくれた顔をした。

しかしな、と韮崎がいつもの仏頂面をさらにむすっとさせた。

「今日、見つかった女子を除き、五人には、痣の他にもうひとつ重なることがある」

え？　と、おちえはついつい身を乗り出した。

「家の者、長屋の者たちに訊ねたところ、ようやく出てきた話だ。何も記されていない紺色の袋があったというのだ」

紺色の袋？　あれ？　どこかで――。

おちえは懸命に記憶を探った。そんなに前のことじゃない。そうだ。たしか。お民ちゃんの部屋だ。

鏡台の引き出し。少しはみ出ていたのをあたしが納めた。おちえは思わず声を上げた。

「なんだ、おちえ坊、驚くじゃないか」

重三郎が湯飲み茶碗を慌てて持ち直した。

「船宿で見つかったという若い娘の身元はわからないんですよね？　どんな顔で、どんな衣装だったんですか？」

「どうした、急に」

重三郎が呆気《あっけ》に取られる。

「うむ。船宿の女将《おかみ》の話では、男と一緒だったそうだ。ふたりとも頬被《ほおかぶ》りをしていたから男の面体はわからないとのことだ。女の衣装は、たしかうぐいす色の麻の葉模様で、顔は丸い方だな」

麻の葉の衣装は娘時分には珍しい模様じゃあない。でも丸顔って。

「男は、女子の亡骸を置いたまま、立ち去ったのか、男が去った後、何かがあったのか、そのあたりもわからんのだ」

困ったように重三郎が応える。

「若い娘なんでしょう？　一晩、黙って家を空けたら、親御さんは、番屋に届けを出すんじゃない？　それは調べたんですか？」

おちえは韮崎を睨《ね》めつける。

「こら、睨むな。御番所も各番屋に通達して、届けが出てねえか、探しているよ。いまのところ、なんも知らせが入ってこねえんだ」

「それになぁ、おちえ坊、男と女で船宿に来るなど、訳ありと思ったほうがいいからなぁ」

「一緒にいた男は？　帰りは舟を使ったんじゃない？」

「調べたさ、嬢ちゃん」

ふたつ目の饅頭を頰張る韮崎を、おちえはじっと見つめる。

「男を乗せた船頭はいなかったよ。大方、夜陰に紛《まぎ》れて、そそくさと逃げたってことだろうさ」

「あの、その娘さんは――」と、おちえは口籠《くちご》もる。

「ん？」と、韮崎は白々しい返事をする。

「つまりその、あたしと同じくらいの歳なんでしょう？　男の人と船宿に来るなんて、

「ずいぶんしつこく食い下がるじゃねえか。ああ、おぼこじゃなかったよ。それは、そのね」

「巧先生が調べてくださったんでな」

重三郎が妙に生真面目《きまじめ》な顔をして、頷いた。

「手込めにされた痕はない。女が突然死んでしまい、男は怖くなって逃げ出した。そんなところかもしれないな。惚れ合っていたとしたら、なんとも哀れだ」

重三郎が首を横に振る。

「そんなのひどいじゃない」

おちえは得心がいかない。

「もしも、その子が急に苦しみはじめたら、誰か呼ぶべきでしょう？　それをしないなんておかしいわよ」

「気持ちはわかるがねぇ」

と、韮崎は面倒臭そうな顔をした。

でも、絶対お民ちゃんじゃない。紺色の袋なんてほんの偶然。丸顔だって世の中にはたくさんいる。

だいたい、男の人と船宿に行くような娘じゃない。お民ちゃんは角屋のお嬢さんなんだから。そんなふしだらな真似はしない。

「先生もいったが、船宿なんかに男と女で来るなんてのは、大抵訳ありだ。男が女房持ちとかな。道ならぬってやつだよ。だとすりゃ、女を置き去りにすることもなくはない。あるいは、言い争いでもして、男が出た後に女が苦しみ始めて、死んじまったとかな」

「重三郎さまは、これは急に亡くなったってことで片付けるの？　このままわからず仕舞いで？」

「そうするしかないだろうが。それも悔しくはある」

重三郎が眉間に皺《しわ》を寄せて考え込んだ。

と、道俊が韮崎へ視線を向けた。

「うちの仕事ということですが、むろん身元がわからないときは、ということですね？」

「新鳥越町の番屋に運ばれたからなあ。行き倒れという扱いなら、ここの町内でなんとかしてもらうしかねえんだ。そいつは承知していると思うが」

「もちろん、務めさせていただきます」

道俊はそっと手を合わせた。身元不明の遺体は、運ばれた番屋の町内で弔いを出すよう定められている。

浅草寺《せんそうじ》の鐘が聞こえてきた。

「おちえちゃん、鐘が鳴りましたよ。急がないと」

「あ、そうか」

おちえは慌てて立ち上がった。

「おい、なんだよ。出かけるのか？」

韮崎が不機嫌な顔をする。

「これから、猿若町の甘味処でおしゃべりする約束があるんです。八ツには颯太さんも帰って来ますから、お話の続きはそのときに」

「はあ、しょうがねえな。しばし坊主と留守番か」

「どうでしょう、拙僧《せっそう》が説法などいたしましょうか？」

道俊が韮崎に向けて、にこりと笑う。

「冗談じゃあねえや」

韮崎はすっかり腰を落ちつけるつもりか、雪駄を脱ぐと、店座敷にゴロリと横になる。

おちえは、ちょっとだけ後ろ髪を引かれながらも、下駄に足を入れた。

「ところで、本日見つかった方にも痣はあったのですよね」

道俊が茶をすする。

「ああ、左の耳の下から頬にかけてだ。痣は黒いシミのように広がってた」

おちえは、下駄をころっと鳴らして、立ち止まった。

またぞろ嫌な思いが頭をもたげる。

お民の化粧を思い出す。耳の下から頬にかけて、厚塗りをしていた。けれど、ちゃんと左右に施していたから、あれは丸顔を細く見せるためだ。

けれど、

「ねえ、韮崎さま。その若い娘の身元を示すような物は本当になかったの？」

おちえはその場に立ったまま、訊ねた。

肘枕《ひじまくら》をしていた韮崎が、口をへの字に曲げる。

「なかったから困っているんだよ。まあ、手鏡と紅板が胸元にあったくれえだ」

手鏡も紅板も、年頃の娘なら持って歩く。そんなに特別なものじゃない。でも、もしも。いやいやいや、とおちえは心の内で首を横に振る。

そうよ、甘味処に行けばいいんじゃない。こんな馬鹿馬鹿しいこと、すぐ笑い話になっちゃう。

「おちえちゃん、こっちこっち」

お民は明るい声で、店の中から手招くに決まっている。そうよ、そうよ。

でも、思いとは裏腹に足が強張《こわば》って、前に進めない。

「おちえちゃん？」

道俊が異変に気付いたのか、腰を上げた。

「なんでもないの。でもね、あたし、いますごく怖くなっちゃって。あり得ないことが頭を巡っているの。そんなこと考えちゃいけない、お民ちゃんにも申し訳ない。縁起でもない。あたしったら、ほんと、おっちょこちょいだから」

がばっと、韮崎が起き上がった。

「お民っていうのか？」

「だから、違いますって。お民ちゃんは猿若町の角屋のお嬢さん」

「角屋の娘？　そりゃ、ますます大変じゃあねえか」

身を起こした韮崎が険しい顔をした。

「そう。そんなお嬢さんが、船宿に出入りをするはずないでしょ」

よし、と韮崎がいきなり立ち上がった。

「嬢ちゃん、おれと一緒に番屋に付き合え。面通しをすれば、お民という娘かどうかわかる」

おちえは頰を膨らませた。

「もう！　韮崎さん、あたしの話をちっとも聞いてないんだから。これから、猿若町に行くんです。お民ちゃんと待ち合わせしているの。番屋なんかに寄っている暇はありません。これからおしゃべりするはずのお民ちゃんが、番屋にいるわけないじゃない、ああ、くだらない。早合点もたいがいにして」

おちえは、くるりと身を翻して、歩き出した。

「おい、こら、嬢ちゃん。役所だってな、早く身元を明らかにしてやりてえんだよ」

「おちえ坊」

ふたりの声が耳に届いたが、おちえは振り返りもせず暖簾に指をかけた。冗談じゃない。あたしも馬鹿みたい。お民ちゃんが死ぬはずない。男の人と船宿に行って、そこで骸になるなんてこと、少しでも考えてしまった自分にも腹が立つ。

ごめんね、お民ちゃん。でも——どうしても気になる。気分よく出かけたい。そして、お民ちゃんと笑い話にするのだ。人が亡くなっているのだから、ほんとは笑えない話だけど——。

痣があった女子たち。それを削《そ》いだ人もいる。

気にするなといってくれる人もいただろうし、まったく気にしない人もいたはずだ。でも、そうじゃない。

自分が嫌なんだもの。その痣が嫌で嫌でたまらなかったんだもの。

消えてくれたら。少しでも痣が薄くなってくれたら。化粧でずっと隠し続けて。でも化粧で隠しきれない人もいたのだろう。

お民が化粧を施してくれたとき。

あたしなんて――と、呟いた。あのときは気にも止めなかったけれど。自分は他人《ひと》より劣っている。そんなふうにも思ってしまうのかもしれない。

「あ」と、おちえは思わず声を上げた。そうよ、あのときのお民の呟き。おちえはくるりと踵《きびす》を返した。

「重三郎さま。先ほど、毒草は薬としても使われているっていったでしょう?」

「心の臓の働きが弱い者などの薬などに使われることが多いな」

おちえは、さらに訊ねる。

「じゃあ、痣を消す薬が毒草だってこともある?」

む、と重三郎が顎を引き、痣の薬か、と呟いた。

「巧先生、そんな薬があるのかい。痣を刃で削いでいた女もいたんだぜ。薬があるならわざわざそんな真似をせずともよかろう」

「いや、待てよ」

重三郎が腕を組んだ。

「聞いたことがあるな。なんだったかな」

おちえは、勢い込んでいった。

「万年青《おもと》、でしょう　あたし化粧本で読んだことがある」

重三郎が眼を見開いた。

「万年青。そうだ。なぜ気づかなかったんだ。万年青を焼き、擂《す》ったもので痣のあたりを洗えば薄くなるといわれている」

お民は「あたしなんか万年青でいつも顔を洗っているのに」といったのだ。

重三郎は太い眉を寄せた。

「万年青は服用すれば死に至る。そもそもあれは毒草だ。六人の女子たちは、皆、きっと万年青を服《の》んだに違いない。それで死んだのだろう」

「痣で悩んでいた女子なら万年青のことは知っていても服んではいけないことまではわからなかったのか」

韮崎が哀れむようにいった。

おちえの指先が恐怖で、急に冷たくなった。

「実は、あったの。お民ちゃんの部屋にも紺色の袋が」

声が震えた。

「まさか、船宿の身元のわからぬ娘は、仲良しのお民ちゃんだと?」

道俊が探るようにいった。

「嬢ちゃん、面通ししてくれるな」

韮崎の声がおちえの耳に大きく響く。

おちえは、こくりとうなずき、通りに出て、深呼吸した。そのとき。血相を変えて走ってきた中年女が、店から出たおちえをみとめるやいなや、両腕を摑《つか》んだ。

「お民はどこ?　ここにいるの?」

おちえは眼を見開いた。

女は髪を振り乱し、おちえの身体を揺さぶる。

韮崎と道俊、重三郎が、店座敷から飛んで出てきた。

「おい、お内儀《かみ》さん、なんだ。どうしたんだ」

重三郎は女の身体を背後から押さえ、道俊はおちえの身を守り、韮崎がふたりの間を引き離そうと腕を差し入れてきた。

重三郎に羽交い締めされても、女は怯《ひる》まなかった。

「あんたがおちえでしょ！　あんたがお民をそそのかしたんでしょ。あの娘はどこにいるの」

おちえは呆然《ぼうぜん》と、喚く女を見た。

四

女は角屋の内儀。つまり、お民の母親だった。

韮崎の姿を見て、この娘に縄をかけろとしばらく騒いでいたが、道俊が落ち着かせ、ようやく「照《てる》」と名乗った。

道俊に促されたお照は店座敷に上がり、周りを見回し、目元を険しくした。座棺や蓮の造花や、弔いに用いるものばかりが並んでいるのだ。当然だろう。

おちえは、重三郎と韮崎に挟まれて、お照の前に座った。おちえが話しかけようとすると、道俊に止められた。

「お照さま、事の次第を伺えますか？」

お照は、おちえを睨めつけると、再び声を荒らげた。

「そんな暇はございません。ともかくお民に会わせてください。どこにいるのです？」

「お民ちゃんは来ておりません」

「嘘つかないで。どこかに隠しているはずよ」

お照は素早く腰を上げた。道俊が止める間もなかった。おちえに飛びつき、今度は襟《えり》を摑んで引き寄せた。韮崎と重三郎がお照を引き離そうと間に入ったが、お照の指は強く衣装の襟に食い込んで、離れない。

「本当にお民ちゃんはここに来ていないのです」

おちえは、途切れ途切れにいった。

「あたしは、今日、お民ちゃんと会う約束をしていたのですから」

お照が眉根を寄せる。

「どこ？　どこで待ち合わせしているの？」

「猿若町の甘味処です、九ツ半の約束だったんです」

あ、ああ、と、お照の顔から血の気が引いていく。

「九ツの鐘が鳴ってから、ずいぶん経ちます。お民ちゃん、きっと待ちぼうけ食ってます。お民ちゃんを隠しているとか、申し訳ないけど、本当にわからないんです」

おちえがいうと、お照は大きく息を吸って、首を激しく横に振った。

「とぼけないで。書き置きがあったのよ。この生業を利用したのよね。通夜だからと、夜のうちにお民を手引きして町木戸を抜けたのでしょう?」

お照があからさまに不快な顔をした。

おちえは眼を見開いた。

「あの、あたしのこと」

「ええ、うちの奉公人が、あなたをある弔いで見かけたことがあったのよ」

そうか。誰かに見られていると思ったのは、そういうことか。角屋の奉公人が、あたしがどこに暮らしているか調べたのだ。

「じゃあ、お民ちゃんには」

「もちろん、話しましたとも。弔い稼業なんて、若い娘がやることではない、きっとなにか後ろ暗いことがあるんだろうってね」

後ろ暗いってなんのことだろう。おちえは腹を立てるより呆《あき》れた。でも、話せなかったんだから、やっぱり後ろ暗いのかもしれない。

「けどね、あなたとはまるで姉妹のように気が合うといったのよ。生業などかかわりない、あなたが好きだってね。一番の仲良しだと」

お照は憎々しげにいったが、おちえはお民の言葉に、胸を震わせていた。

「わかりました。それで、書き置きにはなにがしたためられていたのですか？」

道俊が訊ねると、お照が眉根を厳しく寄せた。

「好いた男と遠くへ行くと」

「遠くへ？」

おちえは、にわかに信じられなかった。これまで幾度も会って、色々な話をしたけれど、好きな男がいるなんて、聞かされたことはない。もしかして、今日の相談事ってこの事だったんじゃないだろうか。互いに内緒事を抱えて、悩んでいたなんて。もっと勇気を出せばよかった。一番の仲良しなんだもの。あたしがもっとお民ちゃんの心に飛び込めばよかったんだ。自分の臆病を恨んだ。

じゃあ、船宿の亡骸は誰。

「あの、お母さま、お相手のことは？」

お照は眉間に皺を寄せる。

「あなた、本当に聞かされてないの？　中村座の大部屋役者よ。あの娘は、妙な境遇の者に同情しちゃうのよ。優しいから」

「おい、それはねえぞ。大部屋役者は知らねえが、この嬢ちゃんは、しっかり仕事をしているんだ」

韮崎がお照を睨めつけた。お照が、決まりが悪そうに眼を逸《そ》らす。

大部屋役者。そうか。簡単な話だ。家の反対を受けていたのだ。それで、ふたりは手に手を取っての道行と――。

「お照さま、おちえちゃんはなにも知りません。先ほど、まことに猿若町へ行くところでしたから」

「それは、おれたちも聞いたよ。お民って子と待ち合わせしているからってな」

重三郎も続けた。

「じゃあ、お民はどこに行ったの？　ねえ、あなた、思い当たることはない？　なにも聞かされていない？」

「残念ですが。あたしは、その役者さんのことも知りませんでしたから」

「無駄足だったってこと？　一番の仲良しだって聞かされていたから――」

張り詰めていた気持ちが急に緩《ゆる》んだのだろう、お照はおちえから身を引くと、肩をがくりと落とした。

と、韮崎が険しい顔をして、お照を見た。

「すまねえな、お内儀さん。実は、近くの船宿で、若い娘が死んだんだ。おそらく毒を食らってな」

は？　とお照の顔が惚《ほう》けたようになる。

「いまの話の様子から考えるに、その大部屋役者と道行と洒落込《しゃれこ》んだはいいが、結局はどこにもいく当てがねえと思い極めて――」

「よしてください！　お民が心中したとでもいうのですか」

「そうじゃねえよ。男はどこかに逃げちまった。残されたのは、娘の亡骸だけだ。悪いが、これから番屋にいって確かめてくれ」

菲崎は、痣のある娘がもう五人死んでいる。それと同じことが起きたのではないかと、あらましを早口で告げた。

「お民ちゃんにも耳の下から頬にかけて――」

おちえがいうと、お照が顔色を変えた。

たしかにお民の顔には痣があったと、お照はか細い声でいった。

「それを気にして、白粉を濃くしていました。でも、よい薬を買ったと喜んでおりました。それがまさか毒だったというのですか。だったら、お民はそれと知らずに服んでしまったと？　痣が消えると思って」

「お部屋に土瓶がありましたが」

おちえは声を震わせた。

「あれは、以前風邪気味だったときに用いた——ああでも、その毒を」

動揺しているお照は言葉が不明瞭《ふめいりょう》だ。

韮崎が舌打ちした。

「あのなぁ、いい加減にしてくれ。死んだ女子が、自分の娘、てめえの仲良しだったらと思いたくねえのはわかるがな、現に死人になってる女がいるんだよ」

おちえは、韮崎を見る。

「いいか。娘がひとり、むしろの上に寝かされて番屋にいるんだ。仏の気持ちにもなってみろ。うちの娘であるはずがないとかなんとか、どうでもいいんだ。違うなら、次を探さなきゃならねえ。娘はもうてめえで親元にも、知り合いの処にも行けねえんだからよ」

ああ、面倒臭え、と韮崎は鬢《びん》を掻《か》く。

「さっさと番屋へ行くぞ。じゃねえと、死人はここのお客になっちまうんだ」

大刀を腰に戻すと、韮崎はさっさと店を出て行く。

驚いた。颯太とも反りが合わなくて、いつも憎まれ口ばかり叩いているのに、亡くなった女子のことを、いま、ここの誰より考えていた。おちえは、韮崎の背をじっと見つめた。

新鳥越町の番屋は橋のたもとにある。韮崎はすたすたと足早に前を行く。おちえはその後ろに、お照は道俊に付き添われている。店の留守番は重三郎だ。

医者の重三郎がとむらい屋の留守番をしているというのも奇妙な画《え》だ。

おちえは、ちらちらお照を窺う。自分の娘が冷たい亡骸になっているかもしれないのだ。伏せた顔面も蒼白《あおじろ》く、足取りも重い。

昨日までそばにいた者が、一緒に笑っていた者が、物言わぬ骸になっているなど、どうして信じられよう。母親には敵《かな》わないまでも、おちえもまた心が悲鳴をあげそうになっていた。お民ちゃんがいなくなる——そんなの悲しすぎる。そんなの辛すぎる。

番屋の前に立った韮崎は躊躇《ちゅうちょ》なく障子戸を開ける。

「一太《いちた》、戻ったぞ」

一太は韮崎の使っている歳若い小者だ。

「旦那、おかえりなさい」

「何かわかったか?」

「残念ながら。船宿の女将も船頭たちからも、今朝ほど聞き込んだ以上のことは何も出てきません」

おちえは開けられた障子戸と韮崎の隙間から中を覗く。白い足が見えた。

ざわっと血が逆流する。

「おい、嬢ちゃんと角屋の内儀。女子の面ぁ確かめてくれるか」

はい、とおちえとお照は同時に返答をして、顔を見合わせた。互いに眉尻が悲しいほど下がり、いまにも泣きそうな顔をしていた。

とむらい屋として、死人を引き取るため番屋に足を運んだことは幾度もある。けれど、知り合いかもしれないというのは初めてだ。心の臓が締め付けられる。不安と恐怖が押し寄せてくる。

お照は、憔悴《しょうすい》して気を保つのがやっとというくらい、足下さえあやしかった。

「嬢ちゃん、お内儀、早く来てくれ。一太、頼む」

韮崎に促され、おちえとお照は敷居を跨《また》いだ。番屋に詰める町役人たちがふたりを見て、気の毒そうな顔をした。

ここには確実に死がある。眼前に横たわる骸が漂わせる匂いだけじゃない。命の働きが失われた生き物が次第に腐っていく、その過程に放たれる重い重い気配だ。足下に澱《よど》むその気配に、生者は戸惑い、佇《たたず》むことをためらう。

おちえはむしろで覆われた亡骸に眼を落とした。お照は道俊の腕を摑み、顔を逸らしている。

「お願いします」

一太が、むしろを剝いだ。おちえとお照の眼がその亡骸に注がれる。

「お民ちゃん――」

「お民――」

おちえとお照は同時に声を出して、

「じゃない」

と、安堵《あんど》の息を洩らした。

お照はぶるぶると身を震わせ、道俊にさらに強くしがみつくと、そのままずるずるとくずおれた。

緊張の糸が急に解け、力が抜けてしまったのだ。おちえは唇を強く嚙《か》み締めた。

本当に、本当に安堵した。お民ちゃんでなければいい、そうであるはずがないと思っていながらも、もしかしたら、という思いは捨てきれなかった。

だって、確実な証なんてないのだから。

だから、顔を見るまでは怖くて仕方がなかった。

「おい。元に戻せ」

韮崎の声で、一太がむしろを掛け直した。

お照は道俊に支えられて、ようやく立ち上がり、口元を押さえて、番屋からすぐさま出て行った。

ならば、この骸は一体誰なのか、その疑問は、残されたままになった。

一太は、少し残念な表情をしていた。一太にとっては、この骸が誰であろうとかかわりがない。誰かであるかが肝心なのだから、仕方がない。

でも、どこかの誰かであるのはたしかなことなのだ。名のない人などいない。きっと誰かとつながっているはず。悔しい。

おちえは、亡骸の脇に膝《ひざ》をついた。むしろから、わずかに覗いている耳が赤紫色に染まっていた。血が下がってきているのだ。

「あなたがどこの誰かわからなくても、うちがお世話をします。必ずします。だから安心してください」

そう話し掛けた。

あとは、お民ちゃんの行方だ。おちえは、立ち上がった。

「なあ、嬢ちゃん。おそらく身元不明の扱いになるから、颯太の野郎にいっておいてくれ。弔い賃は、町費だ。法外な銭を吹っかけるなってな」

おちえはむっとして返す。

「同じ新鳥越町です。うちも町費をお納めしているんですからそんなひどい真似をするはずがないでしょう」

くくく、と韮崎が笑った。

「どうだかなぁ。納めた町費を取り戻してやるとかいいそうだぜ。あの男なら」

「そうしてほしいのでしょう、韮崎の旦那。それで、あっしにまたぞろ文句がいえて楽しいからねえ」

韮崎がぎょっとして、振り返った。

「颯太さん。おかえりなさい」

「おう、おちえ。寛次郎に任せて、早めに戻ってきたんだが、橋を渡ったら、道俊がどっかの内儀と抱き合ってたんで驚いちまった。やれやれ、身元知れずのご遺体ですか。厄介ですね」

ああ、そうだ、と颯太が懐《ふところ》から、瓦版を取り出した。

「こんな風聞があるようですよ」

韮崎が眉間にくっきり皺を寄せて、颯太が差し出した瓦版に眼を凝《こ》らした。

「地獄の売薬人だと？　相変わらず、題目だけはいつもおどろおどろしい」

韮崎は吐き捨てるようにいったが、次第に顔を強張らせた。

「本所《ほんじょ》に万年青を使った痣消し薬だと言って、売り歩いている男がいる、だと？」

初めはその薬を水で練って洗顔をするよう指示されるが、それでも効果がないときは、煎じて服用するようにといわれる。しかし、奇異に思った武家の奥方が、医師に問うたらしい。

「万年青は、毒草である。肌につけるくらいならば、薬効もあるが、服用すれば、たちまち血が上り、息が乱れ、果ては心の臓が停止する、と医師がいったそうだ」

韮崎が、おちえと一太を見た。

瓦版は、地獄の売薬人にご用心と結ばれていた。

「旦那。その売薬人が、此度の下手人ですね。これまでの五人と、この娘も」

一太の顔が怒りで膨れ上がる。

「一太、今すぐこの瓦版屋へ行け。売薬人の話の種元がどこなのか、締め上げて、聞き出せ！」

韮崎が大声で命じた。

「おちえ。その娘、うちで引き取る。化粧をしてやれ」

颯太が身を翻した。

「あ、待って。あたし、猿若町に行ってくる。お民ちゃんのおっ母さんと一緒に」

おちえは、娘の亡骸に手を合わせた。


とむらい屋の座敷に物言わぬ娘が横たわっている。

おちえは、水をたっぷり含ませた刷毛で、娘の顔を優しく掃く。その後、油を手に塗り、両の掌《てのひら》を合わせて温めてから、娘の顔を優しく覆う。

乾いた顔が潤う。掌に感じられる。そして、白粉。

お民に教わったように、艶を出すために白粉を丁寧に溶いた。それから――。

まんべんなく掃いていく。

なにより、耳の下から頬にかけての黒い痣。それも白粉で消していく。

頬は光る珠《たま》のような艶。首元の痣も薄く、ほとんど目立つことがなかった。

「腕を上げたじゃねえか。首元の痣もわからねえ」

颯太が感心した。

「痣は、最初に紅を薄く塗ってから白粉を載せたの。それと亡くなった人は肌が乾くから。白粉が浮かないようにヘチマ水を染み込ませて。油は自分で工夫したけど、この化粧は、お民ちゃんに教わった艶化粧。この娘さんのお化粧にはうってつけかなって」

おちえは、亡骸の唇に紅を載せながら、応えた。

「なるほどな」

「ねえ、颯太さんは、どんな気持ちであたしのおっ母さんの化粧をしたの？　濃い化粧だったでしょ」

颯太は口を曲げた。

「おめえのおっ母さんは、馬に蹴られて死んだ。顔も鬱血《うっけつ》していた。親として、苦痛に歪んだ最期の顔を娘のおめえの眼に焼き付けちゃいけねえ、とおめえの母親の骸からそう聞き取った」

「そうだったんだ。あたしもいつか、そういう声が聞こえてくるといいな」

「もう十分、聞こえてるんじゃねえか」

颯太の呟きが聞こえた。

結局、約束した甘味処にお照とともに向かったがお民はいなかった。けれど、そこの女将が、ふたり連れの若い男女がいたことを教えてくれた。

お照は、おちえにすがって泣き出した。ふと母親の匂いをおちえは思い出した。家族の縁が薄いおちえは、ちょっとお民に嫉妬《しっと》した。

「必ず帰って来ますよ。おっ母さんにこんな心配させてって、戻ったら、あたし、叱り飛ばしてあげますから」

お照はおちえの胸元で幾度も頷いた。

韮崎は、本所に住む売薬人の男が下手人だとあたりをつけ、品川宿で捕縛した。急に長屋を引き払ったことで、逃亡だったと見られている。

そもそも薬種屋に奉公していた男で、薬にも毒薬にも詳しかったのだという。

痣のある女にこっぴどく振られた腹いせだったらしい。痣で悩んでいる女を探しては、痣消し薬だと偽って毒薬を売って歩いていたという。

船宿で見つかった娘の弔いは済んでしまったが、売薬人の吟味が進めば身元は知れるだろう。おちえは娘が持っていた手鏡と紅板を身内に渡せるよう、手許に置いてある。

「痣を消したいと思う、女子の気持ちを弄《もてあそ》んだ悪党だ。人の命を好きにしていいなんてこたぁねえんだよ。そんな奴ぁ、てめえの命も無駄使いしている屑だ」

おちえはいつになく怒りをあらわにする颯太にそっと茶を出した。

夏――。

おちえの元に文が届いた。裏を返すと民とあった。
おちえは、その文を胸に抱き、「角屋に行って来まーす」と、声を張った。

月満つる

坂井希久子

坂井希久子（さかい・きくこ）

1977年和歌山県生まれ。2008年「男と女の腹の蟲」（「虫のいどころ」と改題）で第88回オール讀物新人賞受賞。17年『ほかほか蕗ご飯　居酒屋ぜんや』で第6回歴史時代作家クラブ賞新人賞受賞。主な著書に「江戸彩り見立て帖」「居酒屋ぜんや」シリーズ、『妻の終活』『小説　品川心中』『たそがれ大食堂』『華ざかりの三重奏』等がある。

一

新月と満月の夜は、眠れないものと心得ている。

えっほ、えっほと、駕籠《かご》舁《か》きが足を速める。その後を、遅れないようついてゆく。

頭上に光る月はなく、曇っているのか星も見えない。案内の者が手にした提灯《ちょうちん》の明かりだけを頼りに、先を急ぐ。

ひょうひょうと木枯らしの吹く、嫌な夜だ。まるで死人の呼び声みたいだと思い、すぐさま首を振って不吉な考えを追い払う。

「もうちょっとだ、急いでくれ！」

案内に寄越されたのは、下男だろうか。主家にもしものことがあっては困ると急《せ》き立てる。

駕籠はやがて、立派な土蔵造りの二階家の前に止まった。さすがは蔵前《くらまえ》の札差の家。と感心する間もなく、下ろされた駕籠からお利久《りく》がまろび出る。

歳《とし》のわりに、足腰の強い女だ。家の前には女中が提灯を手に立っており、すぐさまお利久を裏口へといざなってゆく。

荷を抱え直し、美登里《みどり》は慌《あわ》ててその背を追った。

「どうぞ、こちらに」

気が遠くなるほど長い廊下をゆくうちに、女の呻《うめ》き声が耳に届く。あとはもう、案内されずとも分かる。

奥の間の唐紙を開けて中に入ると、数多《あまた》いる女中が整えたらしく、畳には油紙が敷かれ、天井からは力綱が下がっている。積み上げられた布団にくたりと凭《もた》れかかっているのは、白くむくんだ大柄の女である。

まるで、浜に打ち上げられた鯨《くじら》のようだ。

そんなもの、一度も目にしたことはない。けれどもあながち、間違ってはいなかろう。目方をむやみに増やさぬようにと口を酸っぱくして伝えてきたのに、よくも肥えたものである。

日頃の美食に加え、いい子を産むためと周りにおだてられて、滋養をとりすぎたがゆえのこと。滋養が足りず痩《や》せこけているのも心配だが、肥えすぎもまた出産に障《さわ》る。産道に脂肪がついて狭くなるため、子がするりと下りてこないのだ。

「ああ、お利久さん。お願い、助けて」

顔にびっしりと脂汗を浮かべた妊婦、お鶴《つる》が助けを求めてくる。お利久は用意されていた盥《たらい》の水で手を清めてから、その足元に座った。

「はいはい、ちょっと見せてもらいますよ」

そう言って、股の奥をたしかめる。それから「ふむ」と頷《うなず》いた。

「まだ子壺《こつぼ》の口がいくらも開いちゃいない。焦っていきむんじゃないよ。我慢をし」

お利久はいかなるときも落ち着いており、相手が誰であれ遠慮はしない。「産婆が堂々としていなけりゃ、妊婦によけいな心配をかけちまう」と、美登里も彼女から教わった。

だからお鶴が思っていたより肥えていたからといって、動揺を顔に出してはいけない。お利久に倣《なら》い、頰《ほお》をぐっと引き締める。

「長丁場になるよ。今のうちに飯を炊いて、痛みの合間に握り飯を食べさせてやりな。それから布が足りない。ありったけを掻《か》き集めるように」

きびきびとした指示に従い、周りの女中たちだけでなく、部屋の外で様子を窺《うかが》っていた亭主と思《おぼ》しき男も、慌てて廊下を駆けてゆく。布はこちらにも用意はあるが、この家は裕福だ。遠慮なく、あるものを使わせてもらおう。

「美登里は早め薬の用意。念のため、牡丹皮《ぼたんぴ》もね」

持参した荷を解《ほど》きながら、美登里は短く「はい！」と答えた。


お利久の予言どおり、お鶴のお産は長引きそうだ。

夜八つを過ぎてもまだ、子壺の口は思うように開かない。間をあけて襲う痛みも、次第に弱まってきているようだ。

やはり子が、下りてこない。お鶴の手首に触れてみると、脈が速すぎた。お産に時がかかれば、それだけ妊婦の体力は削《けず》られてゆく。

「大丈夫だから、息を吸って、吐いて。白湯《さゆ》を口に含みな。飲み込めなければ、出していいから」

お利久は低いが優しい声で、お鶴に語りかけている。腕のいい産婆はまず、声がいい。

お鶴の胸が大きく上下し、脈も少しは収まった。火鉢を借りて、早め薬はすでに煎《せん》じ終えている。子壺が収縮して中の子を押し出す作用のある、大黄《だいおう》を混ぜた処方である。

早く産ませてやりたいが、薬を使うにしても、今少し子壺の口が開いてくれねば。飲ませる時機を間違えると、妊婦をさらに苦しめる結果になりかねない。

長年の経験と勘を頼りに、お利久はその時を見極《みきわ》めんとしている。美登里もまた気を張り詰めながら、お鶴に白湯を飲ませ、顔の汗を拭《ふ》いてやった。

とそこへ、部屋の唐紙が音もなくするりと開く。年若い女中が廊下に控え、「失礼します」と手をついた。

「裏口に、元鳥越町《もととりごえちょう》の与平《よへい》さんという方が見えております。おかみさんが、産気《さんけ》づかれたそうで」

ああ、こんなときに――。

美登里の胸が、どくんと撥《は》ねる。お鶴からは、当分目が離せない。脇にじわりと、汗が滲《にじ》むのが分かる。

「ひとっ走り行って、様子を見てきな」

こんなときも、お利久は慌てた素振りを見せない。お鶴に目を据えたまま、そう言った。

「はい！」

美登里は広げてあった荷物を風呂敷に包み直してから、立ち上がる。

裏口を出ると、濃い闇の中に明かりが一つ揺れている。たしかに与平だ。寝間着に半纏《はんてん》のみをひっかけて、町中を走り回ってきたらしい。鬢《びん》の毛は乱れ、しきりに白い息を吐き出している。

「すみません、手間をかけました」

こんなこともあろうかと、真砂町《まさごちょう》の自宅には行き先を書いた紙を貼ってきた。それを見て、与平は蔵前まで足を延ばしたのだろう。ただでさえ急いでいるのに、無駄足を踏まされて、もはや目が血走っている。

「お利久さんは？」

「ひとまずアタシが、様子を見ます」

チッ、と舌打ちをされた。相手にも、余裕がないのだ。

「急ぎましょう！」

迎えの駕籠といった、豪勢なものはない。与平を急かし、走りだす。

吹く風の中に、小粒の雨が混じっているようだ。それでも寒さは、微塵《みじん》も感じられなかった。

女の体は、月の満ち欠けに合わせて揺らぐもの。ゆえに新月と満月の夜は、お産が多い。

嫌な予感が喉元に突き上げてくる。それを必死に飲み下し、美登里はもがくように手足を動かした。

与平が住む元鳥越町の裏店《うらだな》は、夜のしじまもどこへやら、人が入り乱れて大騒ぎになっていた。

長屋のおかみさんたちが大慌てで湯を沸かし、布を抱えて走り回る。ただならぬ様子に怯《おび》えた子が泣き叫び、男たちはなすすべもなく立ち尽くす。

「お蔓《つる》ちゃん、しっかり。もうすぐ産婆さんが来るからね」

「駄目、ああもう、駄目ぇ！」

甲高い悲鳴が、耳を刺す。部屋の腰高障子は開いたまま。野次馬を掻き分けて、美登里は与平と共に中へと駆け込んだ。

「お蔓さん！」

呼びかけると、髪を振り乱した妊婦が切羽詰まった眼差《まなざ》しを寄越してくる。三人目のお産だ。蔵前のお鶴とは違い、時をかけずに生まれてくるかもしれない。

美登里は四畳半の座敷に上がり、お蔓の尻の下に手早く油紙を敷く。力綱は、誰かがすでに括《くく》りつけてくれたようだ。手指を丁寧《ていねい》に清めてから、お蔓の脚の間に座る。

「大変」

思わず呟《つぶや》いていた。お利久が傍《そば》にいたら、「めったなことを言うもんじゃない」と膝《ひざ》をつねられるところだ。

到着が遅れたせいなのか、お蔓の産門からは、早くも赤子の頭が覗《のぞ》いていた。

「ちょっと、産婆といっても孫のほうじゃないのさ。お利久さんはどうしたんだい」

「よそのお産で、手が離せねぇみたいで」

「冗談じゃないよ。子を産んだこともない娘っ子なんざ寄越されても、なにができるってんだ」

「そりゃあ俺だって、心配だけどさ」

背後で与平が、おかみさんたちから責められている。

頼りないと侮られても、しょうがない。美登里は十九の小娘で、産婆の見習いにすぎない。子を産んだことがないどころか、所帯すら持っていなかった。

自分一人の手で、子を取り上げたこともない。他の誰より、美登里自身が己《おのれ》を信用しきれない。

「ああぁっ、生まれるぅ！」

力綱にすがりつき、お蔓が背を弓なりに反《そ》らせた。

美登里に自信がなかろうが、子は生まれるのを待ってくれない。もはや、覚悟を固めるしかなかった。

産婆は焦らず、堂々と！

腹の底にぐっと力を込め、手の震えを止める。美登里は毅然《きぜん》と顔を上げた。

「もう生まれます。誰か、産湯《うぶゆ》の用意を。風が吹き込みますから戸は閉めて、火鉢に炭を足してください」

お利久の声の響きを思い出し、周りに指示を与えてゆく。与平に文句をつけていたおかみさんも、ハッと打たれたように動きだす。

「それから、お利久さんのところへ使いを。猶予《ゆうよ》がないので、アタシが取り上げますと伝えてください！」

アタシが取り上げる。そう口にすると、ますます動悸《どうき》が激しくなった。

平気だ、やれる。アタシにはできる。胸の内で唱えながら、紐《ひも》を襷《たすき》がけにして袖《そで》をまとめる。

「あと少しです。踏ん張って！」

赤子は右回りで、ゆっくりと下りてくる。お蔓が激痛に呻くたび、少しずつ顔が見えてくる。

やがて顎《あご》が、産門を抜けた。

「もういきまなくて大丈夫！」

手を伸ばし、両の肩を抜くのを手伝ってやる。ぬらぬらとした赤ん坊が、するりと出てきた。

月満ちて、過不足なく育った女の子だ。生まれてすぐ外気の冷たさに驚いたように、皺《しわ》くちゃな顔でおぎゃあと泣いた。

二

盥に汲《く》んだ水の冷たさに、眠気がつかの間はじけ飛ぶ。

瞼《まぶた》が半《なか》ば下りかけていたが、美登里は「ヒッ！」と息を呑《の》んで目を開けた。

慌ただしい夜だった。お蔓の後産も無事に済ませ、ほっとひと息ついて蔵前に戻ってみると、こちらはまだお産の最中だった。

真っ白だったお鶴の肌はくすみ、目の下に隈《くま》が浮いていた。見るからに体力が削られている。気付け薬を煎じたほうがいいのではと迷っていたら、お利久が「よし、そろそろだ」と美登里を見遣《みや》った。

用意しておいた早め薬を飲ませ、それだけでは足りず牡丹皮の粉を大豆の大きさに固めたものを、二粒子壺の中に入れた。お鶴の絶叫と共に子が生まれたのは、日が高くなってからのことだった。

母の滋養が子に回り、赤子はずいぶん大きかった。お産が重くなるのも、無理からぬことだった。

それでも子は、無事に生まれ出てくれた。お鶴とお蔓、奇《く》しくも同じ読みを名前に持つ二人の女が、母になった。お産はいつだって命がけ。母子の健康が、なにより嬉しい。

しかもその片方は、アタシが一人で取り上げたんだ。

湧き水のようにじわじわと、胸に喜びが湧いて出る。頰が持ち上がるのを感じながら、美登里は盥の中に沈めた晒《さら》し布を洗ってゆく。

朝四つの捨て鐘が鳴っている。昨夜《ゆうべ》から、まだ一睡もしていない。疲れた体を引きずって真砂町の家に帰りつき、お利久を先に床に就かせた。

壮健《そうけん》ではあるが、お利久はもう還暦近い。長丁場のお産は身にこたえるはずで、いつも先に休んでしまう。

若い美登里はもうひと仕事。お蔓のお産に使った布を、綺麗《きれい》に洗ってからでないと寝られない。なにせ次のお産が、いつ始まるか分からないのだ。道具も布も生薬も、常に備えておかねばならなかった。

それに産婆の仕事は、子を取り上げて終わりじゃない。

晒し布をすべて洗い上げてお天道様の下にパンと干し、眠れたのは一刻《いっとき》ほど。重たい体を無理に起こして朝餉《あさげ》とも昼餉ともつかぬ食事をとり、湯に行って身支度を整える。それからお利久と連れ立って、母になったばかりの二人を見舞った。

産婆は妊娠五か月目の帯祝いに招かれて、以後は毎月の診察、お産の準備、産後は育児の相談まで、長く妊産婦に寄り添うものだ。子が生まれてすぐは、乳の出が悪い女も多い。どうしても出そうにない場合は貰《もら》い乳の算段をつけねばならず、そのときにも数多の産婦と接している産婆の意見が求められた。

幸いなことに三人目の子を産んだお蔓は、湯水のように乳が出ていた。赤子に乳首を含ませる手つきも慣れたもの。昨夜の舌打ちや悪態をもう忘れたか、与平は「ます仕事に精を出さなきゃなんねぇな」と相好《そうごう》を崩していた。

問題はやはり、お鶴である。お産が長引いたせいでぐったりとして、子に吸わせても乳が出ない。なにぶん金に困らぬ家だから、いざとなれば乳母《うば》を雇えばいいという頭もある。

「なに言ってんだい。今朝生まれたばかりじゃ、乳の準備ができてなくてもしょうがない。諦《あきら》めずに、何度でも含ませておやり。そのうち体のほうがハッと気づいて、乳を出すようになるからさ」

まだ諦める時期じゃないと、お利久が丁寧に説いて聞かせる。初産の女にとっては、なにもかもがはじめての経験だ。乳など子が生まれてすぐにあふれ出るのが普通だと思っている。

その誤りを正し、導くのもまた、産婆の役目なのだった。

お鶴の元を辞してからも何軒か、妊婦や産婦の様子を見て回る。

特に気にかけて頻々《ひんぴん》と通っているのは、聖天町《しょうでんちょう》の裏店に住むお紋《もん》の家だ。こちらは妊娠八か月。腹がぐんぐん前に突き出して、胸乳《むなち》もずいぶん張ってきた。いかにも順調そうに見えるが、なにより懸念すべきことがある。

「そうかい。まだ腹の下のほうを蹴《け》っているかい」

お紋から話を聞いて、お利久はふわりと微笑《ほほえ》んだ。

「なら今日も、灸《きゅう》を据えようね。なぁに、心配いらないよ。血の巡りを整えてやれば、そのうちくるりと子返りするからね」

美登里はすかさず荷物の中から、用意しておいた艾《もぐさ》を取り出す。子が腹の下のほうを蹴っているのは、足が下にあるせいだ。すなわち、逆子《さかご》である。

「昔はね、赤子は腹の中で頭を上にしてうずくまってるものと思われてたんだ。そいつがお産の始まりと共に子返りして、頭を下に生まれてくる。痛みはそのために生じるってわけさ。産み月まで育った赤子が腹の中でひっくり返ったら、腹が裂けちまうはずだけどねぇ。ずいぶん長いこと、間違いが信じられていたんだね」

艾をほどよい大きさにひねりながら、お利久が落ち着いた声で語る。産婆になる前は、艾屋の女房だった。亭主を早くに亡くし、今の仕事を始めたという。

美登里の母が、まだ子供だったころのこと。それでも昔取った杵柄《きねづか》で、艾の扱いは他のどの産婆よりも上手《うま》い。

「でも八月《やつき》の子なら、まだ大丈夫。さぁ、体がじんわりと温まってくるからね。目を閉じて、寛《くつろ》ぐといい」

逆子を直すツボは、内踝《うちくるぶし》の上の三陰交《さんいんこう》と、足の小指の外側にある至陰《しいん》。お利久がそこに細く捩《ねじ》った艾を置き、線香で火をつける。

呪文のようなその声を聞きながら、お紋が目を閉じ、ふうと肩の力を抜くのが分かった。

「なかなか、頑固な子だね」

お利久が穏やかな笑みを消し去ったのは、お紋の家をあとにして、いくらか歩いてからだった。

お紋の灸は、すでに半月ほど続けている。早い人なら一度の灸で子がくるりと返るそうだが、お紋の子はなにが気に入らないのか、いっこうに返ってくれない。そういう子も、稀《まれ》にいる。

「あとひと月のうちに返らないようなら、覚悟しておかなきゃね」

己に言い聞かせるように、お利久が呟く。お紋には決して見せない、険《けわ》しい顔である。

九か月目に入ってしまったら、腹の子が大きくなりすぎる。そうなると、逆子のままお産に臨む羽目になる。

美登里もまた、ごくりと唾を飲み込んだ。

「あの子のところには、これから毎日通うよ。いいね」

「はい」

幾度お産に立ち合っても、同じお産は一つとしてない。女と子の数だけ危険があり、予期せぬ困難にも見舞われる。その困難を僅《わず》かでも減らせるよう、事前に手を尽くしておくしかない。

「さて、近くまで来たんだから、アンタは今戸《いまど》に寄っておいで。さっきもらった赤飯を持ってね」

お利久がふうと息を吐き出し、背後につき従う美登里を顧《かえり》みる。元より小柄な女だが、ここ一、二年でさらに縮んだ気がする。

「いいんですか」

「ああ。アタシたちだけじゃ、食べきれないだろ」

お鶴の家で、配り物の赤飯をたんまりもらった。風呂敷包みの中が、まだほんのりと温かい。

今戸には、美登里の父が住んでいる。

「ああ、これは驚いた。どうしたんだい？」

日の高いうちから訪ねても、居職《いじょく》の父は家にいた。

三畳と四畳半に分かれた部屋の、手前の三畳間を仕事場にしている。父は、絵馬師だ。十月も終わりかけのこの時期からは、正月向けの注文が立て込んで忙しい。大小様々な屋形の絵馬に馬の絵を描き込んだものが、所狭しと並べられている。

「手は止めないで。もらった赤飯を持って来ただけだから」

美登里は手を突き出し、筆を置こうとした父を止める。ちょうど絵馬の、赤いところを塗っていた。絵皿に溶いてしまった丹《に》は、乾くともう使えない。

「それはありがたい。そういや、昼飯を食べそびれているな」

仕事にのめり込むと、時の流れを忘れる人だ。美登里の母はすでに亡く、後添《のちぞ》いを迎えようともしない。日が出ているかぎり、父はひたすら絵筆を動かしている。

「ついでにお菜《さい》も拵《こしら》えようか？」

「いや、それには及ばない。お前こそ忙しいだろう。仕事には慣れたか？」

白馬の面掛《おもがい》や手綱《たづな》が、赤く彩られてゆく。いつ会っても、父は同じことを聞く。

祖母のお利久に弟子入りすると決めたのは、美登里が十二のときだった。これから花の盛りを迎えようとする娘が産婆になりたいと言いだしたことに、父は僅かに戸惑いを見せたが、止めようとはしなかった。

「まだまだだよ。でも昨夜、はじめて一人で子を取り上げたの」

「それはすごい。もう一人前だな」

「そんなわけないでしょ。おばあちゃんには褒《ほ》められもしない」

「厳しい人だからな。心ゆくまでやりなさい」

産婆見習いとしてお利久の家に移り住むときも、父はそう言った。「心ゆくまでやりなさい」と。

年が明ければ、美登里は二十歳《はたち》になる。いっぱしの娘ならば、所帯を構えて子の一人くらい産んでいる頃合いだ。これまたいっぱしの親ならば、嫁に行けとうるさいほどせっつくはず。それなのに父は、七年前から同じやり取りを繰り返している。

きっとほんの少しだけ、正気を失っているんだろう。

昔は、食べるのも忘れて仕事にのめり込んだりしなかった。母が命を落とした夜を境にして、まるで神仏に祈念するように、絵馬に魂を込めだした。皮肉にもその絵がいいと評判になって、年々注文が増えている。

人のことは言えない。母の死は、美登里の世界をも変えてしまった。

正しくは、母と妹の死だ。

そのとき美登里はまだ六つ。幼くとも、はっきりと覚えている。腰から下を血に濡《ぬ》らし、母の息は少しずつ弱っていった。

美登里の母は、難産で子もろとも亡くなった。祖母が腕のいい産婆だから、なにも心配いらないねと言われていたのに。お利久はけっきょく、間に合わなかった。

満月の夜だった。他にもお産が二件重なり、身動きが取れなかったのだ。

幼い美登里は泣くばかりで、弱ってゆく母を前になにもできなかった。慌てて呼びに遣った代わりの産婆は、血が出すぎだと言って首を振った。

忘れようにも、忘れられない。美登里も父もあの夜の無力感に囚《とら》われたまま、足りないものを埋めようともがいているのかもしれなかった。

美登里の存在など忘れたかのように絵筆を動かしだした父を置いて、家の裏側へと回る。いつから干しっぱなしになっているのか、褌《ふんどし》と色の褪《さ》めた木綿の着物が、物干し竿にはためいている。

昨夜は小雨が降ったはずだが、父はその程度のことを気にかけない。洗濯物は雨に濡れても、そのままにしておけばいずれ乾く。

やれやれと息をつき、美登里は背伸びをして物干し竿に手をかける。ちょうどそのとき向かいの戸が開く音がして、とっさに父の着物の陰に隠れた。

この物干し場は、向かいの家の裏口に面している。着物の陰から窺ってみると、出てきたのは頭巾《ずきん》で顔を隠した娘だ。女中らしき女に手を引かれ、静々と歩いてゆく。足の運びの優雅さが、育ちのよさを物語っていた。

お武家様、ってことはないか。大店《おおだな》の娘さんかな。

あの家の表には、『朔日丸《ついたちがん》』の看板が出ている。毎月一日に飲めば子ができないという触れ込みの薬で、それを扱っているのが中条流《ちゅうじょう》、すなわち堕胎《だたい》専門の医者である。

ただ薬がほしいだけなら、女中を使いに遣ればいいはず。娘がわざわざ顔を隠して出向いたのは、子を堕《おろ》すためだろう。嫁入り前の身でありながら懐妊し、密《ひそ》かに始末をつけに来たのだ。

向かいに用のある客は、いつだって裏口からひっそりと出入りする。人目を忍ぶその姿を目にするたび、水にされた子を思い、胸が苦しくなってくる。

アタシたちは一人でも多く母子の命を救いたくて、寝る間も惜しんで走り回ってるってのに。

一方でせっかく腹に宿った子を流す女がおり、それで儲《もう》けている医者がいる。人それぞれ事情があるに違いないが、なんとも虚《むな》しい。なにより医者でありながら子を殺《あや》める輩《やから》には、嫌悪すら抱いている。

娘たちがいなくなるまで父の着物の陰で息を殺していたら、やがてその憎き医者が、裏口から顔を出した。中条流は女医が多いが、ここは男医者だ。よれた木綿の袴《はかま》姿で、外の風に当たりにきたのか、胸を大きく開いている。

嫌な奴を、見かけてしまった。このままやり過ごそうと、目をつぶる。頼むから早く、家の中に入ってほしい。

そう念じながら動かぬ岩と化していたら、ふいに鼻先で風が揺れた。

やけに生薬臭い風だ。目を開けてみるとすぐそこに、一皮目《ひとかわめ》の男の顔が迫っている。

「ぎゃあ！」

たまらず蛙《かえる》が潰《つぶ》れたような声が出た。その反応を楽しむように、男はにっこりと微笑んだ。

「なんだ、洗濯物から足が生えてると思ったら、美登里かぁ」

しまった、見つかった。内心の動揺を隠そうと、美登里は引きつった笑みを浮かべる。

「おや、誰かと思えば源斎《げんさい》先生じゃありませんか。今日もまた、お仕事に精が出ますねぇ」

「そうだね、ずいぶん儲かった。なにせ口止め料も入ってるからね」

だからさっき見た客のことは、口外無用。とでも言うように、源斎は鼻先に人差し指を一本立てる。心配せずとも美登里だって、誰に言うつもりもなかった。

「それはよござんした。じゃ、アタシはこれで」

「つれないなぁ。昔は『源ちゃん、源ちゃん』と、まとわりついてきて可愛《かわい》かったのに」

大昔の話を持ち出され、口の中に苦い味が広がった。美登里は思わず、むきになって言い返す。

「知らない。覚えてないね」

「悲しいなぁ。『大きくなったら源ちゃんのお嫁さんになる！』って言ってた美登里は、どこ行っちまった」

「それは、まだアンタんちの家業を知らなかったから！」

源斎とは、歳が十も離れている。それでも面倒見がよく、幼い美登里と遊んでくれた。中条流という言葉の意味を、なにも知らなかったころのことだ。

「なんだ、覚えてんじゃねぇか」

人の言葉尻を捉え、源斎が意地の悪い笑みを浮かべる。美登里はたまらず、ぷいっとそっぽを向いた。

優しく人当たりのいい源斎に、憧れを抱いていたこともあった。美登里の母も「この子、源ちゃんの言うことはよく聞くのよ」と、彼を頼りにしていた。母親を早くに亡くした源斎は、そう言われると嬉しそうだった。

「大好きな源ちゃん」が、美登里の相手をしてくれなくなったのはいつからだろう。たしか十六か十七のとき、彼は家業を継いで中条医になると決めたのだ。

あのころは常に真っ青な顔をして、よく井戸端で吐いていた。いつしかその光景を見かけなくなり、代わりにおかめの面のような微笑みを顔に貼りつけるようになった。源太郎《げんたろう》という名を源斎と改めて、いっぱしの医者に成長していた。

二年前には、師であった父親が病を得て他界している。腹の中にできものがあったそうで、「女の腹を散々掻き回してきた報いだ」と、陰口を叩《たた》かれていた。それを知らぬわけでもなかろうに、源斎は柳のごとく受け流し、一人で家を切り盛りしている。

今戸という場所柄、客には女郎や芸者も多い。その一方でさっきの娘のような、なんとしてでも堕胎の事実を隠し通したい身分の女がいる。そういった筋は金を出し惜しむことがなく、源斎はあくどい儲けかたをしているようだ。

幼い美登里の頭を撫《な》でてくれた手が、今では月満たぬ赤子をひねり潰している。「大好きな源ちゃん」は、もうどこにもいない。本当は、口をきくのも嫌だった。

「その気になったら、いつでも嫁《とつ》いできていいぞ。産婆見習いの娘なんざ、嫁の貰い手がないだろう」

押し黙ってしまった美登里の注意を引こうと、源斎がわざとからかってくる。

その手には、乗るものか。美登里は唇をぎゅっと引き結ぶ。相手にしたら、つけ上がる。

「やぁ、振られちまった」

べつに残念でもなさそうに、源斎が首をすくめた。腹立たしい。これ以上近くにいたら、うっかり突っかかってしまいそうだ。洗濯物を取ってさっさと家の中に入ろうと、美登里は再び物干し竿に手を伸ばす。

「これ、取るのか？」

源斎はひょろりと背が高い。爪先立ちをした美登里より先に、物干し竿に手をかける。

「触らないで！」

とっさに叫んでいた。源斎の手が一瞬、血にまみれているように見えた。

女の股から流れ出た、どす黒い血だ。日の光を見ることのなかった赤子たちの、怨《えん》嗟《さ》の声まで聞こえてきそうだ。

源斎が、驚いて手を引っ込める。

「ああ、すっかり嫌われちまった」

そう言って、やっぱり笑った。

三

十一月に入ったとたん、冷え込みが急に厳しくなった。井戸の水も、骨にまで染みてくるようだ。美登里はじんじんと疼《うず》く手に、はぁっと息を吐きかける。

昨夜もまた、夜通しのお産になった。お利久はまだ、戻っていない。別の家から「うちの嬶《かか》ァが、腹が張って苦しいようで」と使いがきて、様子を見に行ったのだ。美登里はお産に使った布を洗っておくよう命じられ、先に帰ってきたというわけだ。

水に手を浸《つ》けるのはつらいが、汚れは綺麗に落としておかねば。不潔な布など使っては、産婦や生まれてくる赤子の障りとなる。気合を入れて、洗い上げる。

布を干すときに、ぴりりと指に痛みが走った。これはまずい、皹《あかぎれ》ができかけている。

手荒れを放置していると、お利久に叱《しか》られる。産婆の手が荒れていたら、生まれたばかりの子の肌に傷をつける。あまりにひどいと、血を介した病をもらいかねない。

床に就く前に、軟膏《なんこう》をすり込んでおかなければ。そう思いながら、ささやかな裏庭に面した障子を開けて、家に入る。

お利久は裏店住まいだが、割長屋ゆえ、やや広い。梯子《はしご》で上る中二階がついており、湿気を嫌う生薬や艾などを置いている。美登里が布団を延《の》べて眠るのも、その部屋だ。

さぁそろそろ、頭の中がぼんやりしてきた。手足も重く、眠気を訴えてくる。だが師であるお利久がまだ働いているのに、先に寝るのは具合が悪い。

せめて帰ってくるまで、起きていなければ。眠気覚ましに茶でも淹《い》れようと、火鉢の埋火《うずみび》を掻き起こす。ぽっと炎が上がったのを見て炭を足していると、表の戸がほとほと叩かれた。

お利久なら、遠慮なく戸を開けるはず。ならば客だと、土間に揃え置いた下駄をつっかける。

戸を開けた先に立っていたのは、母娘と思しき二人連れだった。どちらも色の褪めた木綿の綿入れを身に着けており、娘のほうが母親にぐったりと身を預けている。

「ああ、これはどうも」

母親の顔に、見覚えがあった。といっても、名前は知らない。昔お利久に子を取り上げてもらったそうで、恩義を感じてその後もたまに干し柿などを持ってくる。

「うちの子が無事生まれてきたのは、お利久さんのお陰なんですよ」と、神仏を拝むように手を合わせていた。

逆子のお産だったらしい。足から出てきたのをお利久が引っ張り、どうにか産声を上げたという。その拍子に頭も引っ張られて長くなってしまったが、生きているのがなによりだと笑っていた。

この娘が、そのときの子なのだろうか。頭の形は、島田に結った髪で紛《まぎ》れている。なにがあったのか、顔色が悪かった。

「すみません。祖母はまだ、帰っていないんですが」

いつもの訪問とは、様子が違う。恐る恐る切り出すと、母親は「いいえ」と首を振った。

「お利久さんに、用があるわけではないんです」

ならば、美登里に？　まさか、そんなことはあるまい。

「よろしければ、伺いますが」

母親は腕の中で虚《うつ》ろに目を開いている娘を見遣ってから、美登里に顔を寄せてきた。

「お医者様に、繋《つな》ぎを取ってもらいたいんです。中条流の」

抑えてはいるが、覚悟のこもった声だった。

「どうぞ、お上がりください」

戸口でできるような話ではなかった。美登里は母娘を、中へと誘《いざな》う。魂が抜けたような、娘の様子も気がかりだった。

火鉢に鉄瓶《てつびん》をかけ、三人分の番茶を淹れる。娘は茶簞笥《ちゃだんす》に凭れるようにして座っていたが、飲むように勧めると、素直に湯吞みを手に取った。茶をひと口啜《すす》ったときだけ、頬に赤みが戻った気がした。

歳のころは、十四か十五。そうでなければいいと願いつつ、尋ねてみる。

「医者が入り用なのは、娘さんですか？」

母親が、重々しく頷いた。

娘の顔には、まだ幼さが残っている。それなのに、この歳で子を――。

遣り切れなさが、面《おもて》に出てしまったのか。母親が唐突に、「違うんです！」と腰を浮かした。

「この子はなにも悪くない。悪いのはそう、扇屋《おうぎや》の旦那ですよ！」

扇屋は、日本橋《にほんばし》に店を構える紙問屋だという。母親は、己の袂《たもと》に顔を埋《うず》めて訴えた。

「あの男が、娘を手籠《てご》めにしたんです！」

娘の名は、千代《ちよ》という。十二のときから扇屋へ、奉公に出ていたそうだ。癇《かん》の強い御新造様に仕え、つらいことも多かったが、持ち前の明るさでなんとかやってきた。そう、酒に酔って帰った旦那様に、無体《むたい》を働かれるまでは。

「翌朝娘は、うちに逃げ帰ってきました。泣いてばかりいるこの子からどうにか事情を聞き出して、それはあんまりだと扇屋に文句をつけに行ったんです。でも旦那は知らぬ存ぜぬ、挙句の果てには金目当てに嘘をついているとまで言われて。これっきり、奉公も辞めるようにと追い出されてしまいました」

目の前で自分のことを話されているのに、お千代は湯呑みを膝先に置いたまま、ぼんやり虚空を眺めている。娘のぶんまで母親が、涙を振り絞っているようだ。

「ひどい。御番所には訴えなかったんですか」

「この子が、お役人様の前でこんな話はできないと嫌がるもので」

それもそうか。お上《かみ》に訴え出るとなれば、それなりの調べを受けることになる。年若い娘が役人に向かって、己が手籠めにされた経緯《いきさつ》を語るなど、身を引き裂かれるよりつらいことだ。

「ならばもう、忘れてしまおうと話し合いました。時と共に、心の傷も塞《ふさ》がってゆくはずだからと。それなのに、月のものが来なくなってしまって――」

ついに母親が、畳に突っ伏しておいおいと泣きはじめた。あまりの痛ましさに、美登里もじっと目を閉じた。

扇屋の旦那は酔った勢いで、たまたまそこにいたお千代に手を出した。日頃食べつけないものを、ちょっと味見するような心持ちだったのだろう。けれども女の体は、食べて終わりの珍味ではない。血も流せば、子も宿る。男の過ちを押しつけられて、その後も生きていかねばならない。

もはや中条医に頼るしかないと、思い詰めるわけである。逆子ながらお利久のお陰で無事に生まれ、すくすく育ってきたというのに。この子がなぜそんな目に遭わなければいけないのかと、胸が痛む。

だが美登里は見習いとはいえ、産婆の端くれだ。感傷に流されず、やるべきことをしなくては。

「懐妊の兆《きざ》しは、月のものがこなくなったというだけですか？」

母親は畳に突っ伏したまま、こくりと頷く。

気の塞がることがあると、月のものは止まりがちだ。それだけで、子ができたとは言い難い。

「まずは、きちんと調べてみましょう。よろしいですか？」

身籠《みご》ってから二、三か月のうちは、子壺の形が左右不同となる。どちらかが必ず膨《ほう》張《ちょう》しており、そこに子の種が根づいたと思われる。

産門の中に指を入れ、もう片方の手で腹を押してみると、子壺の形は容易に測れる。この程度のことなら、見習いの美登里にもできる。

「たしかに、身籠っていますね」

お千代の股から指を抜き、盥の水で手を清める。一縷《いちる》の望みも砕かれて、両手を握り合わせていた母親が肩を落とした。

「そうですか。じゃあやっぱり、お医者様を――」

されるがままになっているお千代の、着物の裾《すそ》を直してやる。頭の中には源斎の、作り物のような笑顔が浮かんでいた。

「産むことは、できませんか？」

と、尋ねてみる。泣き腫《は》らした母親の目が、驚愕《きょうがく》に見開かれた。

「同じ女として、お千代さんには同情します。ですが、子に罪はありません。産んで、育てろというわけじゃないんです。子をほしがっている夫婦は、他にいますから。必ずいいご縁を見つけると、約束します」

子がなかなか授からなかったり、授かっても幼くして亡くしたり。望んでも得られぬ夫婦が、この江戸にはごまんといる。それぞれの家の事情に深く立ち入らねばならぬ産婆は、そのあたりの要望も心得ていた。

「なにより堕胎の術は、危険なんです。月満たぬ子を無理に掻き出すんですから、母親だって無事には済みません。痛みと高熱に苦しめられて、命を落とすこともあります」

中条流の口伝薬《くでん》には、腐り薬というものがある。詳しい処方は知らないが、水銀を混ぜた丸薬を、産門に挿《さ》し入れて置いておくそうだ。しばらくすると腹の中の子が腐り、ずるずると下りてくる。そんな強い薬を使って、母体に響かないわけがない。

堕胎のやり方などまるで知らなかったらしく、美登里の話を聞いて、お千代の母親は顔色を変えた。恐ろしいほどよく光る目で、娘の顔を凝視している。肝心のお千代はそれでもなお、人形のように座していた。

「お千代さんの体を思うなら、十月十日辛抱してみませんか。もちろん普通のお産だって、危険がないとは言いません。でも腐り薬を使うよりは、はるかにましです」

誰が言いだしたのか腐り薬とは、言葉自体にぞっとする響きが込められている。それを承知で、美登里は薬の名を口にした。

母親は、呆《ほう》けたままの娘をじっと見つめている。やがて小さく、頷いた。

「分かりました。娘の体が、なによりも大事ですから」

よかった。美登里は控えめに、安堵《あんど》の息を吐き出した。

お千代の父はすでに亡く、今は繕《つくろ》い物で生計を立てている母親と、下平右衛門町《しもへいえもんちょう》の裏店に寝起きしているという。月に一度の往診を約束し、美登里は帰ってゆく母娘を見送った。

己の説得で、罪なき赤子の命を救うことができた。これで少しは母子の助けとなる、理想の産婆に近づけただろうか。

胸の内に、自負の念が湧き起こる。我知らず、小鼻がぷくりと膨《ふく》らんでいた。

四

師走《しわす》も半ばとなっても、聖天町に住むお紋の子は、いっこうに子返りしなかった。

諦めずに毎日通い、灸を据えてきたが、この先はもう気休めにもならない。理不尽な現実と、向き合わねばならぬ局面に入っていた。

「力及ばずで申し訳ない。アタシの灸では、子返りさせることができなかった。この子は逆子で生まれてくるよ。お産のときはもちろんできるかぎりのことをするけれど、万が一も考えておかなきゃならない。いざとなれば赤子の命より、お紋さんを救うためアタシは手を尽くします。そのことを、よぉく承知しておいてもらいたい」

古びた畳に手をつき、お利久はそう言って頭を下げた。己の力不足を認めつつも、毅然とした声色だった。

背後に控えていた美登里も師に倣《なら》い、頭を下げる。「ふざけるな！」と怒鳴られても動じぬよう、心構えだけはしておく。

お紋の亭主は、左官だという。大事な話があると伝えておいたら、仕事を休んで待っていた。寡黙な男らしく、覚悟していたような罵声《ばせい》は飛んでこない。しばらくは、誰一人声を発さなかった。ややあって「頭を上げてくだせぇ」と、掠《かす》れた男の声がした。

「謝られても、これぱっかりはどうしようもねぇ。お紋を、よろしく頼みます」

訥々《とつとつ》とした口ぶりなのは、溢《あふ》れ出そうになる他の言葉を、胸の内に押し込めているからだ。「なんでうちの子が」「子返りできるって言ったじゃねぇか」「承知しろって、できるはずねぇだろう！」

表に出ることのなかった言葉を、美登里は耳の内で聞いた気がした。それでもすべてを飲み込んで、亭主は神妙に顎を引いた。

お産において母子共に危険なときは、子を諦めてもらうのが定石となっている。母親さえ生きていれば、いずれまた子を作れるからだ。しかし時をかけて腹の中で子を育んできた女が、そう簡単に思い切れるはずもない。

お紋は声もなく、はらはらと涙を流していた。突き出た腹を着物の上から、愛おしそうに撫でている。つられて目頭が熱くなるのを感じたが、唇を噛《か》んでぐっと堪《こら》えた。

「そう。この子とは、会えないかもしれないんだね」

慈愛に満ちた眼差しが、今は亡き母と重なった。「いい子が生まれますように」と、母もこうして己の腹を撫でていた。

「いざとなれば、です」

たまらず美登里は、身を乗り出していた。

「逆子でも、お利久さんは幾人も取り上げています。あまり、思い詰めないで――」

「美登里」

お利久に、名を呼ばれた。鋭くもない、落ち着いた声だった。

しかしその声には、美登里の口を塞ぐだけの重みがあった。

「すみません」と、引き下がる。

少しでも、お紋の心を軽くしてやりたかった。逆子のお産が必ずしも、不幸に終わるとはかぎらない。お利久は腕のいい産婆なのだ。

お紋の耳には、美登里の弁などまるで届かなかったようだ。優しい手つきでいつまでも、腹を撫で続けていた。

師走の町は慌ただしい。特に今日は浅草寺《せんそうじ》に歳の市が立ち、浅草界隈《かいわい》は人でごった返している。

人込みを避けて裏道を通っても、正月の注連飾《しめかざ》りや破魔弓《はまゆみ》を持った人とすれ違う。五つ六つの女の子が、買ってもらったばかりの羽子板を胸に抱く様も愛らしい。破魔弓は男の子の、羽子板は女の子の、初正月の贈り物としても人気があった。無病息災のお守りである。

子は七つまでは神のうち。翻《ひるがえ》れば、いつ神の元に戻ってしまってもおかしくはない存在だ。それでも親は子の魂をこの世に繋ぎ止めておきたくて、まじないに縋《すが》っている。

「さっきのは、よくないね」

羽子板を抱く女の子を目で追っていたら、ふいにお利久が戒めてきた。お紋に対し、気休めを口にした件である。美登里は風呂敷包みを胸に抱えた。

「でもお紋さんには、まだ諦めてほしくないから――」

「お紋さんのためじゃない。アンタは自分が楽になりたくて、あれを言ったんだよ」

美登里はごくりと唾を飲む。そうなのだろうか。腹を撫でるお紋を前に、いたたまれなさを感じたのはたしかだった。

「今日はあの二人に、いざというときの覚悟を固めといてもらいたかったんだ。進退が窮《きわ》まってから、その場で決断を迫るのは酷だからね。前もっての、心構えが必要なんだよ」

無事に生まれてくるものと信じていた子が死ぬのと、望み薄と言われていた場合とでは、落胆の度合いが違う。心構えとは、そういうもの。けれども、悲しみの深さは変わらない。

望み薄と言われた親は、前もって悲しむのだ。美登里はお紋の悲しみを、静かに受け止めることができなかった。

「産婆になりたいんだろう。ならアンタの気持ちなんざ、二の次三の次。子がもたらす喜びも悲しみも苦しみも、一番に味わうのは母親なんだ。出しゃばるんじゃないよ」

「——すみません」

お利久はときに、憎まれ役すら買って出る。相手の気持ちが楽になるなら、それでいいと思っている。

母のお産に間に合わなかったときも、「なんでもっと早く来てくれなかったの！」と詰《なじ》る美登里に、弁明の一つもしなかった。目の前の産婦を放って、娘の元に駆けつけられなかったのは分かる。でも本当は他の誰よりも、母を優先してほしかった。

美登里は今でもお利久のことを、うっすらと恨んでいるのかもしれない。だからこそ一人前の産婆になって、見返してやりたいと思っている。

その道のりは、まだまだ長い。

「さてあとは、下平右衛門町に寄って帰ろう」

説教はここまでと、お利久が話を切り替える。下平右衛門町は、お千代の家だ。

母娘が訪ねてきた翌日に、念のためお利久が往診している。美登里の見立てどおり、お千代はやはり懐妊しており、母親がはっきりと「産ませるつもりです」と告げたそうだ。

あれからひと月以上が経《た》った。そろそろ様子を見に行かねばならない頃合いだ。

「はい」と頷き、美登里はお利久のあとについて行った。

「どうも、利久です。ご機嫌伺いに参りましたよ」

ほとほとと、お利久が腰高障子を叩く。色の変わった障子紙には、『つくろひもの』と墨書されていた。

すなわち繕い物。お千代の母の、仕事である。

いくらも待たずその母親が、腰高障子をそろりと開けた。

「おやまぁ」と、お利久が驚く。母親の顔に、眉毛《まゆげ》が生えている。

女は子を産むと、眉を落とす。産まずともある程度の歳になれば、やはり剃《そ》り落とす。四十路《よそじ》近い女が若い娘のようにふさふさと眉を生やしているのは、異様であった。

「これはいったい、なにごとだい」

「お見苦しくてすみません。剃刀《かみそり》を、処分してしまったものですから」

恥じ入って、母親が手で眉を隠す。剃刀がなければ顔剃りもできず、言われてみれば頬にも産毛が光っている。

「なぜそんな真似を」

「娘のつわりが、ひどくって」

問いかけと、答えが合っていない。部屋を振り返った母親の視線を追ってみると、薄暗い四畳半に夜具が敷かれており、お千代が寝かされているようだ。

「失礼するよ」

ひと言断り、お利久が座敷に上がる。美登里も会釈《えしゃく》をして、それに続いた。

仰向《あおむ》けになって休んでいるお千代は、ぞっとするほど痩せていた。瞼は薄く開いており、眠っているわけでもないのに、枕元に座ったお利久を見遣りもしない。

「水すらも、吐いてしまうんです」

母親が、夜具を挟んだ向かい側に腰を落ち着ける。薄暗い中で見ると、顔に差す影が濃い。彼女もまた、痩せたのだ。

「それだけじゃ、ないだろう」

脈を取ろうと、お利久がお千代の腕を取る。覗き込んで、ぎょっとした。お千代の手首には、薄い瘡蓋《かさぶた》が幾筋も走っていた。

「剃刀があると、自分で傷つけてしまうんです。恐ろしいので包丁も、鋏《はさみ》も針も処分しました。普段はぼんやりしているのに、急に気が高ぶるときがあって」

以前会ったときには涙を振り絞っていた母親の、双眸《そうぼう》は静かに乾いている。もはや、泣く気力さえないのだ。

「つわりが始まるようになって、この子も腹に子がいると身に染みたんでしょう。『鬼の子が育ってる』と言って、ひどく暴れるんです。無理に抱きすくめて子守唄を歌ってやると、だんだん落ち着いてゆくんですけど」

その際に、お千代は己を傷つける。まるで自分の体ごと、子を葬り去ろうとするように。

「それは、いけないね」

妊婦の前だというのに珍しく、お利久が顔を強張《こわば》らせる。お千代の脈を取ってから、夜着の中に優しく戻した。

潤いをなくしてかさついているその腕を、水にしてしまったほうがいいかもしれない」

「場合によっては腹の子は、水にしてしまったほうがいいかもしれない」

お利久の呟きは、独り言のようにも聞こえた。聞き間違いであることを願いつつ、
美登里は斜め前に座る祖母の横顔にじっと視線を注いでいた。

「堕胎は危険だって、美登里さんが――」

ややあって、母親が虚ろに呟いた。

お利久がこちらを見返り、眼差しを強くする。美登里とそっくりな、小さな目だ。

それでも鋭く、突き刺さってくる。

「アンタが産むよう勧めたのかい。アタシになんの相談もなく？」

お千代の母親の用向きがもとは堕胎の相談だったことを、お利久には伝えていなかった。だって産むと決めたのだから、必要ないと思っていた。

「間違ったことは言っていません。堕胎が危険なのは本当だし、腹の子にはなんの罪もないんですから」

産婆を志《こころざ》す者として、女の腹に宿った子を、みすみす流させてしまうことなどで

きない。世の中には無事生まれてくれと願っても、月満たず流れてしまう子がおり、悲しむ親がいる。胸の痛む光景を、美登里は見習いになってから何度も見てきた。

お利久もきっと、同じ意見だと思っていたのに。鋭い眼差しには、非難の色が滲んでいる。

「お千代さんは、産みたいと言ったのかい？」

抑制のきいた声で問いかけられ、美登里は思わず息を呑む。それを答えと受け取って、お利久はあやすようにお千代の肩を叩いた。

「お千代さん、お千代さん」

呼びかけられても、お千代は薄く開いた眼で虚空を眺めている。耳元に、お利久が口を寄せた。

「正直に教えてくださいな。あなたは、ややこを産みたいですか？」

「ややこ？」

声は出ない。乾いてひび割れた唇が、小さくその形に動いた。

室内がしんと静まった、次の瞬間。お千代が発作でも起こしたかのように、カッと目を見開いた。肩に置かれていたお利久の手首を摑《つか》み、縋るようにして起き上がる。

「嫌、嫌！　ただのややこじゃない、これは鬼の子だ。産みたくない。殺される。アタシはこの子に殺される！」

いつから結っていないのか、髪を振り乱して訴える。頬の肉が落ちたせいで、目ばかりがぎらぎらと大きい。この子はとっくに、正気を失っていたのだ。

「お願い、殺して。鬼の子もろとも、殺して。怖い、怖いの！」

お利久の腕に爪が食い込み、肌が破れた。母親が慌てて、お千代を抱きすくめる。

「よしよし、いい子だ」と、乱れた髪を撫でてやる。

ねんねん〜ころ〜り〜よ、おこぉ〜ろ〜り〜よ〜。

柔らかな子守唄に、お千代の慟哭《どうこく》が重なる。母親は辛抱強く、背中を叩きながら何度も何度も歌ってやる。きっと子の夜泣きに困った夜も、こうして背中を叩き続けていたのだろう。

母と娘の密な交わりを、美登里は呆然《ぼうぜん》と眺めていた。お千代が腹の子を恐れているなど、今の今まで知らなかった。

真砂町の家を訪ねてきたときのお千代は、まるで人形のようだったから。目の前で自分のことを話されても反応がなく、ぼんやりとしていた。美登里は母親を説得しただけで、お千代の意思などたしかめてみようとも思わなかった。

本当ならされるがままになっているお千代を見て、心の傷の深さを推し量らねばならなかったのに。美登里はそれを怠って、己の意見を押しつけたのだ。

「子がもたらす喜びも悲しみも苦しみも、一番に味わうのは母親なんだ。出しゃばるんじゃないよ」

ついさっき、お利久にそう叱られた。美登里はなにも、分かっちゃいなかった。

地の底を這《は》うようだった、お千代の慟哭が収まってゆく。

そのときを待ってお利久が尋ねた。

「よござんすね？」

お千代の母が、どす黒い顔で頷く。お利久はこちらを見遣りもせず、美登里に命じた。

「源斎先生を呼んどいで」

畳に座ったまま、とっさに動くことができなかった。腹の子を、源斎に任せる。つまりまだ生きている子を、殺めるという意味だ。そんな恐ろしい決断を、産婆である祖母の口から聞きたくなかった。

「アンタが行かないんなら、アタシが行くよ。ひとまずこれで、失礼しますね」

お千代と母親に一礼して、お利久が歳のわりに身軽な動作で立ち上がる。下駄を履《は》き、外へ出てゆく後ろ姿を、美登里は慌てて追いかけた。

「おばあちゃん！」

産婆見習いになると決めたとき、祖母には「これからはお利久さんと呼びな」と命じられた。こんなふうに呼びかけるのは、ずいぶん久しぶりのことだった。

お利久は構わず、裏店の前に通された溝板《どぶいた》を踏んでゆく。路地木戸を抜けてから、ようやく足を止めて振り返った。

「本当に、これでいいの？　赤ん坊が、殺されちゃう」

泣くのを堪えている幼子のように、声が震えた。実の母に「鬼の子」呼ばわりされた赤ん坊が、哀れでならなかった。

お利久が、鼻から深く息を吐いた。

「あの調子じゃ、お千代さんがもたない。子を腹の中で養い、産み出すには、並々ならぬ気力がいるんだ。あの子の心はすでにズタズタで、擦《す》り切れちまってる」

望みもしない子が、腹の中で育ってゆく。無体を働かれた末に、できた子だ。体が変わってゆくたびに、お千代は恐ろしかった夜を思い出す。鬼のように迫りくる扇屋の旦那の、息遣いや汗のぬめりと共に。

お千代はきっと、生娘《きむすめ》だったろう。美登里もまた同じ。好いてもいない男に無理に組み伏せられる恐怖を思うと、背中にぞわりと寒気が走る。

それでもやっぱり、赤子に罪はないのだ。生まれもしないうちから忌《い》み嫌われて水にされるなんて、あんまりだ。

「でも、でも――」

「美登里」

名を呼ぶお利久の声が、優しかった。師ではなく、祖母の声だ。

「アンタは、優しい子だよ。おっ母さんと妹の死が身に染みて、出来得るかぎり母と子の両方を助けたいと願ってる。でもね、女が子を身籠り、産み育てるってのは、そんな生易しいことじゃないんだ。どっちも助けたいなんて言ってたら、両方の命がこぼれ落ちちまう。その時々の状況を見極めて、選んでいかなきゃならないんだよ」

お利久の言わんとすることは、よく分かる。産婆見習いとして生《せい》の瞬間に触れ合ってきたぶん、多くの死にも接してきた。でも慣れることなんて、できやしない。いつだって、苦しくてたまらない。

「美登里、今戸にお帰り。産婆になりたいなら、所帯を持って子を産み育て、独り立ちさせてからでも遅くはない。アンタはまだ、人《にん》が練れていないんだよ」

その手で数多の命を取り上げ、そして諦めてきた祖母が、背中を見せて遠ざかってゆく。

美登里は震えながらその場に立ち尽くし、お利久を追いかけることさえできなかった。

五

伸びきった饂飩《うどん》のような、張り合いのない日々が過ぎてゆく。

今戸の家に戻った美登里は、ただ漫然と家事をやり、飯を食べ、眠った。父はいつもと変わらず日の出と共に絵馬を描き、日が沈むと筆を置く。美登里が身一つで帰ってきても、「心ゆくまでやれたかい？」と尋ねただけで、他になにも聞こうとはしなかった。

真夜中に戸を叩く音で起こされることもなく、命のやり取りを前に心をすり減らすこともない。昨日の続きを今日生きて、今日の続きを明日生きる。正月を迎える準備もせぬままに、気づけば年が明けていた。

寝足りているはずなのに、やけに体が重い。美登里は爪先立ちになり、家の裏手の物干し竿に、襌や腰巻を干してゆく。

風はきりりと冷えているが、そのぶん空が澄み渡り、お天道様も朗《ほが》らかな顔を覗かせている。一月十五日、小正月である。松の内を忙《せわ》しなく過ごした女たちが、骨を休める日だ。骨を休めっぱなしの美登里にしてみれば、これといった喜びもない。

所帯を持って、子ができれば、張り合いがないなんて言っていられなくなるのだろうか。でも今さら、嫁ぐあてもない。

褌越しにちらりと、向かいの家の裏口を見遣る。お千代はあのあと源斎の家で処置を受け、五日ほど留《とど》まった。子を無理に流した痛みと高熱に苦しめられたが、手厚い看護により回復し、自分の足で歩いて家に帰ったという。

そういうことを、聞きもしないのに源斎が教えてくれた。お千代は帰る間際に源斎の手を取り、涙ながらに何度も礼を言ったそうだ。

「子を流してもつらい記憶まで消えるわけじゃないが、それでもあの子がまた、笑えるようになるといいな」

自らの手で子を始末しておきながら、源斎は綺麗ごとを言い、空を見上げて微笑んだ。

美登里には、そう思えない。お千代にはこの先も、子の無念を背負って生きてほしい。鬼のような男の種だったかもしれないが、腹に宿っていたのは紛れもなく、お千代の子だったのだから。

「あ、痛っ！」

襷の布地が、指に引っかかる。いつの間にか、手には皸が目立つようになっていた。


不穏な気配に目が覚めたのは、その夜のこと。

家の裏手が騒がしく、美登里は夜具からむくりと起き上がった。隣で眠る父はなにも気づかないのか、規則正しい寝息を立てている。足音を忍ばせて、裏の物干し場へと通じる障子戸を薄く開けてみる。

夜の気配が肩先を撫で、美登里はぶるりと身震いする。源斎の家の裏口に提灯が揺れており、使いに遣られたらしい男が、しきりになにかを訴えていた。

「念のため」とか「なるべく急いで」とか、声は途切れ途切れに聞こえてくる。この夜更《よふ》けに、源斎を呼ばねばならぬ事態が起こったのか。

火急の用で中条医が呼ばれるのは、難産でもはや子が助からぬときである。母子もろとも命を取られぬために、腹の中の子を中条流の技で掻き出す。今宵《こよい》もどこかで、死に瀕《ひん》して苦しんでいる女がいるのだ。

胸が苦しくて、美登里は寝間着の衿元《えりもと》をぎゅっと握る。風に乗って、使いの男の声が届いた。

「頼んだぜ。聖天町の、お紋さんだ！」

聖天町の、お紋。お利久の灸をもってしても、逆子が直らなかった妊婦である。

そういえばもう、産み月だ。まさかと思い、美登里は寝間着のまま、裸足《はだし》で地面を踏んでいた。

「源ちゃん！」

急に飛び出してきた女に、帰りかけていた男がぎょっとして振り返る。そんなことには構わずに、裏口の戸を閉めようとしていた源斎に取りすがる。

「さっきのは、なに。お紋さんの赤ん坊、駄目だったの？」

寒さなど、微塵も感じていなかった。源斎が着ていた羽織《はおり》を脱いで肩にかけてくれたが、温《ぬく》もりすら分からない。

眼を開いて見つめていると、源斎が「そうじゃない」と首を振った。

「お利久さんからの使いだ。逆子のお産になるから、いざというときの心積もりをしといてほしいってね。お紋さんはまだ、産気づいたばかりだよ」

よかった。ほっとすると同時に足が震え、美登里は己の膝に手をついた。お紋も子も、まだ無事なのだ。

「念のため俺は、用意を整えてから様子を見に行く。もう遅いから美登里は——」

「分かった。じゃあアタシは、ひと足先に行く！」

頭の中に、愛おしそうに腹を撫でるお紋の姿がちらついた。こんな夜に、じっとしていられるわけがない。

源斎は、眼をひん剝《む》いて驚いていた。すぐさま身を翻して走り出そうとした美登里を、「おい！」と呼び止める。

「せめて、下駄くらい履いて行け！」

それもそうだ。美登里は家に駆け戻り、足の裏を払ってから座敷に上がる。暗がりの中に、父親が身を起こして座っていた。

「行くのかい？」

「うん。お紋さんのことは、アタシだって見てきたから」

見習いの身であろうとも、お利久と共に毎日のように通い、お紋の腹の子の無事を祈った。どうか元気に生まれてきてほしい。難しいお産なら、手はいくらあっても足りぬはずだ。

土間に揃えてあった下駄をつっかけて、今度は表口から外に出る。今戸から、聖天町は目と鼻の先。山谷堀《さんやぼり》を渡ればすぐだ。

下駄を鳴らして走りながら、凍《い》てついた空を見上げる。やけに明るいと思ったら、今宵は満月。年が明けてはじめての、欠けたところのない月である。冴え冴えと光る月の中に、腰から下を朱《あけ》に染めて、苦しみぬいて死んだ母の姿を見た気がした。強く瞬《まばた》きをして、その像を振り払う。大丈夫だ。お紋には、お利久がついている。

己を励まし、美登里は白い息を吐く。お産のある場所がいつもそうであるように、お紋の家の前には人だかりができていた。忙しなく動き回るおかみさんたちと、所在なく立ち尽くす男たち。美登里は人の間を縫うようにして、勝手知ったる家の中へと駆け込んだ。

四畳半ひと間の裏店である。戸を開けた先にはもう、力綱に摑まって息を荒くしているお紋がいる。その足元にうずくまるお利久が、横目にちらりとこちらを見た。鋭い眼差しだった。素人《しろうと》の出る幕じゃないと追い返されるのではと、身を硬くする。

案の定、叱声《しっせい》が飛んできた。

「なにぼんやりしてんだい。さっさと上がって、お紋さんの汗を拭いてやんな!」

寒い時期のお産は、冷えた汗に体力が奪われる。美登里は「はい!」と頷いて、盥の水でまず手を清めた。

産婦の呻きに呼応するように、行灯《あんどん》の火が揺れる。幾度目かの陣痛に苦しみ、お紋が積み上げた布団に預けていた背を反らす。

　産門の具合を見ていたお利久が、「よし！」と叫んだ。

「もう充分だ、いきんで！」

　美登里はおかみさんたちが沸かしてくれた湯を盥にあけ、産湯を作る。もう間もなく、夜が明ける。お紋の呻き声が、ひときわ高くなった。

　出てきたか。子を取り上げる姿勢になったお利久の肩越しに、股の間を覗き込む。大きく開いた産門から、丸いものが出かかっている。

　頭か！　と、喜んだのもつかの間。尻であった。

「ああ……」吐く息が震える。逆子はやはり、直らなかった。

　それでも足から出てきたなら、呼吸を合わせて引っ張り出してやることもできる。だが尻は、摑みどころがない。

　どうするべきか。時がかかれば、赤子は死ぬ。死んだ子が産門に詰まったままでは、時を置かずしてお紋も死ぬ。そうなる前に、源斎が死んだ赤子を腐らせて掻き出すことになる。

　どれも嫌だ。赤子もお紋も、救いたい。お紋の腕に、元気な子を抱かせてやりたい。

「源斎先生！」

お利久が顔を上げ、戸口に向かって叫んだ。外で待機していたのだろう、源斎がすぐさま戸を開けて入ってくる。

嘘だ、まだ早い。子は生きているのに。

いやいやと首を振る美登里を押しのけて、源斎がお利久の傍らに膝をつく。二人でなにか言い交《かわ》していると思ったら、お利久がすっと立ち上がった。

あとはもう、源斎に任せるということか。そんな馬鹿な。

「待って。ねぇお願い、もう少し――」

「うるさい。騒がずに、よく見てな！」

お利久に一喝《いっかつ》されて、滲みかけていた涙も引っ込んだ。

源斎がお紋の背側に回り、優しく語りかけている。

「苦しいでしょうが、しゃがめますか。力綱に摑まって。そう、踏ん張るんです」

お紋が激しく喘《あえ》ぎながら、力綱に頼って両膝を立てる。その背中を、源斎が支えている。

お利久はお紋の正面に回り、蛙のように開かれた脚の間に座った。

「なにを――」

美登里の問いに、答えてくれる者はない。代わりにお利久が、「汗！」と言った。

ハッとして、手拭《てぬぐ》いを取り上げる。お紋の顔は、汗と涙と鼻汁にまみれている。震える手で、拭ってゆく。

「息を短く吸って、吐いて。吸って、吐いて。吐く息と共に、痛みを逃しましょう。さぁ、踏ん張って。お紋さんも、この子も強い。必ず生きて会えますからね」

お紋の耳元に、源斎が語りかけていた。彼は子を腐らせるために、ここにいるわけではないようだ。

「よし、あとひと息だ。美登里、腹を上から押してやりな！」

子の命を、諦めたわけではなかった。お利久の額《ひたい》にも、汗が光っている。

「はい！」

力強く頷き、美登里はお紋の突き出た腹を、下に向かってぐっと押す。

夜の帳《とばり》を切り裂くような、お紋の絶叫が響き渡った。

一睡もしていない目に、朝の陽射《ひざ》しが鋭く刺さる。

濡れた砂でも詰められたのかと疑うくらいに、体が重い。それなのに気が高ぶっていて、ちっとも寝つけそうにない。

夜が明けてから帰宅してみると、父親はすでに仕事をしており、一心に筆を動かしていた。祈るように、愛おしむように、丁寧に馬の絵を仕上げてゆく。子を望む女たちも、この絵馬を買ってゆくのだろうかと、ふと思った。

薄着で駆けつけたせいで、体はすっかり冷えていた。小刻みに震えながら綿入れに着替え、家の裏手に回る。長身の源斎が井戸端にしゃがみ、顔を洗っているところだった。

「はい、これ」

すぐ傍まで近づいて、手にしていた布を差し出す。源斎はうつむいたままそれを受け取り、顔を拭いてから「うげっ！」と口元を歪《ゆが》めた。

「なんだよ、俺の羽織じゃねぇか」

べつに、手拭いだと言って渡したわけではない。勝手に間違えたくせに、非難の目を向けてくる。寝不足のため下瞼には、くっきりと隈が浮いていた。

「ひどい顔」

「お前もな」

鏡を見ていなくとも、そうだろうなと思う。頬を撫でてみると、吹き出物までできていた。

顔を見合わせ、どちらからともなくふふっと笑う。疲れきってはいるが、決して悪い疲れではなかった。

明け方のもっとも寒いときに、お紋の子は生まれてきた。腹の中で両足をまっすぐに伸ばしていたようで、尻がすっかり出てしまえば、踵《かかと》が引っかかることもなくするりと出てきた。

なかなか産声を上げなかったからひやりとしたが、お利久が背中を叩いてやると息を吹き返し、力いっぱいおぎゃあと泣いた。女の子だった。

気力を使い果たしたお紋は後産を終えてもぐったりしていたが、産湯を使わせて布で巻いた赤ん坊を胸の上に乗せてやると、「嬉しい」と言って泣きだした。この世で最も美しい涙だった。

今日もまた、冷え冷えとした風に似合わぬ青空が広がっている。源斎が天を仰ぎ、心地よさそうに目を細めた。

「くたびれたな。この後はもう、すぱっと一服つけて寝ちまおう」

「煙草《たばこ》、吸うんだっけ」

「めったに吸わねぇが、今吸うと旨《うま》い気がする」

「ただ働きだったのに？」

源斎は、中条流の技を使ったわけじゃない。お利久の手助けをしただけだ。あとで小遣い程度の手間賃はもらえるかもしれないが、儲けにはならない。

「なぁに、母子ともに壮健がなによりだ」

子を流すのが生業《なりわい》の、中条医の言葉とは思えなかった。女の弱みにつけ込んで、あくどく儲けてきたはずなのに。

「なんだ、その顔は。俺だってな、母も子も救えるときは、救いたいと思ってんだよ」

心外だと言わんばかりに、源斎が胸を反らす。いつもの作り物めいた表情ではなく、晴れ晴れと笑っている。

「それでもこの世には、いろんな事情の女がいる。こないだのお千代さんもそうだ。これ以上はもう産めないと、泣きついてくるおかみさんだっている。将来を誓い合った相手と引き離された大店の娘が、母親に連れられてくることだって。女自身がその先を生きてゆくために、子を始末しなきゃならないこともある」

お千代の件では、まだうまく飲み込めぬこともある。だがあの子にとって、源斎は恩人なのだろう。

「そんなのは、女の勝手だわ」

「ああ、そうだろうな。でも俺はもともと女たちを救いたくて、中条流の医者になったんだ。美登里のおっ母さんを助けられなかった夜に、決めたんだよ」

源斎の口から、中条医になった理由を聞かされたのははじめてだった。美登里が産婆を目指したのと、わけは同じ。お互いに、あの夜を引きずって生きている。

「美登里のおっ母さんは、俺にとっても母代わりだったからな。親父があまりに役立たずで、腹が立った」

せめて母だけでも救えないかと呼び出された源斎の父は、すぐさま「出血が多すぎる」と匙《さじ》を投げた。実際に中条流の技をもってしても、どうにもできない事態だったのだろう。それでも源斎は、胸の底にずっと怒りを湛《たた》えてきたのだ。

「そうだったんだ」

正反対の道を歩んでいるようでいて、あまりによく似た二人だった。命の灯《ともしび》が消えかけている母を前にして、泣き叫ぶことしかできない己の無力さが嫌だった。

母を、助けたかった。できることなら、妹も。

「でもアタシはやっぱり、子も救いたい」

「ああ、それでいい」

噛みしめるように呟くと、即座に源斎が頷いた。本心かと、疑うほどの素早さだった。

「お利久さんには、人が練れていないと言われたけど」

「まさか。あの人だってよっぽどだ。救えなかった母と子を、忘れないよう帳面に記録してるだろ」

「えっ」

「一緒に住んでるのに、なんで知らねぇんだよ」

お利久と暮らして、はや八年。そんな帳面は、見たこともない。

「もしかして——」

子を取り上げて家に帰ると、お利久はいつも美登里に洗濯を命じる。次のお産に、備えておかねばならないからと。

命じておいて、お利久は先に休む。休んでいるものと、思っていた。

あの隙《すき》に、書き留めていたのか。

だとすれば帳面は、どこに隠してあるのだろう。遡《さかのぼ》ってみれば、美登里のおっ母さんと妹の記録もあるのだろうか。

お利久とは一度、あの夜の苦しみについて、とことん話し合ってみる必要があるのかもしれない。

「なぁ、美登里。お前、産婆見習い辞めないよな」

源斎に問われ、瞑目《めいもく》する。さぁ、どうだろう。お利久の帳面を引き継ぐ覚悟が、自分にはあるのだろうか。

瞼に映るのは、子を抱いて「嬉しい」と泣くお紋の顔。それにお鶴にお蔓、その他大勢の、産婦の笑顔。どれもみな、疲れきってむくんでいるのに美しい。

そうだった。この仕事は、苦しいことばかりじゃない。

美登里は目を開けて、胸いっぱいに息を吸い込む。

どこからか、風が梅の香りを運んでくる。甘く、それでいて爽やかな、春の訪れを知らせる香りだ。

早春に生まれた女の子の名に、用いられることの多い花である。

ひと眠りして目が覚めたら、お紋の子に会いに行こう。そう思った。

残り香

篠　綾子

篠 綾子(しの・あやこ)

1971年埼玉県生まれ。2001年、第4回健友館文学賞受賞作『春の夜の夢のごとく 新平家公達草紙』でデビュー。17年「更紗屋おりん雛形帖」シリーズで第6回歴史時代作家クラブ賞シリーズ賞受賞。19年『青山に在り』で第8回日本歴史時代作家協会賞作品賞受賞。主な著書に『天穹の船』『藤原道長 王者の月』『歴史をこじらせた女たち』等、シリーズに「江戸菓子舗照月堂」「小烏神社奇譚」等がある。

一

青磁《せいじ》の香炉《こうろ》と香箸《こうばし》、炭《すみ》に練《ね》り香《こう》。香を薫《た》く用意が調《ととの》ったのを確かめ、おみつは火を熾《おこ》した。

黒い炭のかけらに灯《とも》った火は控えめだが、美しい橙色《だいだい》の光を放つ。夜空に輝く一つ星のように、あるいは、沈む間際の夕陽のきらめきのように。

おみつは小日向《こびなた》に店をかまえる香の店、仙薫堂《せんくんどう》の跡取り娘だ。

仙薫堂が扱うのは香木《こうぼく》、練り香、線香《せんこう》である。

売れ筋は、近頃流行《はや》りの聞香《もんこう》で使う香木と、金持ちから庶民まで需要のある線香だが、おみつは奥行きのある練り香の香りが好きだった。

香炉の灰が温まるのを待ってから、練り香を炭の近くにそっと沈める。少しすると、おみつ好みの奥ゆかしいしっとりとした香りが漂い始めた。

ところが、その香りを心行《こころゆ》くまで堪能《たんのう》したとも言えぬうちに、

「お嬢さん」

という控えめな声が部屋の外から聞こえてきた。

「泰助《たいすけ》さん？」

線香職人、泰助の声だと気づき、おみつは立ち上がって襖《ふすま》を開ける。

「旦那さんがお呼びです」

そう告げる泰助の顔は、心なしか浮かぬもののように見えた。

おみつの父で、仙薫堂の主《あるじ》である香四郎《きょうしろう》は脚気《かっけ》の病で療養中だ。夜の五つも過ぎた今、部屋に引き取った娘をわざわざ呼び出すのは、それだけの理由があるからだろう。

おみつの胸を不安がよぎっていった。

「すぐに行きます」

おみつは香炉に蓋《ふた》をしてから、部屋をあとにした。

「旦那さんからお話があると思いますが……」

手持ち行灯《あんどん》を手に先を行く泰助が、躊躇《ためら》いがちに教えてくれた。

「実は、庄吉《しょうきち》が出ていくことになりました」

「庄吉さんが……」

庄吉とは、今の仙薫堂が抱える最後の練り香職人である。庄吉が辞めてしまえば、残る職人は線香を作る泰助のみ。それで店を続けていくことができるのだろうか。

仙薫堂は京に本店《ほんだな》を持つ香の老舗《しにせ》である。江戸開府後間もなく江戸店《だな》を開いたのだが、三代目となる父の代に不幸が続いた。先代と跡取り娘だった母が相次いで亡くなり、父もまた病に倒れた。落ち目になったところへ、他店からの嫌がらせが重なり、仙薫堂の奉公人たちの多くがそちらへ引き抜かれたのだ。

「……うちの店は、もうおしまいでしょうか」

父の部屋へ向かう途中、自分でも気づかぬうちに、おみつは弱音を吐いていた。

「お嬢さん、あまりお心を痛めないでください」

気がつくと、泰助が何とも言えぬ眼差《まなざ》しを向けてきていた。

泰助は十三の年よりほぼ十年、仙薫堂で修業してきた職人である。職人らしい頑固さはあるが、父に対しては礼儀正しく、おみつに対してはいつも優しい。四つ年上の泰助を、おみつは兄のように頼り甲斐《がい》のある人だと思っていた。その優しさは、おみつの許婚《いいなずけ》が決まった時も、その許婚と破談した後も、変わることがなかった。

「何があっても、お嬢さんのことは旦那さんが守ってくださいます。俺も！」

いつになく熱のこもった声で告げた泰助は、おみつと目が合うと、軽く咳《せき》ばらいをしてから目をそらした。

「俺も、旦那さんをお助けするため、何でもしますから」

気まずそうな横顔と心のこもった言葉――泰助の思いやりが胸にしみた。

「ありがとうございます、泰助さん」

おみつは泰助の横顔を見つめながら礼を述べた。

「お父つぁん、失礼します」

おみつが部屋へ入った時、病身の父、香四郎は横になっていた。すぐに庄吉が店を去る話をするのかと思いきや、父は「荷葉《かよう》を薫いてくれるか」と静かに告げるのみだった。

父の部屋にも、香炉や炭、一通りの練り香が用意されている。荷葉とは「六種《むくさ》の薫《たき》物《もの》」と呼ばれる香の一種で、蓮の花を髣髴《ほうふつ》させるさわやかな香りだ。夏の今、薫くのにふさわしい香でもあるが、父が最も好む香りでもある。

おみつは先ほど自分の部屋でしていたように、火を熾した炭のかけらを香炉の灰に沈め、それが熱くなるのを待ってから荷葉の練り香を近くに埋めた。

ややあってから、

「荷葉は……やはりすがすがしいな」

と、父は目を閉じて呟《つぶや》いた。それなりしばらく沈黙していたが、

「庄吉がうちを辞めて、丹波屋《たんばや》へ行くそうだ」

と、唐突に告げた。

「庄吉さんが辞めることは泰助さんから聞きましたけど……。また丹波屋ですか」

思わず溜息《ためいき》が漏れる。丹波屋は大きな薬種問屋で、薬種を香料として使う仙薫堂の取り引き先であった。その縁から、丹波屋の主人の三男、千之助《せんのすけ》を仙薫堂の手代として預かっていたこともある。

その千之助がかつてのおみつの許婚であり、破談になった相手でもあった。以来、千之助は実家の丹波屋へ戻り、今はそこの手代頭を務めている。仙薫堂を目の敵《かたき》にし、奉公人たちを次々に引き抜いたり、余所《よそ》の店へ斡旋《あっせん》したりという嫌がらせをしかけてきた。その結果、仙薫堂の商いは傾き、無理の祟《たた》った父は倒れてしまったのである。

「練り香職人の庄吉さんまで引き抜くなんて。あちらは薬種問屋なのに……」

「何でも、暖簾《のれん》分けして、香を商う店を一つ出すつもりらしいな」

父が苦い口ぶりで教えてくれる。その店の主人は千之助だろうかと、嫌な予感が走

ったものの、今は余所の店のことより、仙薫堂の行く末である。

「お父つぁん、うちの店は……」

思い切って問いかけると、父は分かっているというふうにうなずいてみせた。

「練り香職人もいなくなった今、ここが退《ひ》き際だろう」

「お父つぁん！」

自分でも思っていた以上に悲痛な、未練がましい声が出た。が、父は静かに首を横に振る。

「お父つぁんが養生してよくなれば、また作れるでしょう？　それまでは庄吉さんの代わりにあたしが……」

おみつは練り香を作ることができる。父ではなく、亡くなった母から教えられたのだ。それは、代々仙薫堂の女たちに伝えられてきた「女香《おんなこう》」と呼ばれるもので、男の職人たちが作る売り物の練り香とは少し違うところもあるのだが……。

いずれにしても、練り香作りの基礎は身についている。あとは、父から職人の手わざを伝授してもらえれば――。

そう思ったのだが、

「俺たち職人の仕事は、お前のお遊びとは違う」

いつになく厳しい声で、父は言った。母から伝えられた女香について、父はくわしいことを知らないはずだ。それをお遊びと言われるのは心外な気がしたが、客相手に仕事をする職人の真剣さを、おみつは知らない。だから、口をつぐむしかなかった。

「店を畳んでも、少しは残るものもある。お前がこれからどうするか決まったら、その足しにすりゃあいい。お前はこの先、どうしたい。望みを言ってみろ」

そう促す父の表情はそれまでと違い、含みのある柔らかなものとなっていた。

この日、おみつは返事を先延ばしにし、父の部屋を下がった。


父の香四郎から仙薫堂を畳むと聞かされて二日が過ぎた。おみつは父の世話をしながら、昼は店番をするという、いつも通りの暮らしを送っている。だが、内心は落ち着かず、地に足がつかないような心もとなさをずっと抱えていた。

父は畳むと言ったけれど、おみつ自身は仙薫堂を守りたい。望みといえばそれより他に思いつかぬおみつに、父は告げたのだ。

――泰助がお前に、嫁に来てほしいそうだ。

泰助は水戸の線香屋の跡取りで、仙薫堂へは二十五歳までの約束で修業に来ていた。仙薫堂の店じまいと同時に、修業を切り上げ、実家へ帰るそうだが……。

「……仙薫堂さん。ねえ、お嬢さん」

店の帳場に座っていたおみつは我に返った。暇《ひま》に任せて物思いにふけっているうち、暖簾をくぐった客がいたようだ。目の前にいるのは髪に霜の降りた上品な女客で、見覚えはなかった。

「申し訳ありません。御用の向きは何でしょうか」

「練り香はどこかしら」

老女はその齢《よわい》とも見えぬ屈託のない顔で訊《き》いてきた。

「荷葉でしたら、こちらに」

庄吉の置き土産《みやげ》とも言うべき品が少しだけ並べてあるのを指し示す。ところが、

「欲しいのは梅花《ばいか》なのよ」

と、女客は首を小さく横に振った。梅花も荷葉と同じく六種の薫物の一種だが、その名の通り春の香だ。今の季節は出していない。そのことを言うと、

「香屋さんなら作り置きがあるのではなくて？」

と、食い下がられた。庄吉が作った商い用の品は、店に出しているものがすべてだが、おみつ自身が作った練り香なら部屋にある。そのことを思い浮かべていたら、女客は作り置きがあると察したらしい。

「梅花はね。私の大切な方がよく薫いておられた香なの。あの方を偲《しの》ぶための香に季節は関わりないわ」

遠い眼差しで言う女客を前に、あきらめてくださいとは言えなかった。

「少しお待ちください」

おみつは女客に断って自分の部屋に引き取ると、作り置きの香を持って父の部屋へ向かった。事情を話し、女客に渡してもいいかと訊くと、父は真剣な表情で練り香を検《あらた》め始めた。

「職人でないお前が作ったものであることをきちんと告げて、それでもいいとおっしゃったらお渡ししろ」

どうにか父の許しは得られた。その足で店へ戻り、梅花の練り香を五つ見せると、

「まあ、ありがたいこと」と女客は晴れやかに微笑《ほほえ》んだ。おみつが作ったものだと告げても動じることはなく、代金も売り物の練り香と同じだけ払ってくれた。

「今、お嬢さんには悩みごとがあるでしょう?」

買い物が終わると、女客は突然問いかけてきた。

「いえね。その中身を知りたいわけじゃないのよ。ただ、老婆心ながら言わせてもらうと、後から悔やむことだけはないようにね」

「…………」

「私の主は仕合《しあわ》せになるために生まれてきたようなお方だったけれど、寿命だけは短くて。私がこんなに長生きできるのなら、その何年分かをあのお方にお分けしたかった……」

女客は梅花の香が入った巾着をそっと撫《な》でている。

「この歌をご存じ？」

そう言って、女客は一首の歌を口ずさんだ。

よそにのみあはれとぞ見し梅の花　あかぬ色香《いろか》は折りてなりけり

遠くで見ていた梅の花、その本当の美しさも香りも、折り取ってこそ分かった、というような意だ。

欲しいものは遠くで眺めているだけではいけない。そう言われた気がした。このままおみつが返事をしなければ、泰助は遠い水戸へ行ってしまう。

仙薫堂の女たちに受け継がれてきた女香は、「女仙《にょせん》」という銘の沈香《じんこう》をほんの少しだけ混ぜる。多くの削り跡のある女仙の香木も、おみつは母から譲られていた。

「どういうわけか、これを混ぜると、香りにこくが出るのよ」

と、母は言っていた。春の梅花はより甘く、夏の荷葉はよりさわやかに。

そうやって作った女香には独特の使い道がある。生涯の伴侶が決まると、相手に自分の最も好きな香りを贈るのだ。

母が父に贈ったのは荷葉の香で、以来、父が最も好む香りも荷葉になった。母が父に恋と呼べる想いを抱いていたかどうか、おみつは知らない。二人の縁は先代――つまり母の父が香四郎の腕と人柄を見込んで取り持ったもので、二人とも店のために弁《わきま》えたようにも思える。

かつてのおみつの許婚も、先代の時と同じように、父の香四郎が選んだ。この時、おみつは許婚となった千之助に自分で作った女香を渡している。千之助は「ずいぶん地味な香りですね。まあ、お嬢さんにはお似合いか」と少し侮《あなど》るような言い方をした。香を受け取りはしたものの、彼は一度でもそれを薫いたことがあるのかどうか。

かつての記憶はおみつにとって、あまりよい思い出ではない。そして、千之助と破談になってからは、自分が誰かに女香を渡すことなど想像もしてこなかった。だが、今、おみつは練り香を薫く支度を調え、離れにある泰助の部屋へ向かっている。

泰助が自分を嫁にと望んでいる——そう聞いて驚きはしたが、胸が弾んだのも事実である。自分が嫁にいく姿は想像できなかったが、泰助の隣に並ぶ自分を思い浮かべることはあった。

ただ、水戸の線香屋を継ぐ泰助と、江戸の仙薫堂の跡取り娘であるおみつには、どちらかがその立場を捨てぬ限り、一緒になる道はなかったのだが……。

「失礼します」

声をかけたが返事はない。仕事熱心な泰助は夕餉《ゆうげ》を終えた後、再び細工場《さいくば》へ戻ったようだ。

おみつはひとまず置行灯に火が入っていないことを確かめると、手持ち行灯から火を移した。香炉をそのそばへ置き、炭のかけらに火を灯して灰の中に軽く埋める。そして灰が温かくなるのを待つ間、紙に包んできた練り香を取り出した。

梅花、荷葉、侍従《じじゅう》、菊花《きっか》、落葉《らくよう》、黒方《くろぼう》——これら六種の薫物の中に、おみつの好きな香りもある。

父が母の好む荷葉を好きになったように、泰助はおみつの香りに心を寄せてくれるだろうか。

そのうち、ジジッと炭の燃えるかすかな音がした。

香を薫くのに十分なほど、灰が温まったようだ。あまり時をかけすぎると、香りも変わってしまう。おみつは温かくなった灰の上にそっと練り香を置き、その上から灰をかけた。

やがて、控えめな甘さと共に、懐かしくて、どこか寂しさを催させる香りが漂い始める。おみつは目を閉じ、しばらくの間、香りを聞いていたが、泰助が戻ってくる気配はない。

置行灯の火を小さくしてから、おみつは立ち上がった。空薫《そらだ》きの香炉はそのまま残していく。

帰りに細工場へ寄って、泰助に声をかけていこうと思いながら部屋を出ると、数歩先に本人がいた。

「あっ、あの、行灯の火を入れに……」

肝心のことは言えず、特に言わなくてもいいことを口にしてしまう。

だが、泰助もまた、突然のおみつの姿に驚いているようであった。

泰助がゆっくりと近付いてくる。それぞれの持つ行灯の火が互いの姿をぼんやりと浮かび上がらせた。

泰助の表情がいつになく揺れていることに気づき、返事を先延ばしにしてきたことを、おみつは申し訳なく思った。

「先日、お父つぁんから店を畳むことにすると聞きました。泰助さんが水戸へ帰るということも」

おみつの言葉にうなずいた泰助は、ややあってから、

「……それだけですか」

と、訊き返してきた。おみつは慌《あわ》てて首を横に振る。

「いえ、泰助さんがあたしをもらいたいと言ってくれたことも聞いています」

思わず大きな声で返してしまい、途端に恥ずかしくなる。

「嬉しかったです。一度破談になったあたしにそんなことを言ってくれたなんて」

「そんな言い方はお嬢さんに似合いません」

泰助はきっぱりと言った。自分が正しいと信じることは決して枉《ま》げない、少し頑固ないつもの泰助だ。

（そういえば……）

破談になる前、おみつの許婚で、筆頭手代でもあった千之助に、泰助が殴りかかったことがあった。この時、千之助は泰助を店から追い出すよう香四郎とおみつに迫り、泰助自身も店を出ていく覚悟を決めていたようだ。諍《いさか》いの原因について、泰助は口を

閉ざし、言い訳一つしなかった。

これ以上、泰助を庇《かば》いきれないという段になって、念のため帳簿を調べてみると千之助の不正が発覚したのだった。その後も泰助は口を閉ざし続けたので、喧嘩《けんか》の真相はいまだに分からない。

だが、そんな泰助の不器用なまでにまっすぐなところを、おみつは慕わしく思っていた。

「俺は……千之助ごときにお嬢さんが傷つけられたなんて思っていませんから」

卑下《ひげ》する自分を叱《しか》ってくれる泰助の気持ちに、おみつは胸が熱くなった。

「ありがとうございます。あたしも……破談になってよかったとは思っていたんです。でも、今は心の底から、そのことを神さまに感謝しました」

「それって、お嬢さん……」

泰助が物問いたげな目を向けてくる。だが、どう言えばいいか分からず、

「あの、勝手なこととは思いましたが、お部屋に香を薫かせてもらいました」

と、遠回しな言い方になってしまった。顔が火照《ほて》っているのが自分でも分かる。

「え、それは……」

泰助の声が緊張する。やはり知っていたようだ。仙薫堂の娘が、夫にと決めた男に

自分の好きな香を贈るという習わしを――。

泰助は急に慌てた様子でおみつの横をすり抜けると、自分の部屋へと入っていった。

空薫きの香が少しずつ、おみつの好きな香りで部屋を埋めているはずだ。

泰助の姿が部屋の中へ消えてからも、おみつはその場に同じ格好のまま立ち尽くしていた。部屋に背を向けたまま、体の向きを変えることもせず。

ややあってから、おみつの前に戻ってきた時、泰助の顔は少し火照っているように見えた。

「お嬢さんは……侍従がお好きだったんですね」

深みのある声でしみじみと、香の種類を言い当てる。

「俺もずっと思ってました。品のある侍従の味わいは、お嬢さんにふさわしいって」

侍従は、秋の夕暮れを思わせる香とされる。しみじみと人恋しさに誘われ、寂しさに胸がきゅっと縮むような――。薫く度におみつは泰助が恋しくなった。ここ数年はずっと。そして、たぶんこれからもずっと。

「俺と一緒に水戸へ来てもらえますか」

「……はい」

おみつはうつむいたまま返事をした。

二

香を商う仙薫堂には、代々伝えられてきた品が二つある。一つは、沈香の中でも特に貴重な伽羅《きゃら》の香木で、もう一つは、仙薫堂独自の練り香の作り方を記した秘伝書だ。店を畳むに当たり、香四郎は伽羅の香木を手放すことを決めた。

「その金で、お前の嫁入り支度を調えてやれる」

そんなふうに言ってくれる父の気持ちはありがたいが、一方で少しやるせない。伽羅の買い手が見つかれば、今年の元禄《げんろく》七（一六九四）年暮れを目安にいよいよ店じまいとなり、おみつは泰助の水戸の実家へ挨拶《あいさつ》に行くのだ。

おみつ自身が気持ちに区切りをつけた頃、暦は秋を迎えた。仙薫堂に新しい客が現れたのは、ちょうどその頃のことである。

還暦超えと見えるその男客は、一人で暖簾をくぐってきた。身の丈五尺半ほどもあり、矍鑠《かくしゃく》として、動きもきびきびしている。

「練り香を作ってもらいたい。銘は『春翠《しゅんすい》』という」

どことなく気難しげに見える男客は、店の中に並べてある線香には目も向けずに告げた。

「うちには今、練り香を作る職人がおりませず……」

そうおみつが言っても、「ここの店の主人はかつて練り香職人だったと聞いたぞ」と客は返してくる。

「春翠は亡き妻が手ずから作っていた練り香でな」

妻の書き置きに香料が記されていたと言い、客はその写しを見せてきた。妻はもう三十年以上も前に亡くなったそうだが、男客は一度だけその香を聞いたことがあるという。

「妻の命日は師走《しわす》の二十三日。その日までに春翠を用意してほしい」

「そう言われましても……」

父は起き上がって文机《ふづくえ》に向かうくらいはできるが、練り香作りに集中できるほど持ち直してはいない。

そのことを話すと、客は主人に会わせてほしいと言い出した。今具合が思わしくないならまた出直してくるとまで言う。

その客の佇《たたず》まいが並々ならぬことは、おみつにも分かった。おそらくは武家か大店のご隠居といったところだろう。むげにはできず、父に意向を尋ねると、ひとまず話を聞こうということになった。

　そこで泰助にも声をかけ、男客を父の部屋へと案内する。四人が一堂に会した席で、客はまず梅里《ばいり》と名乗った。そして、先ほどおみつが見せられた香料の書き置きが香四郎の手に渡される。

　香四郎はそれをじっと見つめ、難しい表情になった。

「分量の記されていない香料があります。それに、おそらくは略称なのでしょうが、何のことか分からぬ記述も……」

「他の店でも同じことを言われた。どうしてもと言うなら、京へ出向くべきだとあしらわれもした」

　梅里は苦い口ぶりで言う。

「京へ行けとは、また無茶な話ですな」

　香四郎は梅里に同情を寄せたが、それでも引き受けようとは言わなかった。

「主人の具合が悪いことは聞いた。が、妻の命日までまだ半年近くある。よい医者をわしが探そう。治療にかかる薬代も払う」

　梅里は熱心に言った。

「いえ、そこまでしていただくわけには……」

香四郎は首を横に振り、書き置きを返そうとしたが、梅里は受け取らない。その代わり、

「ここに十両ある」

と、巾着が香四郎の前にぽんと置かれた。

「春翠を見事作ってくれた暁《あかつき》には、この十倍は払おう」

軽口のようにしか聞こえぬ言葉であったが、梅里は大真面目《おおまじめ》であった。しかも、こちらがどう言おうとも、書き置きと十両を引っ込めない。取りあえずそれらは預かり、相談の上、後日返事をすることになった。

梅里は最後まで自分の素性については明かさなかった。香の再現に百両支払うと言う老人がいったい何者なのか。気になりはしたものの、それ以上におみつは香を再現するという話に心を奪われていた。職人上がりの父、香四郎も同じ気持ちのようだ。

だが、病身の父が精魂込めてそれに打ち込めば、それこそ命を削ることになる。

「お父つぁんの指示を受けて、あたしが作るわけにはいかないかしら。泰助さんにも教えてもらいながら」

線香作りを専《もっぱ》らとする泰助も、練り香の作り方は一通り修めている。おみつ自身も母から教えられた女香の知識と技がある。皆が皆、それぞれの力を出し合って、梅里

の望みに応えることができたなら――。

「そうだな。この仕事をやり遂げられれば、ご先祖さまも少しはお怒りを鎮めてくださるかもしれん」

最後には父も納得し、おみつはその翌日から店番を早く切り上げ、細工場にこもることになった。

春翠という香銘から推し量るに、草木の芽吹きを髣髴させる香りなのであろうか。その香料として書き置きに記されていたのは、沈香、白檀《びゃくだん》、霍香《かっこう》など。

沈香は練り香の下地となる香料で、温めると香りが立つ。五味と呼ばれる甘さ、酸っぱさ、辛さ、苦さ、鹹《しおから》さが複雑に絡み合い、産地や熟成の長さによっても香りが変わる。とはいえ、そこまで細かく書かれてはいないので、まずは線香に使用している沈香で試してみることにした。

沈香に、巻貝の殻を砕いた貝香《かいこう》を加えて、湯で練っていく。分量は六種の薫物の中でも春の香りとされる梅花と同じ。おおよそ沈香が貝香の二倍から三倍である。

それに、香りの強い白檀、丁子《ちょうじ》を蜂蜜と梅酢で練ったものを混ぜて捏《こ》ね、炭粉も加えてさらに練る。やがて、耳たぶほどの柔らかさになったら、指先ほどの大きさに丸めるのだ。捏ねは力が要るし、休憩することもできないから、一連の作業が終わった後は肩が強張《こわば》り、腕がくたくたになった。

それでも「丁子と甘松《かんしょう》は癖がありますから、量を変えて試してみるといいでしょう」などと泰助が助言してくれると、疲れも吹き飛ぶ心地がする。おみつは泰助と一緒に細工場で仕事ができる今の境遇に、何とも言えぬ喜びと充足を覚えていた。

そんな日々が続いたある日のこと、

「お嬢さんは生き生きしていますね」

泰助が呟くように言った。

「そうかもしれません」

これほど真剣に練り香を作ったことはない。自分のために女香を作っていた時とはまるで違う。

「誰かのために練り香を作る仕事をしていると、とても満ち足りた気持ちになるんです」

同じ練り香作りなのに、どうしてこうも違うのかと不思議になる。

その時ふと思った。泰助の嫁になった後も練り香を作ることはできるだろう。だが、ただ作るだけでは、今の充足感を味わうことはできないだろう、と——。

「俺の実家では、練り香は扱ってなくて」

その時、急に泰助が申し訳なさそうに言い出した。

「そんなこと……」

自分は泰助やその実家に求めていない、という気持ちをこめて、おみつは首を横に振る。だが、泰助の沈んだ表情は変わらなかった。

「水戸では、練り香を求めるお客がいませんから」

水戸は御三家の領地で、余所に比べると文雅《ぶんが》に親しむ気風だそうだが、藩主や奥方は江戸暮らしのため、練り香が根付いてはいないのだという。

それを泰助が心苦しく思う必要などない――そう言いたかったが、誤解が広がるような気がして、おみつは口をつぐむしかなかった。


やがて、菊の節句も終わった頃、ようやく伽羅の買い手が見つかった。六番町《ろくばんちょう》に屋敷のある旗本松永《まつなが》家の当主で、まずは現物を確かめたいという。そこで、おみつと泰助がそろって松永家へ出向くことになった。

この日、おみつは江戸更紗《さらさ》の小袖を着た。紺地に異国風の花の文様が色鮮やかに染め出された更紗は、おみつのお気に入りである。久しぶりに着飾ったおみつの姿を見て、泰助はまぶしそうに目を細めた。その眼差《まなざ》しだけで十分嬉しい。

そんな弾む気持ちで松永家に到着したものの、控えの間で長く待たされるうち、不安が生まれた。一刻《いっとき》近くも待たされた挙句、ようやく現れた女中は「このままお引き取りください」と慇懃《いんぎん》に告げる。事情を尋ねようと身を乗り出しかけた時、襖がさらに大きく開けられ、別の人物が現れた。

「せ、千之助……さん？」

おみつの元許婚――今は実家の丹波屋で筆頭手代となっている千之助であった。

「松永さまが会わぬ理由は、私から話してやろう。お女中殿、お部屋をお借りしてもかまいませんか」

千之助は余裕たっぷりの物言いで言い、承諾した女中が去ると、おみつの前に悠然と座った。

「いや、なに。松永さまはうちのお客さまでね」

世間話のように、千之助は語り出した。

「松永さまは、どうして私どもに会ってくださらないのですか」

おみつが早口で急《せ》かすと、千之助は唇の端だけを吊《つ》り上げて笑った。

「人手に渡ることが確実な伽羅を客に売りつけるなど言語道断。後々、厄介事《やっかいごと》をもたらす品など求めるつもりはない――だそうな」

「人手に渡るだなんて、どこからそんな出鱈目《でたらめ》が……」

一瞬、混乱したものの、その疑問の答えは目の前にあった。

「あなたが松永さまに吹き込んだのですね」

おみつが尋ねても、千之助は含み笑いを漏らすだけであった。

「早く返事をしないか」

泰助が低い声で促すと、千之助は今初めて気づいたというふうに驚いてみせた。

「おや、泰助じゃないか。職人のお前がこういう席に顔を見せる日が来るとはな」

「………」

「相変わらず旦那さんは外出《そとで》もできず、御用聞きの手代もいない。ま、遅かれ早かれ、仙薫堂はつぶれると思っていたがね」

「お前が奉公人たちを丹波屋へさらったせいだろうが」

泰助が激高した。

「人聞きの悪いことを言わないでくれ。私は話を持ちかけただけだ。うちへ来ると決めたのは本人たちだよ」

奥歯を嚙《か》み締めるような表情で、泰助が黙り込む。丹波屋のあからさまな引き抜きがあったのは事実だが、今はそれをとやかく言っても始まらない。ただし、伽羅のことは話が別だ。その金でおみつの嫁入り支度を調えてやろうと言ってくれた父の思いまで、丹波屋に踏みにじられたくはない。

「伽羅は人手に渡ることなどありません。あれはうちの店のものなのですから」

おみつが言うと、千之助は勝ち誇ったように、懐《ふところ》から一枚の紙を取り出した。

「松永さまにお見せした」

と言う。それを見るなり、

「借用手形ですって！」

声が震えた。それは二百両の借用手形。借り手は仙薫堂で、貸し手は丹波屋だ。

「これはどういう……」

「どうもこうも、私が仙薫堂にいた時、丹波屋から借りた金だ」

職人出身の香四郎が商いに疎《うと》いのをよいことに、千之助が店の金を動かしていた時期は確かにあった。丹波屋を巻き込んだ不正もその中で行われ、破談の際、丹波屋からの借金が表沙汰《おもてざた》になったのも事実である。

千之助が仙薫堂を出ていく際、借金の問題はすべて片が付いたはずだと言っても、千之助はせせら笑った。

「この手形は当時、表に出さなかっただけでね。決して効力がないわけじゃない」

千之助の言い分を聞きながら、おみつは体の力が抜けていくのを感じていた。

「ああ、仙薫堂には練り香の秘伝書があったな。一銭にもならぬ品だが、伽羅とそれをよこせば、この手形を反故《ほご》にしてやってもいい」

図々しさを隠しもせず、千之助は言い添えた。

「間もなく丹波屋は香の商いにも手を広げるのでね。お前が持っているよりずっと役立てられる」

聞けば、暖簾分けされた店の主人になるのは千之助なのだそうだ。仙薫堂を辞めた練り香職人の庄吉も、千之助の新しい店で働くことが決まっているという。

おみつはもはや言い返す力も湧いてこなかった。

松永家を出た後のことは、ほとんど記憶にない。泰助の心配そうな眼差しは感じていたが、言葉を交わすこともできなかった。

松永家での出来事はすべて父に伝えたが、父も「そうか」と難しそうな顔になってしまった。快方に向かいつつあった体調がまた悪くならないかと案じられる。

「伽羅と秘伝書のことは、じっくり考えよう」

と、父は言った。

伽羅はともかく、秘伝書が他人に渡ることには抵抗がある。まして、あの丹波屋が相手ではご先祖さまに申し訳が立たない。

──元許婚のよしみだ。手荒なことはしたくない。復縁したいというのなら、伽羅と秘伝書を嫁入り道具にしてもいいんだぞ。

帰り際に言われた千之助の言葉が苦くよみがえった。

(復縁なんて、思ってもいないくせに──)

それはもちろん、おみつも同じだ。いや、あの男は仙薫堂に嫌がらせするためならば、おみつを形ばかりの女房にすることも厭《いと》わないのだろうか。

「お嬢さん、少し細工場に来てもらえますか」

その日の晩、おみつは泰助から声をかけられた。春翠の再現を始めてから、夕餉の後も細工場に出向くことはあったから、それ自体はめずらしいことではない。

(でも……)

松永家からの帰り道、自分のことで精いっぱいで、おみつは泰助を気遣うこともできなかった。泰助とて動じていないはずはなかったのに……。

夕餉の片付けを終えてから、おみつが細工場へ向かうと、泰助はすでにいた。いつもは薬研《やげん》を使ったり、香料を測っていたり、作業をしているのだが、今日はただ座り込んでいる。その前に藁座《わらざ》が用意されていたので、おみつも座った。

「これをお返しします」

泰助は香炉を差し出してきた。忘れもしない、かつておみつが侍従の香りごと、泰助に贈った品であった。

「俺の気持ちが変わったわけではありません。ですが、お嬢さんはもう一度、よくお考えになった方がいいんじゃないでしょうか」

泰助は落ち着いていた。

「それはどういう……」

「お嬢さんは今も本当に、仙薫堂を畳んでもいいと思っていますか」

まっすぐな眼差しで、泰助は問うてくる。本当は仙薫堂の店じまいを無理に呑み込んだことも、練り香を作りたいと思っていることも、すべて見通しているような眼差しだった。

店じまいを決めた後、状況は確かに変わった。おみつの作った練り香を買う新しい客が現れ、香の再現を求める特殊な客もついた。そして、思いがけない丹波屋の横槍《よこやり》。次々に変わっていく現状を前に、おみつはその晩、泰助に返事をすることができなかった。

三

――伽羅と秘伝書のことは心配するな。丹波屋にしてやられるような真似はしない。お前は春翠の再現に専念しろ。

父の香四郎からそう言われ、おみつはうなずいた。

梅里の妻の命日は十二月下旬だから、あまりのんびりはしていられない。だが、丹波屋の出方はともかく、泰助から縁談を考え直すよう言われたことで、おみつの心は揺れていた。

「お嬢さん」

いつになく毅然《きぜん》とした泰助の声に、おみつははっと我に返る。

目の前には乳鉢があった。その中には中途半端に混じり合った黒い塊。乳棒を持つ手は我知らず止まっていた。

「目の前の香を見ないで、いい品を作り上げられるとお思いですか」

泰助の声が厳しいのも無理はない。細工場での仕事の最中、他のことに気を取られていたのだ。香りの質は捏ねの具合で決まるというのに。

「申し訳ありません。あたし……」

「お嬢さんのお悩みは分かりますが、この細工場での余所見は見過ごせません」

いったん嫁入りを承知しながら、また悩み始めた自分のことを見捨てもせず、泰助は叱ってくれる。

「他のことを忘れるくらい没頭しないと、新しい香など作り上げられませんよ」

顔を上げると、泰助の眼差しはいつものように優しく、同時に兄弟子としての厳しさも備えていた。

不完全な書き置きを元に未知の香を再現しようなど、熟練の職人でも難しいことだ。それを怖いもの知らずの初心者がやると言ってしまった。だが、言った以上、これだけは成し遂げたい。

仙薫堂をどうするべきか、泰助とどうなりたいのか、答えはまだ見つからないが、春翠を見事に再現できた時、見えてくるものがあるような気もする。

「細工場ではもう余計なことは考えません」

おみつは気を引き締め、再び乳棒で乳鉢の中の香料を捏ね始めた。

その晩、おみつは改めて梅里から預かった春翠の書き置きを読み込んでみた。香料は記されているが、そのつなぎとして使う蜜については記載がない。仙薫堂で使うつなぎは蜂蜜だが、昔は甘葛《あまずら》を使うのが主流だったと聞くので、それも試した方がいいかもしれない。

書き置きで他に気になるのは、「棋《き》」という記述である。頭文字の走り書きとも考えられるが、香四郎も泰助も思い当たる香料はないと言った。梅里にも尋ねたが、「棋」が香料以外を指しているとしても、心当たりはないという。

その梅里は数日おきに仙薫堂へ来て、香の試し聞きをしてくれていた。その返事をもとに手探りで進む香作りは順調とは言いがたい。女仙の沈香を加えた時には、少し近いと言ってもらえたが、本物の春翠とはやはり違うそうだ。どこがどう違うと口にするのが難しく、もどかしいと梅里も言う。女仙の量を増やしたり、下地の沈香として使ったりしてみたものの、むしろ春翠の香りからは遠ざかったと言われてしまった。

「春翠……若草が萌《も》え出すような香りなのかしら」

書き置きの文字に手を触れながら、おみつはまだ知らぬ香りに思いを馳《は》せた。

早蕨《さわらび》、芹《せり》、蓬《よもぎ》……春の草の名と香りが浮かんでくる。そういえば、遠い昔は薬狩りといって、野山で薬草を摘む行事もあったという。

もしかしたら「棋」とは、今では香料と考えられていない薬木や薬草なのではないか。とりあえず、「棋」と呼ばれる、もしくは「棋」で始まる薬草がないか、調べてみよう。おみつは書き置きの「棋」の字をそっと撫でながら心に留めた。

翌日さっそく、おみつは「棋」が薬草か薬木の名前なのではないかと、父の香四郎に話してみた。

「確かに。だが、香料に用いない薬草や薬木のことはよく分からんな」

と、父は残念そうに言う。

薬種問屋に問い合わせるのがいちばんだが、丹波屋に尋ねるなど以《もっ》ての外《ほか》だ。といって、余所の薬種問屋に尋ねようにも、丹波屋に話が筒抜けになる恐れもある。

取りあえず別の手段を探りつつ、つなぎを甘葛に替えてみるなど、他のことを試しているうち、暦は十月になってしまった。

朝方、井戸へ向かう際、初霜が降りたのを目に留め、冬の到来を改めて実感させられたある日のこと。

「ああ、よかった。今日はまだ暖簾が出ていて」

昼の八つ少し前に店へ現れたのは、前におみつが作った梅花の香を買ってくれた老女の客であった。

「またいらしてくださり、ありがとうございます」

おみつが言うと、女客は「覚えていてくれたのね」と嬉しそうに微笑んだ。

「奥方さまを忘れたりいたしません」

おみつの作った練り香を初めて買ってくれた客、そして泰助に想いを伝える勇気をくれた客だ。この女客と出会った時から、おみつの人生は変わり始めたようにさえ思える。

「嬉しいこと。でも、私は奥方さまなどと呼ばれる身分じゃありませんよ」

磊落《らいらく》な物言いで女客は言った。口の利き方は気安いが、おそらくおみつに合わせてくれているはずで、見た目や物腰などからして、相当な立場の女人だろう。

「では、何とお呼びすればよろしいでしょうか」

おみつが尋ねると、女客は少し沈黙した後、

「前に、こちらで買った梅花は、とてもふくよかな香りがしたわ」

と、不意に話を変えた。その目はあらぬところに向けられ、おみつを見てはいない。

「梅花は、私がかつてお仕えしていた亡きご主人さまにお似合いの香りでね。春の始まりと共に薫り始める梅の花のように、本当に可憐《かれん》なお方で……」

亡き主を偲ぶ思いを口にした後、女客の眼差しはおみつに戻ってきた。

「だから、そうね。私のことは梅花を恋い慕う鳥ということで、『鶯《うぐいす》』と呼んでもら

おうかしら」

「鶯さまでございますね。承知いたしました」

おみつが微笑んで返すと、女客もにこにこする。

「鶯さまは、今日も梅花をお求めでしょうか」

「ええ、もちろんよ」

目もとの細かい皺《しわ》がほんのり刻まれると、鶯の笑みはさらに深くなる。その何とも優しい笑顔に誘われるように、「あの……」とおみつは口を開いていた。

「鶯さまは、梅花の他に、春の香をご存じないでしょうか」

「春の香……ですか。私は専ら梅花ばかりでねえ」

鶯は首をかしげた。さすがに、春翠を知っているなどという返事を期待していたわけではないけれども、

「実は、今、とある春の香を作ろうとしていまして」

と、おみつは語り出していた。香料を記した中に、「棋」という記述があること。薬種の見込みもあるが、何を指すのか不明であること。薬種問屋に問い合わせようにも、とある事情から少し難しいこと。それらをかいつまんで話すと、

「棋……ですか」

鶯は親しみやすそうな笑みを消して、じっと考え込む表情になった。

「私は薬にくわしくないのだけれど、知り合いに訊いてみましょう」

分かったらまた来ると言い置いて、その日、鶯は帰っていった。


鶯と名乗る上品な老女が再び仙薫堂に現れたのは、暦が十一月に変わってからであった。「知り合いから聞いた話ですが」と断った後、

「椋《むく》の木が考えられる、とのことでした」

と、教えてくれた。漢字の「椇」は「むく」と読むこともあり、椋の木の別称らしい。薬としては鎮痛に用いられるという。

「それに、夜交藤《やこうとう》の別名が椇藤《きとう》というそうです」

夜交藤とは、何首烏《かしゅう》という蔓草《つるくさ》の蔓の部分を指す生薬名で、不眠症に効くそうだ。蔓ににおいはないそうだが、加工させたり別のものと合わせたりすることで、香り立つこともある。

「あとは……『椇』という字が、書き間違いや当て字ということかしら」

鶯はそう呟き、紙と筆を貸してほしいと言い出した。

「たとえば、桔梗《ききょう》や枳殻《きこく》という生薬がありますけれど、一文字目は『椇』に似ている

でしょう? 『き』とも読みますし」

と、それぞれの漢字を書き記して、分かりやすく解き明かしてくれる。

それを聞きながら、別称や当て字ならば、薬草や薬木に限った話ではないとおみつは思っていた。香料にも、よく知られた名の他に別称がある。貝香を甲香とも書くように——。これは香を扱う店の者なら誰でも知っているが、今は廃れてしまった古名のようなものがあるかもしれない。父に確かめてみようと、おみつは心に留めた。

「それにしても、鶯さまのお手蹟《て》は流れるようにお美しいのですね」

おみつが述べると、「我が主に比べたら、私など……」と鶯は謙遜《けんそん》する。

「ですが、私は主に手ほどきされましたから、私への褒《ほ》め言葉は、主が褒められたも同じですわね」

事あるごとに、鶯の口から出てくる亡き主人への敬愛の言葉。そこから、鶯がどれほど亡き主人を懐かしみ、恋しがっているのか伝わってくる。

この日、鶯におみつは礼として、梅花を贈らせてほしいと申し出たのだが、

「それなら、今日はおみつさんのお好きな香をいただけないかしら」

と、鶯は言い出した。

「もちろんでございます、鶯さま。そんなふうにおっしゃっていただけて、あたしも

嬉しいです」

おみつは侍従の練り香を紙に包み、鶯に渡した。鶯との縁が侍従の香を通して深まったようで、胸がほんのりと温かくなる。

それから何首烏などの薬種を試したり、父から香料の指南を受けたりするうち、十一月も半《なか》ばを過ぎた。

仙薫堂の表の戸がどんどんと叩《たた》かれたのは、二十三日の晩のこと。すでに夜五つも過ぎており、客が来るような時刻ではない。何事かと不安を胸に、おみつは泰助と一緒に恐るおそる戸口へ向かった。

「……汝《なんじ》、知らずや、我が心、国土を守る誓いあり」

何と、来客はこの夜中に表通りで放吟《ほうぎん》している。謡曲のようだが、それより魂消《たまげ》たのは声が梅里のものだったことだ。

「梅里さま……？」

おみつと泰助は顔を見合わせ、とにかく中へ入ってもらおうと戸を開けた。

その場にいたのはまぎれもない梅里であったが、身に纏《まと》う雰囲気がまるで別人だった。刀を身に帯びているわけでもないのに、今にも人を斬りかねないような荒《すさ》んだ風情を漂わせているのだ。思わず後ずさりしたくなるような恐怖に耐えつつ、おみつは

「客間へどうぞ」と梅里を案内した。

「頼む。気を鎮める香を薫いてくれ」

梅里が切実な声で告げた。自力では荒ぶる心を鎮められない苦悩がひしひしと伝わってきた。

おみつはいったん客間を下がると、香を薫く支度をしながら、しばし考える。やがて、炭を沈めた灰の近くに、黒方の練り香をそっと埋めると、泰助と一緒に客間へ引き返した。

「お待たせいたしました」

目を閉じている梅里の前に、香炉を静かに置く。煙を出さずに匂い立つ黒方の香りが、ゆっくりと客間を埋めていった。

黒方は身にしみるような懐かしい香り――昔からそう言われてきた。

それは、過去に誰かが身に纏っていたという類《たぐい》の懐かしさではなく、ただそこはかとなく感じられる慕わしさだ。自然と浮かんでくる面影は、おそらくその時、心が求めてやまない昔の誰か。恋しさを掻《か》き立て、忘れていたことを思い出させてくれる奥深い香り、それが黒方である。

その香りに誘われるまま、おみつの心もまた、懐かしい時へさすらい始めていた。

今から五年以上も前のこと。日頃物静かな泰助が千之助とつかみ合いの喧嘩をしているると聞き、おみつは急いでその場に駆けつけた。

他の奉公人たちが割って入る大騒ぎの中、おみつはただもう恐ろしくて、二人の姿を見ていられず、泣いていた。が、あの時――。

――お嬢さんはお前ごときにはもったいねえ。

――お嬢さんに謝れ！

必死に叫ぶ泰助の声を聞いていたはずだ。それをどうしてこれまで忘れていたのだろう。

あれから間もなく、不正の発覚した千之助が去り、おみつの将来は大きく変わった。当たり前と思っていた未来の形が崩れ去るのは、十五歳にもならぬ少女にとって大きな衝撃だった。そのせいか、その前後の出来事ははっきり覚えていない。

だが、今ならば分かる。あの千之助は泰助に聞こえる形で、おそらくおみつを軽んじるか侮蔑《ぶべつ》するようなことを口にしたのだ。泰助はそれがどうしても許せず、自分の立場が危うくなるのを覚悟の上で、千之助に立ち向かってくれたに違いない――。

熱くなった目頭に袖口を当てつつ目を開けると、

「不思議なことよな」

まるで待っていたかのように、梅里が呟いた。その両眼はわずかに潤んでいる。

「亡き妻がこの香を薫いていた記憶はないのに、妻を思い出していた」

「奥方さまはどんなお方でございましたか」

ごく自然におみつは尋ねていた。春翠の香りに、それを調合した奥方の人柄がにじみ出るのは当然で、もっと早く尋ねるべきであった。

梅里は目を閉じると、少し沈黙した後、

「春の梅花のごとく薫り高く、若葉のように瑞々《みずみず》しい人であった。そのまま若くして逝《い》ってしまったが……」

と、静かに語り始めた。

「あの年は、十二月が閏月《うるうづき》でな。妻が亡くなったのは月の下旬で、実際はもう春めいていたのだ。梅が間もなくほころびそうな気配がしたものだ。されど、開花を見ることもなく妻は……」

梅里の声が途切れた時、おみつは黒方の香りが急に濃さを増したように感じた。

「間もなく年が変わり、世は春となった。わしは目についた梅花の枝を叩き落とした。

人は、わしが正気を失ったかと言ったが、わしはどうしても許せなかったのだ。梅よりもかぐわしい妻の命が尽きたというのに、春が来て、花が咲くということが……」

梅里はゆっくりと目を開けた。おみつは梅里としっかり目を合わせ、

「春翠の香りが、もうすぐそこまで来てくれているような心地がいたします」

これまでになく素直な心で告げた。香を再現しなければという気負いも焦りもない。あるのはただ、亡き妻を恋うる梅里に春翠の香を聞いてもらいたい——その気持ちだけであった。

四

やがて、暦は師走を迎えた。梅里の妻が残した書き置きの香料とその分量については、ほぼ完成に近いところまで仕上がっている。香料のつなぎに使った材料は、蜂蜜ではなく甘葛と判明した。いまだに分からないのは「棋」と記された香料のみ。

鶯と名乗る老女の力を借りて集めた椋、夜交藤、桔梗、枳殻に加え、おみつが香四郎の知恵も借りてたどり着いた香料が一種——すべてがそろったところで、練り香作りに取りかかった。

下生地となる沈香と貝香を乳鉢に入れ、湯を加えて丁寧《ていねい》に練る。そのままでは香りのしない沈香が湯の温《ぬく》もりにより、ほんの少し香り立った。それから、香りの強い白檀などの他、「棋」と考えられる原料の一つを加え、甘葛と梅酢でさらに練る。炭粉を加えると、色が真っ黒に変じ、それをさらに練っていくと……。

「お嬢さん」

泰助の呼びかけで我に返ったおみつは、慌てて額《ひたい》の汗を拭《ぬぐ》った。

だが、一息吐《つ》く暇はない。原料が耳たぶほどの柔らかさになるまではひたすら練り続けるのだ。

やがて、これはと思う域に達したところで、おみつは乳鉢から中身を取り出し、適度な大きさにちぎって丸めていった。「棋」と考えられる原料を替えて同じ作業をくり返す。ぜんぶで五種の練り香が出来上がった。

これを壺《つぼ》の中に入れて封をし、しばらくの間、軒下で寝かせておくのだ。

（これが、最後となってほしい）

泰助が用意してくれた壺に、出来上がったばかりの練り香を入れながら、おみつは祈るように思った。

「お嬢さん、すみませんでした」

二人で五つの壺を軒下に運び終えた時、泰助がいきなり言い出した。

おみつは驚いて訊き返す。

「何のことですか」

「梅里さまのご依頼を受け、熱心に練り香を作り始めたお嬢さんに、俺は不安を感じていました。お嬢さんは線香屋の女房に収まる人じゃないと気づかされて」

「泰助さん、あたしは……」

「お嬢さんに香炉をお返ししたのは、それだけが理由じゃありません。伽羅や秘伝書のことは、お嬢さんや俺だけでどうにかできることじゃありませんから」

いつになく泰助の口数が多い。もしかして、本当に別れを切り出されるのだろうか。香炉を返された時は、おみつに再考を促すだけだったが、今度こそ——。

そう思うと、おみつの手は震えてきた。すると、その手が泰助の大きな両手にそっと包み込まれた。

「お嬢さんのこの手は練り香を作る手だと思いました」

泰助はしみじみ言った。

「ですが、あたしは泰助さんについていきたくないわけじゃ……」

「分かっています」

泰助の眼差しもまた、その両手のように温かくおみつを包み込んでくれる。

「お嬢さんが仙薫堂の跡取り娘だった時とは違います。この先、仙薫堂を続けるにしても、水戸へ来てくれるにしても、お嬢さんが練り香を作り続ける道を見つけられたら、と思うんです」

「あたしが練り香を……？」

泰助は静かにうなずいた。

「梅里さまが奥方さまのことを語るのを聞き、俺は恥ずかしくなりました。それに加えて、お嬢さんがずっと、一心不乱に練り香を作るお姿を見ていたら……」

目が潤んできて泰助の顔がかすんできた。照れくささと真剣さの入り混じったその顔をもっと見ていたいのに――そう思った時、軽く抱き寄せられた。おみつは自分から泰助の胸に顔をうずめていった。ほのかな春の香りを聞いた気がした。

十二月二十日は、梅里が仙薫堂に来る約束の日だ。春も近いこの日、朝から雨が降っていた。外出には生憎《あいにく》の空模様だが、練り香を薫くにはちょうどよい。雨の日は香りが強く感じられるのだ。

乾燥させる線香と違い、練り香は湿り気を帯びた状態で使う。作った後、壺の中で寝かせておく時も軒下に置いて乾燥させないように気をつけねばならない。

「雨の中、わざわざお越しくださいまして」

昆布茶《こぶちゃ》色の傘を畳む梅里を店前で出迎え、おみつは急いで手拭いを差し出した。

「なに、春ももう近い。気にすることはない」

この日も梅里は一人でやって来た。その素性は今も明かされていないが、ひと月ほど前の晩、突然現れた時の様子から武家の出であることは間違いないだろう。

あの後、小日向界隈《かいわい》では小石川《こいしかわ》の大名屋敷で刃傷《にんじょう》沙汰があったという噂が流れた。

梅里のことを思い浮かべなかったわけではないが、一緒に黒方の香を聞いて以来、おみつは梅里の素性を知りたいとは思わなくなっていた。

梅里はただ亡き妻を深く想う、香の好きなご隠居だ。

おみつは梅里を奥の客間に通した。今日は父の香四郎と泰助も同席している。

「今日こそ、奥方さまの御香に再会していただけるとよいのですが……」

「……うむ」

梅里は少し表情を引き締めてうなずいた。

今回、用意した練り香は五種類。

椋の樹皮、夜交藤、桔梗、枳殻、そしてもう一種、とある香料を加えたものだ。桔梗は根を、枳殻は柑橘《かんきつ》の果皮を使ったもので、香りが強いのは枳殻である。

（おそらくは、枳殻か、あの香料のどちらか）

おみつはそう予測していた。他の香りと混じらないよう、香炉は五つ用意し、別の部屋で炭火の準備をし、練り香を灰に埋めたところで、梅里のもとまで運んでいく。

椋の樹皮、夜交藤を加えた香を続けて聞いた梅里は、黙って首を横に振った。

桔梗の時は「苦い」と呟き、枳殻の時は「よい香りだが、春翠より酸っぱい気がする」と言う。期待をかけていた枳殻ではなかったようだ。

「では、最後にこれを」

五つ目の香炉を梅里に渡す時は手が震えた。

これで終わりと決まったわけではない。違うと言われたならば、また別のものを試せばいいのだ。だが、そう言い聞かせつつも、他に試せる香料の当てもなければ、約束の期日までもう猶予《ゆうよ》もないと、弱気な心も声を上げる。

（でも、この香を聞いた時、あたしは確かに瑞々しい若葉の香りを嗅いだ）

だから、どうか――。

梅里は落ち着いたしぐさで香炉を受け取った。

目を閉じ、右手で香炉の上を覆いながら、静かに香を聞いている。その間がそれまでの香を聞いている時より長い気がした。

やがて、梅里がゆっくりと目を開けた。

「ああ、これだ」

その口から、溜息のような声が漏れる。おみつはその時、息を止めていたことに気づいた。

辛みと苦みがほどよいつり合いを保った中に、ほのかに漂う甘みと独特のさわやかな気品――。

「これまではどうしても言葉に言い表せなかったが、こうして春翠に巡り合えた今では、言葉があふれ出してくる」

そんなふうに、梅里は言い、再び目を閉じた。

「広々と続く春の野に、芽吹いたばかりの若葉が辺り一面、香り立つようだ」

「それが、春翠という香銘の由来なのでしょうな」

と、香四郎がしみじみ言った。

「して、『棋』とやらの正体は何だったのかね」

梅里が香四郎とおみつを交互に見やりながら問う。香四郎がおみつから話すようにと目配せしてきたので、おみつは居住まいを正して口を開いた。

「答えから申し上げると、伽羅でございました。ほんの少しだけでございますが、伽羅のかけらを丁寧に砕いて加えたのでございます」

伽羅には別名がある。伽南香《かなんこう》、奇南香《きなんこう》などがよく知られたものだ。東大寺に納められているという宝物《ほうもつ》になると「蘭奢待《らんじゃたい》」という特別な香銘を持つが……。

いずれにしても、伽羅は貴重な香木として知られており、伽羅という言葉自体が「極上のもの」を指すことさえあった。

梅里の妻はそのまま「伽羅」と記すことに躊躇いを覚えたのか、別名を記したようだ。ここで「奇南香」の「奇」とでも記してくれていれば、香四郎がすぐに気づいたのだが、「棋南香」「棋楠香」と書くこともあるとは、今回、仙薫堂の秘伝書を丁寧に読み直して知り得たことであった。

「仙薫堂は貴重な香木の伽羅を所有していたのだな」

「はい。実は買い手を探しておりましたが、話がまとまらず……。今回は、それが功を奏しました」

春翠を作るに当たり、その伽羅をほんの少し削り取って使ったのは言うまでもない。おみつの案を香四郎も快く許してくれた。

「そうであったか。ならば、それは我が妻の魂がさように導いたのかもしれぬ」

梅里はそう呟いて、口もとをわずかにほころばせた。

「妻は京の育ちでな。祝言《しゅうげん》を挙げた晩、春翠を薫いてくれた」

梅里が遠い目をして語り出した。

「だが、わしはさようなことに疎くてな。照れくささもあった。この香りをどう思うかと訊かれ、何とも思わぬと答えたのじゃ」

そのため、妻は梅里が春翠を好まぬと思ったようだ。その後、妻は別の香を薫くようになった。その時は前の態度を反省し、思うところを述べたのだが、祝言の晩のことを謝ることはできなかった。いつか、春翠を薫いてほしいと言って謝るつもりだったが、その機会が訪れる前に妻は病んでしまったという。

やがて、妻が亡くなり、その日記を読んで、あの晩の香が「春翠」ということ、さらに春翠は妻がその母から作り方を教わった香であることを知ったという。

「かようにふくよかな、瑞々しい若さに満ちた香りだったのだな。老いた今、そのことが身にしみて感じられる」

梅里の声は湿り気を帯びていた。

「奥方さまの残り香は、梅里さまの記憶の中でずっと香り続けていたのでございますね」

人が去った後に残るという残り香――春翠はまさに、梅里にとって妻の残り香だったのだ。

梅里の眼差しがおみつのもとへ戻ってきた。

「まこと、そうであった」

温かく満ち足りた眼差しで、梅里は嚙み締めるようにしみじみと言った。

その後、これからの仙薫堂について少し話をした後、帰っていく梅里をおみつは外まで見送りに出た。

「御前《ごぜん》さま」

女の声がして、赤い傘が梅里に近付いてくる。

「あなたは……」

傾けた傘の中で微笑んでいるのは、何と鶯と名乗った老女ではないか。

「わしに仕えておる女中じゃよ」

梅里が面白そうな口ぶりで言い、鶯は丁寧に頭を下げた。おみつはしばらく茫然《ぼうぜん》としたまま、梅里と鶯を見比べるしかできなかった。

それから数日後、元禄七年の大晦日《おおつごもり》を明日に控えた日のこと。

仙薫堂に丹波屋の千之助が招きに応じてやって来た。香四郎とおみつ、泰助の三人で対面する。

「お久しぶりです」

慇懃無礼な物言いと態度であった。つぶれかかった仙薫堂の伽羅と秘伝書など、たやすく手に入れられると思い上がっているのだろう。

「さっそくですが」

千之助は以前おみつに付きつけた借用手形を取り出し、香四郎に手渡した。

「仙薫堂さんと丹波屋との間で交わしたものです」

「娘の話じゃ、伽羅とうちの秘伝書で手を打つということだが」

香四郎は冷めた声で淡々と訊き、千之助は口の端を吊り上げて笑った。

「その通りです。二百両には満たないが、無い袖は振れぬでしょうからね」

「お断りする」

香四郎はきっぱりと言い、その途端、千之助の笑みが張り付いた。

「この手形を持って訴え出てもいいんですよ」

「丹波屋さんの気が済むのならそうしなさい。ただし、伽羅も秘伝書も、もううちのもんじゃないが……」

「どういうことです」

　千之助の顔から余裕がなくなり、焦りの色がにじみ始めた。

「失礼する」

　その時、隣室に通じる襖が開いた。姿を現したのは梅里である。

「わしに関わる話のようだから邪魔をするぞ」

　梅里が悠々と述べ、どういうことかと千之助が香四郎に嚙みついた。

「この梅里さまがうちの伽羅と秘伝書を買い取ってくださった方だ。どうしても手に入れたいのなら、梅里さまと話をしなさい」

　堂々と答える香四郎に対し、千之助は目を白黒させている。

　梅里が一歩進み出た。

「わしはいずれも手放すつもりはない。ああ、訴え出るつもりなら、仙薫堂にはわしが付いていることを忘れぬがよかろう。小石川の屋敷へ乗り込んでくるなら、いつでも受けて立つぞ」

「小石川の……梅里……？」

　小石川には大名屋敷を含む多くの有力な武家屋敷がある。中でも有名なのは御三家の一つ、水戸徳川家の上屋敷だ。

その上、小石川の大名屋敷といえば、ひと月前から恐ろしげな噂が流れていた。家老が上意討ちに遭ったとか、斬ったのは藩主ではなくご隠居だとか、そのご隠居は人を斬った後、「汝、知らずや、我が心」と「鍾馗《しょうき》」の詞章を謡いながら、能舞台へ舞い出ていったとか。

くわしいことは民には知らされていないし、おみつも知らない。あの黒方を薫いた夜が事件のあった日ではないか、と思ったことはあるけれども。

梅里はあの晩のことは何も語らないし、いまだに素性さえ明らかにはしていない。だが、おみつも訊くつもりはなかった。梅里は亡き妻の残り香を追い求める大事な客――それでいい。

「ま、まさか」

千之助はがたがたと震え始めた。小石川と聞いて例の噂を思い浮かべたのかもしれない。

今の梅里からにじみ出る威厳と品格は相応の武家の出であることをうかがわせるので、とうてい太刀打ちできる相手ではないと、ようやく気づいたようだ。

あたふたと後ずさりした千之助はろくに挨拶もせず、逃げるように帰っていった。

「あら、まあ。大きな山犬に吠《ほ》えられた子犬のようですこと」

梅里の後ろからしずしずと現れた老女が、口もとに袖を当ててくすくすと笑う。

「梅里さまも鶯さまも、どうぞこちらへ」

おみつは二人を改めて客間へ迎え入れた。

仙薫堂の伽羅と秘伝書がもう丹波屋から狙《ねら》われぬよう、所有者を移してしまうという策は、梅里が講じてくれたものである。

この相談をした際、梅里は伽羅を百両で買い取るとした上で、仙薫堂の店をこの先どうするのか、と問うてきた。

――店を続けるならば、伽羅は手もとに置き、それで春翠を作ってほしい。店を畳むなら伽羅は引き取らせてもらうが、秘伝書はおぬしらが持っているがよい。

梅里の示してくれた案は、すべて仙薫堂によかれと考えてくれたものだ。

香四郎とおみつ、泰助の三人は今日、梅里に返事をすることにしていた。

千之助が逃げ帰った後、落ち着きを取り戻した部屋で、おみつは香を薫いた。

「もうすぐ春でございますので、今日は梅花の香を」

梅の花を思わせる甘くかぐわしい香りが、やがて部屋に漂い始めた。

「ふむ。そなたの好きな香であったな」

梅里が鶯に向かって言う。

「はい。私にとっては亡き奥方さまを偲ばせる香りでございますゆえ」

鶯がしみじみと答えた。

それなり口を開く者もなく、皆でしんみりと梅花の香を聞いた後、

「して、仙薫堂はこの先、どうする」

と、梅里がおもむろに尋ねた。香四郎は姿勢を正すと、梅里に向き直り、

「はい。あと二年、商いを続けていこうと存じます」

と、答えた。

二年後とは、当初の予定で、泰助が修業を終え、水戸へ帰る時に当たる。この時、おみつは二十一歳。

これから病身の父に代わって、仙薫堂を切り盛りするとなれば、泰助と一緒になることはできないし、二年後、どうなっているかは分からない。だが、泰助は「俺の気持ちは変わりません」と言ってくれた。

「どんな形であれ、一緒になれる道を、そしてお嬢さんが練り香を作り続けられる道を探しましょう」とも。

仮に仙薫堂を立て直すことができたとして、その先をどうするのが最善なのか、おみつには分からない。それでも、梅里や鶯の力を借りて守った伽羅と秘伝書を守り続

けたいと思った。先のことは分からなくとも、今は店を続けることが最善であると分かる。香四郎と泰助の考えも同じであった。

仙薫堂が出した答えを聞くと、

「では、いずれまた会おう」

と、梅里は立ち上がった。

「あの、いずれ、とは……」

まるでしばらく会うことが叶《かな》わないかのようだ。

「年が明けたら、わしらは水戸へ帰るのでな」

梅里と鶯は顔を見合わせて微笑んだ。

「水戸へ……？」

泰助が茫然と呟く。

「おぬしは水戸の線香屋の倅《せがれ》であったな。では、次に会う時は水戸やもしれぬ」

梅里が泰助に目を据えて言うと、

「その時、おみつさんがご一緒なら、私たちも会えるかもしれませんわね」

と、鶯が続けて、おみつに微笑みかけながら言う。

やはりと思う気持ちと、まさかという信じがたい気持ちが同時に胸に湧いた。

「水戸さまで……いらっしゃいましたか」

香四郎が震える声で言い、がばっとその場にひれ伏した。おみつと泰助もそれに倣う。

「水戸さまとはご当代さまのこと。こちらは、ご先代さまでございますよ」

鶯の柔らかな声が諭すように聞こえてきた。

梅里は御三家の一角、水戸家の先代、徳川光圀《みつくに》公。その御簾中《ごれんじゅう》は、京の五摂家《ごせっけ》筆頭、近衛《このえ》家より嫁いできた女人で、泰姫《たいひめ》といったそうだ。

鶯は、元は泰姫付きの女中で、正式の侍名《さぶらいな》は左近局《さこんのつぼね》というのだとか。それらのことを打ち明けられ、恐縮するおみつたちに、

「わしはただの隠居よ」

と、光圀はあっさり言い、

「私も鶯のままでよろしいですよ」

と、ふんわりした声で左近局は言う。

やがて驚愕から冷めたおみつは、泰助と一緒に二人を見送った。

この江戸でも、あるいは水戸でもいい――いつか必ずあの二人に再会できますように、との願いを胸に――。

その暁には、仙薫堂も自分自身も進むべき道をしっかりと固めていよう。おみつはそう心の底に深く刻み込んだ。

「泰助さん」

貴い客人たちの後ろ姿が見えなくなったところで、おみつは勇気を振り絞って呼びかけた。どうしても、今年のうちに訊いておきたいことがある。

「また、お部屋に侍従の香を薫かせてもらってもいいでしょうか」

泰助の目が見開かれた。

「お待ちしています」

口もとに照れくさそうな笑みをにじませながら、泰助は答える。それから急いで付け加えた。

「俺がいちばん好きな香りですんで」

心の底で待ち望んでいた言葉——それを聞いた途端、おみつの頰を熱いものが伝っていった。

針の歩み、糸の流れ

山口恵以子

山口恵以子（やまぐち・えいこ）

1958年東京都生まれ。2007年『邪剣始末』で作家デビュー。13年『月下上海』で第20回松本清張賞受賞。主な著書に「食堂のおばちゃん」「婚活食堂」シリーズ、『あなたも眠れない』『恋形見』『風待心中』『夜の塩』『ゆうれい居酒屋』等がある。

「ごめん下さいまし」

おしまはさかえ屋の勝手口の前で声をかけ、引き戸に手をかけた。かまどの前にしゃがんで火吹き竹に息を吹き込んでいた飯炊《めした》きの婆さんは、竹から口を離して立ち上がり、奥に呼ばわった。

「仕立ての人ですよう！」

すぐに顔馴染《かおなじ》みの小僧が小走りにやってきて、「幸助《こうすけ》さんですね？」と確認した。おしまは「はい」と答えて頭を下げた。小僧が奥に駆けてゆくと、しばらくして幸助が現れた。いつもの落ち着いた態度ではなく、急《せ》かされるように小走りだった。

「おしまさん、ご苦労だったね。早速見せてもらうよ。さ、上がって」

おしまは板の間に上がり、脱いだ履物《はきもの》を揃《そろ》えてから幸助の後について廊下を歩いた。廊下の途中の三畳間が、幸助がいつも検品をする部屋だった。

風呂敷を畳に置いて結び目をほどくと、幸助は着物を手に取り、慣れた手つきで縫い目と柄行《がらゆき》を確認した。そして確認が終わると着物を置き、称賛を込めて頷《うなず》いた。

「いや、実に見事だ。急がせたのに、縫い目も柄合わせも申し分ない」

「畏《おそ》れ入ります」

おしまは謙遜《けんそん》したように軽く頭を下げたが、内心は得意の絶頂だった。昨日の今日で袷《あわせ》の振袖を仕立てたのだ。自分以外にこれほど早く、しかも丁寧《ていねい》な仕事が出来る仕立ての職人がいるだろうか。

昨日の昼過ぎ、おしまの住む長屋にさかえ屋の小僧が息せききってやってきて、

「とにかくすぐ来てくれって、幸助さんが」と言った。何事かと思ってさかえ屋に急ぐと、幸助が困り切った顔で待っていた。

「実は『いせき』のお嬢さんが、明日の芝居に着ていく着物を汚してしまってね。どうしても新しい着物じゃないと行きたくないって仰《おっしゃ》って……女将《おかみ》さんが困り果ててお見えになったんだよ」

いせきは両国にある大きな料理屋だ。代わりの着物ならいくらでもあるだろうに……と思ったが、おしまは口に出さなかった。

「きっと、芝居見物は口実で、お見合いの席が設けられているのさ。お嬢さんは一人

娘で、旦那さんが四十過ぎてからできた子だもんで、目に入れても痛くないといった塩梅《あんばい》でね」

　娘の母に当たる女将は後添いで、旦那より二十も若いという。

「それで、今朝店を開けた早々、親子三人そろってお見えになって、この反物を選んで行かれたというわけさ」

　反物は派手な友禅で、箔《はく》と刺繍《ししゅう》もたっぷり使われている。おしまがこれまで仕立てた反物の中でも、きっと五本の指に入るほど高いだろう。

「そんなわけで、何とか明日の朝までに仕上げてもらえないだろうか」

　幸助は胴裏《どううら》と八掛《はっかけ》の生地を添えて、おしまの前に押しやった。おしまは一度幸助の目をじっと見てから、力強く答えた。

「畏《かしこ》まりました。必ず、明日の朝までにお届けします」

「ああ、よかった」

　幸助は大げさに溜息《ためいき》をついた。

「ありがとう。おしまさんならきっと引き受けてくれると思ったよ」

　笑顔になって、懐《ふところ》から紙きれを取り出した。

「これがお嬢さんの寸法だ。よろしくお願いしましたよ」

「はい。お任せください」

幸助は反物と生地を風呂敷に包みながら言った。

「いせきの女将さんには、とてもご贔屓《ひいき》にしていただいてるんだ。これでさかえ屋も、私も顔が立つよ」

昨日のやり取りを思い出すと、おしまは誇りで胸がふくらんだ。約束通り、見事に幸助の顔を立てたのだから。

「昨夜は夜なべしたんだろう。今日はゆっくり休んでおくれ。せんだって頼んだ着物は、ゆっくりでいいから」

おしまは大きく首を振った。

「大丈夫です。お約束の日までに、すべて仕上げてお届けします」

「本当におしまさんは、いつも頼りになるね」

幸助は立ち上がり、先に立って廊下を歩いた。勝手口の土間近くまで来たその時、勢いよく引き戸が開き、女が土間に足を踏み入れた。

「通旅籠町《とおりはたごちょう》のおようです！　お仕立物、お届けに上がりました」

女は声を弾ませて告げた。

一瞬、幸助の背中が強張《こわば》ったのを、おしまは感じ取った。しかし、女に語り掛けた時は、すでにいつもの柔らかな口調を取り戻していた。

「ああ、およウさん、ご苦労さん。急がせてすまなかったね。どうぞ、上がっておくれ」

それからおしまを振り返った。

「おしまさん、こちらはおようさん。あんたと同じ、うちの店《たな》が仕立物を頼んでいる人だよ」

おしまとおようは無言で会釈《えしゃく》を交わした。そして一瞬のうちに、互いのことを見て取った。

おようは二十四〜五歳で、地味な縞木綿《しまもめん》に小ぶりな銀杏返《いちょうがえ》し、白粉気《おしろいけ》のない顔と、年恰好《としかっこう》も身なりもおしまと似通っていた。仕立物をしているところまで同じだった。

「それじゃおしまさん、気を付けてお帰り」

「おいとま致します」

おしまは勝手口に立って、もう一度頭を下げた。顔を上げると、幸助の後ろから、軽い足取りで廊下を歩いてゆくおようの後ろ姿が目に入った。

その時、突然閃《ひらめ》いた。あの女もいせきのお嬢さんの振袖の仕立てを頼まれたのだ、と。

幸助が「何かあったら取り返しがつきません。いっそ、二人の職人に一枚ずつ晴れ着を仕立てさせては如何《いかが》でしょう」と勧めたのか、主人か女将が言い出したのかは知らないが、どちらにせよ、目に入れても痛くない娘のためなら、晴れ着の五枚や十枚誂《あつら》えるくらい、いせきの身代《しんだい》を考えれば、屁《へ》でもあるまい。

おしまは日本橋《にほんばし》を目指して歩きながら、はらわたが煮えくり返るような思いにとらわれていた。幸助が、自分とあの女を天秤《てんびん》にかけたのが、どうにも許せない気持ちだった。

耳の奥で、おしまの腕を誉《ほ》めそやした幸助の言葉がよみがえった。

あの言葉は嘘だったの？

そこでおしまは立ち止まり、一度大きく息を吸い込んで、吐き出した。頭に上っていた血がさっと引いて、まともに考えが働くようになった。

決して嘘じゃない。あたしの腕は天下一品だ。でも、きっとあの女も腕が良いんだろう。だったら誉め言葉も言うだろうさ。

おしまは幸助に岡惚れしていた。初めて会った時から様子の良い男だと思ってはいたが、大年増がそれくらいのことで胸をときめかせたりはしない。仕立物の注文を出すとき、受け取るとき、幸助はいつもおしまを気遣うような眼差《まなざ》しで見て、優しい言葉をかけた。それを好もしく思ううちに、いつの間にやら胸に火が灯《とも》ってしまったのだ。

もちろん、おしまはそんな素振りをおくびにも出していない。幸助の目から見たら、おしまは出入りの仕立職人の一人にすぎないと分かっている。それに幸助は取って二十三だという。おしまより二つも年下なのだ。言い出せるわけがない。だが、月に何度も会ううちに、次第に募ってくるこの想いはどうしたらいいのだろう……。

おしまはもう一度大きく溜息をつき、歩き始めた。

日本橋界隈《かいわい》には呉服屋が多い。上方《かみがた》の名店が次々江戸店《えどだな》を出すようになって久しく、今では三井越後屋《みついえちごや》、下村大丸屋《しもむらだいまるや》、大村白木屋《おおむらしろきや》をはじめ、伊豆蔵《いずくら》、大黒屋《だいこくや》、恵比寿屋《えびすや》と、大店が軒を連ねている。

さかえ屋はそれら大店のもう一つ下、中どころの呉服屋だが、今の主《あるじ》の代になって売り上げを伸ばし、十年前には本石町《ほんごくちょう》に構える店を増築して、間口を広げたほどの繁盛ぶりだ。

主の惣右衛門《そうえもん》には惣吉《そうきち》という息子がいたが、ご多分に漏れぬ放蕩《ほうとう》息子で、五年前に勘当されて家を飛び出し、以来消息がつかめない。惣右衛門は惣吉を諦《あきら》めて、妹おゆきに婿《むこ》を取って店を継がせるつもりだと、おしまは女中の誰かから聞いた覚えがある。

日本橋を渡って南へ歩き、日本橋通南四丁目で東に折れ、材木河岸にほど近い、大《お》鋸町《がちょう》の長屋に戻った。

誰もいない部屋は、出て行ったときのままの姿でおしまを迎えた。肌寒いのは長火鉢の炭が尽きて火の気がないからだろう。徹夜仕事になったので、今朝は飯を炊く暇《ひま》もなかった。途中で屋台店か一膳めし屋に寄って何か食べてくれば良かったと、おしまは今になって臍《ほぞ》を嚙《か》んだ。昨日の残りの飯がおひつに少し残っていたが、今から火を熾《お》こして湯を沸かす手間が面倒くさい。

この時代、庶民が飯を炊くのは朝一度で、昼と夜は残りの飯に湯か茶をかけて食べるのが一般的だった。

ま、良いさ。とにかく一寝入りして、起きたら蕎麦《そば》でも手繰《たぐ》りに行くとしよう。

おしまはちゃぶ台を部屋の隅に寄せ、押し入れから布団を引っ張り出して敷いた。横になって箱枕に首を載せると、根を詰めていたせいか、急に眠気がさして瞼《まぶた》がふさがった。

おしまは今年取って二十五になる。十二の年に木挽《こび》き職人だった父が流行病《はやりやまい》で亡くなり、それからは母が女手一つでおしまと六歳下の妹を育てた。母も仕立物の腕が良く、呉服屋から内職をもらっていたので、母子三人はそのまま大鋸町の長屋に住み続けることが出来た。

十六になった年、母も風邪をこじらせて亡くなった。それからはおしまが働いて妹を養った。幼い頃から母に裁縫の腕を仕込まれていたので、その年でおしまは一人前の仕事が出来るようになっていた。母に仕事をくれていたさかえ屋をはじめとする呉服屋は、同情もあって、引き続きおしまに仕事を任せてくれた。もちろん、おしまもその期待に十二分に応えた。

一昨年、世話する人があって、妹は腕の良い指物師《さしものし》と祝言《しゅうげん》を挙げた。去年は玉のような男の子が生まれた。おしまは肩の荷が全部降りた気がした。

幸助に心惹《ひ》かれたのも、きっと安心して気が緩《ゆる》んだからだろう。母を喪《うしな》ってからというもの、何とか妹を一人前にして、実のある男と一緒にさせるまではと、無我夢中だった。まるで妹を背負って綱渡りをするような日々で、とても男に関心を持つような余裕はなかった。そしてやっと、自分の面倒だけを見れば良い境遇になったと思ったら、いつの間にやら二十五で、行かず後家と呼ばれる身になっていたのだった。

目を開けると外の日差しが目に入った。おしまは布団をたたみ、水甕《みずがめ》の水をくんで口をすぎ、外に出た。

日はすでに中天にある。一刻《いっとき》以上眠っていたらしい。まずは腹ごしらえしようと、日本橋通南四丁目へ向かった。

日本橋には呉服屋を筆頭に商店の数も多いが、それ以上に職人の町だった。京橋《きょうばし》の南の木挽町《こびきちょう》は、木挽き職人が集まって住んでいたからそう呼ばれるようになった。おしまの暮らす大鋸町も、木挽き職人の使う道具から付いた。他にも具足町《ぐそくちょう》、南塗《みなみぬ》師町《しちょう》、南鞘町《みなみさやちょう》、箔屋町《はくやちょう》、元大工町《もとだいくちょう》など、職人を連想させる町名が多いし、日本橋の北にも本革屋町《ほんかわやちょう》、北鞘町《きたさやちょう》、金吹町《かなぶきちょう》、紺屋町《こんやちょう》、塗師町、竪大工町《たてだいくちょう》、横大工町等の町名で溢《あふ》れている。

いつの頃からか、おしまは日本橋の町を歩いていると、仕立物を生業《なりわい》とする自分がこの町に住んでいるのは宿命ではないか……と思うようになった。

不意に鼻先を醤油の匂いがくすぐった。目と鼻の先に蕎麦屋があった。角店で、脇の窓の格子越しに職人の姿が見える。打ち終わった蕎麦を切っているところだった。のして畳んだ蕎麦の上に取っ手のついた板を置き、定規のように滑らせながら切ってゆくのだが、その幅が見事に均一で細い。

うまいもんだ……。

じっくり見たことはなかったが、これも熟練のなせる業だろう。おしまは感心して眺め、それから空腹を思い出して店に入った。

長屋に戻り、縫いかけの着物を引っ張り出した。縫物はなるべく日のあるうちに進めたい。行灯《あんどん》の明かりでは、細かな模様や色合いを見分けるのに難儀する。

指抜きをはめ、針に糸を通し、絹の布に針を刺した。針が進むにつれ、糸が流れるように線を描く。この時間だけは、余計なことは考えない。針の動きと糸の軌跡に、身も心もゆだねている。

しかし、またしても雑念が頭に入り、指の動きが止まった。

およういう女は通旅籠町に住んでいるらしい。日本橋の北側だ。日本橋をはさんで北と南に分かれるが、さかえ屋までの道のりは似たようなものだろう。着物を届けたのはおしまが先だったが、頼まれたのがおしまの後だったとしたら、仕立てにかかった時間は、ほとんど変わらないことになる。

考えてみれば、熟練の仕立職人の仕事にさほどの優劣はない。二人が同時に縫い始めたとして、どっちが先に縫い上げても、仕立てにかかる時間の差は、刻みを一服するほどの間でしかあるまい。

おしまは縫いかけの着物をまじまじと眺めた。

手慣れた者でも袷の着物一枚を仕立てるのは半日仕事だ。どんな名人でも一日二枚がやっとで、それ以上縫い上げることは出来ない。

おしまはひどく気落ちして溜息を漏《も》らした。そんなわずかの差を競っていきり立つのが、どうにも虚《むな》しく思われてきた。幸助の目から見たら、おしまとおようは団栗《どんぐり》の背比べなのかもしれない。どちらに任せても、さほどの違いがないのであれば。

おしまは生地に目を落とした。もう一度構えて針を刺したが、進み具合が鈍った。

何か、良い方法はないだろうか……。

ぼんやりとそんなことを思ったが、良い方法のあろうはずはない。大昔から変わらぬ縫い方なのだから。

翌日の昼過ぎ、おしまは縫い上げた仕立物を風呂敷に包み、大事に抱えて日本橋を渡り、さかえ屋に向かった。

「ああ、おしまさん。昨日の今日なのに、ごくろうさん」

勝手口に現れた幸助は、変わらぬ笑顔でねぎらった。

「さ、上がっておくれ」

いつもの三畳間に案内され、おしまは風呂敷を広げた。着物は小紋柄二枚で、一枚は落ち着いた鉄紺色《てっこんいろ》の鮫《さめ》、もう一枚はやや若向きの京藤色《きょうふじいろ》の貉菊《むじなぎく》だった。幸助は袖の裏を返し、縫い目を確かめて目を細めた。

「いつもながら良い仕上がりだ。喜久屋《きくや》さんもお喜びだよ。あそこは女将さんも若女将さんも着道楽で、目が肥えてるからね。こっちも確かな人じゃないと頼めない」

喜久屋というのは柳橋《やなぎばし》の船宿で、美人でやり手の女将が店を切り盛りしている。実の娘に婿《むこ》を取らせて若女将にしたが、これも美女の評判が高い。

おしまは新旧の美女が仕立ておろしの小紋をまとう姿を思い描いた。

「喜久屋の女将さんと若女将さんがこの着物をお召しになったら、きっと浮世絵に描かれたような、あでやかなお姿でしょうね」

すると幸助は、皮肉っぽく口の端を曲げた。

「あの方たちは、着飾るのも商売のうちですからね」

幸助は呉服屋の手代なのに、着物を誂えて着飾る女が好きじゃないのだろうか？

おしまが意外そうな顔をすると、幸助は付け加えた。

「何枚も誂えていただくんで、お店も助かります。ありがたいお客様ですよ」

「あのう……」

おしまは思い切って口に出した。

「昨日のおようさんは、いつからこちらの仕立てを任されてるんですか？」

「ああ、おしまさんは知らなかったね。去年の春先から、番頭さんの口利きでね。長屋が近所で、前から仕立物の内職をしてたそうだ。それが、急にご亭主に死なれて……。ご亭主は腕の良い鳶《とび》職だったそうだが、足場が崩れて屋根から落ちて、打ち所が悪くてそのままいけなくなった。番頭さんは気の毒がって、旦那様に相談して……」

番頭の利兵衛《りへえ》の女房も、何度かおように仕立物を頼み、その出来に満足していた。近所の評判も上々だった。主人の惣右衛門は番頭の推薦《すいせん》でもあり、すぐに「そんなら試しに、一度仕立てをやらせてみるといい」と承知した。

「おかげでお店は大助かりだよ。おしまさんに負けない腕の職人がもう一人増えた。どんなうるさいお客さんの注文でも、大船に乗った気で任せられる」

幸助は邪気のない顔で微笑《ほほえ》んだが、おしまは胸に冷たいものを押し当てられたような気がした。

つまり、おようは若後家なのだった。同じ後家でも行かず後家とはえらい違いだ。よくよく思い返せば、十人並みと思っていたおようの顔も、色白で唇のぽってりと厚いところなぞ、男から見れば色っぽいのかもしれない……。

「それでおしまさん、次の仕事だけど」

その言葉で、おしまはハッと我に返った。

幸助は脇に置いた乱れ盆をおしまの前に押しやった。上には藍微塵《あいみじん》（微細な縞模様）の反物と、沈香茶《とのちゃ》（灰色がかった青緑）色の反物、そしてそれぞれの胴裏と八掛の生地が載っていた。反物の幅は男物で、かさから見て藍微塵は着尺（着物用）、沈香茶は羽尺《はじゃく》（羽織用）だ。どちらもきわめて上等で、色の取り合わせもすっきりと粋だった。

「これはまた、品があって粋な取り合わせでござんすね」

「それを聞いたら旦那様が喜ぶよ」

おしまがものといたげな眼で見ると、幸助は大きく頷いた。

「これは旦那様のお誂えで、来月の句会にお召しになる」

おしまはほんの少し緊張した。商売を別とすれば、句会は主の惣右衛門の生き甲斐《がい》だった。いわば大事な晴れ舞台の衣装を任されたことになる。

「急がなくて良いから、じっくり丁寧に仕上げておくれ。もっとも、お前さんは急いで仕上げても、人よりずっと丁寧だけれど」

白い歯を見せて笑いかける幸助を見ると、冷えかかっていたおしまの胸に、また新たな火種が灯るのだった。

反物を包んだ風呂敷を背中にしょって、おしまは日本橋から大鋸町へと歩いた。途中に大きな畳屋があり、開け放した土間から職人たちの働きぶりが見て取れた。いつもなら一顧《いっこ》だにせず通り過ぎるのに、何故《なぜ》だかその時は足を止め、中の様子を眺めた。

職人たちはそれぞれに框縫《かまち》い、平刺し、返し縫い、隅縫いと、畳換えの作業を繰り広げている。長い畳針を分厚い芯に刺して縫っていくのだから、重労働だ。畳の縁《へり》を縫い付ける職人は、左手で畳の芯の厚みを感知し、右の肘《ひじ》で糸を締めながら縫っていく。手先ではなく全身を使うところは、同じ針を使う仕事でも、裁縫とはまるで違う。

そして畳針は太くて長くて、折れそうに細い裁縫の針ばかり扱っているおしまは、恐ろしささえ感じる。だがどちらも針で、糸を通して縫い付ける役目は変わらない。畳針も針の仲間なのだ。そう思って見直すと、頼もしく思えてくるから不思議だった。

長屋に戻ると、おしまは長火鉢から炭を取り出し、火熨斗《ひのし》に入れて熱した。火熨斗とは底の平らな金属の容器に木の取っ手をつけた、今で言うアイロンだ。反物は縫う前に火熨斗をかけないと、糸目が乱れる。

丁寧に反物に火熨斗をかけると、今度は寸法を書いた書付を見ながら、前身頃、後見頃、衽《おくみ》、袖、地襟《じえり》、共襟と、慎重に布地を裁った。次に胴裏と八掛もそれぞれの寸法に裁っておく。

裁断が終わると、おしまは生地を部位ごとにまとめ、いよいよ縫製に取り掛かった。指抜きをはめ、針に糸を通して構えた途端、ふと針を見直した。

……短い。

針の持ち方の基本は、親指と人差し指で針を持ち、他の指は握る。指抜きをした中指に針の末端を当て、先端が指先から二〜三ミリ出るのが良いとされている。

おしまの使う針はごく一般的な「四の三」という規格だった。四は太さを、三は長さを表す。和裁に使う針は太さは均一で、今で言う0・56ミリ。長さは四の一が33・3ミリ、四の三は39・4ミリ、四の五が45・5ミリで、それ以上長い針はくけ縫いに使う絹ぐけが51・5ミリ、袖ぐけが54・5ミリ。ちなみにくけ縫いとは、縫い目を生地の表面に出さない縫い方のことだ。

おしまは子供の頃、父から聞かされた講談の一節を覚えている。太閤豊臣秀吉が足軽の頃、他の足軽の率いる隊と槍《やり》の試合をすることになった。相手は百戦錬磨の強者《つわもの》ぞろいで、秀吉の隊は負けが濃厚だった。しかし、秀吉は相手の倍近い長い槍を揃えて試合に臨み、見事勝利を収めた、と。

あのとき父は言ったものだ、「刃物は絶対、長い方が有利だぜ。大は小を兼ねるのよ」と。

それなら、針だって長い方が有利なのではあるまいか？

おしまは糸を通した四の三の針を針山に戻し、絹ぐけを抜いて親指と人差し指で握った。針の末端は伸ばした中指の付け根に当たる。藍微塵の生地を脇に置き、抽斗《ひきだし》を開けて晒《さらし》を取ってきた。端を切って小さく折りたたみ、解《ほど》けないように縫い合わせた。次に晒を細く裂いて輪を作り、晒の塊に縫い留めた。即席で作った指抜きは、ぴたりと中指の付け根に収まった。

おしまは絹ぐけの針に糸を通し、まずは晒で運針を試みた。

……はやい。

針の長さは通常のものに比べて倍近い。その分、一度に縫える縫い目も増える。

これは使える。目からうろこだ。早速この縫い方を試してみたい。でも、まさか旦那の晴れ着で試すわけにもいかないから、どこぞで小僧のお仕着せでも頼まれたら、縫ってみようか……。

おしまは逸《はや》る気持ちを抑えて、再びさかえ屋惣右衛門の仕立物を手に取った。

弥生《やよい》三月となり、ひなまつりが終わると花見の本番が始まる。江戸の町は桜の名所が多く、上野の寛永寺《かんえいじ》、飛鳥山《あすかやま》、御殿山《ごてんやま》、隅田川堤《すみだがわづつみ》と、この季節はどこも花見客でにぎわった。

中でもひときわ江戸っ子の注目を集めるのが吉原《よしわら》の夜桜だろう。毎年惜しみなく大金を投じて、世間を驚かせる。

仲の町の大通りに立ち並ぶ桜並木は、三月一日、三日の紋日《もんび》（遊興費が普段の二倍になる）に開花時期を合わせ、二月の下旬に根付きのまま他所《よそ》から運ばれてくるのだが、それを過ぎるとまた運び去られる。運賃だけで百五十両かかると言われていた。そして花見の期間だけは、一般女性も出入りを許され、見物が出来るのだった。

おしまは仲通りを歩きながら、あちこちに目を遣《や》った。夜の吉原は初めてだった。茶屋から仕立物の注文をもらって届けに行《く》くおりなど、昼間の吉原なら二、三度来たことはあるのだが。

夜の吉原は昼間とは全く別の国だった。夜のとばりが細かなアラを覆い隠し、妓楼《ぎろう》に灯る百目《ひゃくめ》蠟燭《ろうそく》が夜道を煌々《こうこう》と照らしている。不夜城の異名は伊達《だて》ではない。おしまはすっかり目を奪われた。

「ねえさん、そんなにキョロキョロしてると、石につまずいて転んじまうわよ」

妹のおもんが含み笑いをして声をかけた。

「だって珍しいんだもの。夜なのに昼間みたいじゃないか」

「いっそ花火が上がればいいのに」

おもんはそう言って、背中の赤ん坊を見やった。去年生まれた男の子で、国松《くにまつ》と名付けられた。夜泣きも疳《かん》の虫もなく病気一つしない、本当に親孝行な子だと、おもんはおしまに会うたびに自慢した。「きっと徳《とく》さんに似たのよ」と。

徳松《とくまつ》はおもんの亭主で、腕の良い指物師だ。取り立てて好い男ではないが、誠実な職人らしい清潔感がある。まずは似合いの夫婦だった。一家は浅草にほど近い田原町《たわらまち》の長屋に住んでいるので、姉妹はそう頻繁《ひんぱん》には会えない。

久しぶりに見るおもんは、一段と女っぷりが上がったように見える。娘の頃はもったりして垢抜《あかぬ》けなかったのが、徳松と一緒になるとみるみる輝きを増し、特に子供を産んでからは、清冽《せいれつ》な色気が漂うようになった。

まるでさなぎが蝶《ちょう》になったようだと、おもんを見るたびに、おしまは複雑な思いを噛み締める。妹の幸せを喜ぶ気持ちに嘘はない。だがその一方で、もしも自分も年ごろで嫁《とつ》いでいれば、男の手で磨かれて、娘時代より美しさを増したのではあるまいか、少なくとも水を断たれた花のように、枯れてゆくばかりではなかったのにと、今更せんのないことを考えてしまう。

「向島《むこうじま》へ渡ろうか。美味《うま》いものを食べさせる店が多いっていうから」

今日はおしまが「天ぷらを奢《おご》るから、みんなで一緒に吉原見物に行こうよ」と誘ったのだった。おもんも徳松も喜んで承知した。

「実は、徳さんにちょいと頼みがあるんだけどね」

小さな料理屋で夕飯を食べ終えると、おしまは用件を切り出した。徳松は察していたらしく、鷹揚《おうよう》に頷いた。

「おいらで出来ることなら、なんなりと」

「裁縫用に机を作っておくれでないか」

「そんなものがあるんですかい？」

徳松は訝《いぶか》しむように眉《まゆ》を寄せた。普通、裁縫に机は使わない。

「ないから頼んでるのさ。なに、決して変わったもんじゃない。長さ三尺三寸、幅二尺の板に、脚をつけてくれれば充分さ。板も脚も、白木で構わない」

おしまは両手で板の大きさを示した。

「重いものを載せるわけじゃないから、安物で結構だよ。一日出しっぱなしだから、脚を折りたたむ細工も要らない」

おしまは湯呑《ゆのみ》に残った茶を飲み干した。

「忙しいとは思うが、仕事の合間に作っちゃくれまいか。もちろん、手間賃は払うからね」

徳松は慌《あわ》てて顔の前で手を振った。

「とんでもない。ねえさんには世話になってるんだ。そのくらいのことはさせてもらいますよ」

おしまは両手をついて頭を下げた。

「ありがとう。恩に着るよ」

来月は卯月《うづき》で、暦の上では夏になる。朔日《ついたち》は衣替えで、着物は一斉に綿入れから袷に変わり、足袋《たび》もはかなくなる。

奉公人のお仕着せは夏冬二枚支給されるのが習いなので、この時期に夏用のお仕着せを新調する店も多い。おしまの元にも大量の注文が舞い込んだ。

この機に、早縫いを極めてやる。

おしまは長針を使って着物を仕立てながら、意気込んだ。実践を重ねるうちに、これまでにない早縫いを実現するための工夫が次々と生まれていた。

着物の仕立ては縫製と同じくらい、糸をしごく動作も大切だった。布地のたるみが出ないように、左手で縫い目の糸をしごいてゆくのだが、この糸しごきが完璧だと、仕上げにこてを当てる必要がないほどになる。そして糸しごきの動作を円滑にするためには、生地のたるみを少なくするのが一番だった。

どうすれば生地をたるませないで済むだろう？

仕立物を届けた帰り、そんなことを考えながら歩いていると、鼻先を醤油の匂いがくすぐった。みれば目の前に蕎麦屋がある。ちょうど時分時《じぶんどき》だったので、おしまは店に入った。

「霰《あられ》をひとつ」

霰とは小柱を散らした掛け蕎麦のことだ。

おしまは何気なく厨房《ちゅうぼう》を見た。奥で職人が蕎麦を切っていた。おしまは惹《ひ》かれるように立ち上がり、厨房との仕切りに近づいて、職人の手元に注目した。前にも同じ情景を見た。取っ手のついた板でのした蕎麦を押さえながら、定規のように滑らせて、均一の細さで切ってゆく。

これは、もしかしたら……!?

「お客さん、覈、出来ましたよ」

小女《こおんな》に声をかけられてあわてて席に戻ったが、頭の中は目まぐるしく動いていて、蕎麦を手繰っても味が分からなかった。

おしまは蕎麦屋を出ると、その足で古道具屋を探した。

新右衛門町《しんえもんちょう》と箔屋町の間の道に、店を見つけた。間口の狭い埃《ほこり》っぽい店で、表に並べてある品もガラクタに近い。こういう店なら間違いないとおしまは店の前に立って声をかけた。

中から出てきたのは小柄な老人だった。

「何をお探しでしょう」

「硯《すずり》が欲しいんですけど。大きいやつを」

主人は店の中へとおしまを手招いた。

「これなんか如何です」

ごちゃごちゃと使い道の分からない道具の並んだ中から、埃にまみれた大きな硯を指さした。

「端渓《たんけい》です。見る人が見ればわかる」

主人は硯を手に取り、おしまの目の前に差し出した。

端渓とは中国の「端渓石」で作った高級な硯で、美術品としての扱いを受けている。ところがその硯はのっぺらぼうで周囲に何の装飾もなく、おまけに角が少し欠けていた。

おしまは硯を手に取り、慎重に重さを確かめ、底を撫《な》でた。底は平らで凹凸《おうとつ》はない。

「これ、おいくら？」

「お客さんはお目がお高い。一朱に負けておきましょう」

おしまは「おきゃあがれ、この因業爺《いんごうじじい》！」と言いそうになるのを抑え、ニヤリと笑ってみせた。

「悪いが、そんな大金は出せないね。実のところ、あたしが欲しいのは硯じゃない。この大きさでこの重さなら、文鎮でも拍子木でも、何でもいいんだよ」

主人は意外そうに目を瞬《しばたた》いたが、気を悪くした風もなく言った。

「ほう。面白いことを言う」

「持ち合わせは百五十文しかない。それで買える、この大きさでこの重さの品はないかえ？」

主人は苦笑を漏らした。

「生憎《あいにく》、代わりになる品は置いていませんな」

「それじゃ、他を当たりますよ」

おしまが硯を返そうとすると、主人はその手を押しとどめた。

「まあ、これも何かの縁というもの。その硯はお客さんにお譲りしますよ」

主人は両手を差し出した。

「お包みしましょう」

おしまは硯を渡し、懐から銭入れを取り出して勘定した。

別れ際、主人は店先まで送って出ると、楽し気に言った。

「この硯をどうお使いになるか存じませんが、まあせいぜい、硯に面白い目を見せてやって下され」

徳松からは夜桜見物の四日後に、裁縫台が届いていた。安物で良いと言ったのに、檜《ひのき》の一枚板に折り畳み式の脚が付いていた。板の表面は丁寧に鉋《かんな》をかけて砥《と》の粉《こ》で磨き、鏡のようにつるつるだった。この上で縮緬《ちりめん》や羽二重《はぶたえ》を滑らせても、引っかかることは決してないだろう。しかも徳松は、おしまが差し出した手間賃を、最後まで受け取らなかった。

徳さん、ありがとう。

おしまは檜台の表面を撫でながら、手間賃は師走《しわす》の餅代か、国松のお年玉という形で渡そうと思った。

おしまは木綿の反物を台の上に広げた。大伝馬町《おおでんまちょう》の米問屋から頼まれた、使用人のお仕着せ用の生地だ。十人分ある。普通なら全部縫い上げるのに、十日近くかかる。

おしまは布を裁断した。お仕着せは主人が奉公人に支給する一種の制服なので、特に指定がない限り、ほぼ同一寸法で仕立てる。だから裁断も速い。

準備が整うと、いよいよ本格的に早縫いを開始した。

台の上に広げた布の上に、羽二重の端切れで包んだ硯を置いて、重しとした。これで縫う手元の布を引っ張り、生地のたるみを防ぐのだ。

待ち針も通常の品ではなく、絹ぐけより長い袖ぐけの針（54・5ミリ）を用いた。こうすれば所定の部位を縫い終えるまで、針を抜く必要がない。縫っている途中で逐《ちく》一《いち》待ち針を抜くと、結構時間を食うのだ。

いよいよ縫製に入る。糸を通した絹ぐけの針の先端を、布地に通してゆく。速い。そして、熟練の技で、縫い目は均一で少しの乱れもない。中指には帯芯を包んで新しく作った指抜きをはめて、針の当たる指の腹側を保護している。

運針はどんどん進んでゆく。縫いながら左手で少しずつ布をしごく。針は常に布を離れず、布の中を進む。縫い終わって初めて針を布から引き抜き、縫い始めから糸をしごいて落ち着かせる。

硯の重しが効いて布のたるみが少ないせいか、糸をしごくのも楽で、縫い上がりはこての必要もないくらいピンと張っていた。

脇縫いと衽付けのときは、糸を切らずに糸巻につないだまま、縫っていく。こうすると途中で糸が足りなくなって、あらためて針に糸を通すような手間が省ける。

やがて袷が一着縫い上がった。細かな時を測る術《すべ》はないが、それでも体感で、これまでになく早いのが分かる。

おしまはすぐに二枚目の縫製に取り掛かった。二枚目を縫い上げると湯漬けをかきこみ、三枚目に取り掛かった。暮六つの鐘が鳴ったときには、四枚目の着物を縫い上げる寸前だった。

辰《たつ》の刻（午前八時）から仕事にかかり、昼食の休憩を入れながら、五刻の間に四枚の袷を仕立てるとは、驚異的な速さだ。おしまは我ながらにわかには信じられなかった。これなら町木戸の閉まる亥《い》の刻（午後十時）までには、五枚目を縫い上げるのもたやすいことだ。

一日に袷を五枚……!?

他人が縫ったと聞いたら、おしまは信じないだろう。それくらいべらぼうな速さなのだ。

しかも、半日ずっと縫い続けているのに、不思議なほど身体《からだ》は楽だった。疲れて肩が凝るとか、腰がだるくなるとか、そういう症状は全くない。

何が幸いしたのだろう。縫うときの姿勢だろうか？　重しで布を引っ張っているので、身体を傾けなくても良く、その分背中や腰に負担がかからない。もしかして、長針を使うのも良いのかもしれない。短針で縫うときは親指と人差し指以外はぎゅっと握っているけれど、長針は指を伸ばして縫う。だから指が疲れない。

おしまは四枚目の着物を仕上げると、軽く茶漬けをかきこんだ。早く五枚目を仕上げて、町木戸が閉まる前に、夜鳴き蕎麦を奢ろうと思っていた。

さかえ屋に仕立物を届けに行くと、応対に出たのは幸助ではなく、その朋輩《ほうばい》の乙吉《おときち》という手代だった。

いつもの三畳間で検品を受けているとき、おしまは気になってつい尋ねた。

「あのう、今日は幸助さんは？」

すると乙吉は、一瞬辺りをはばかるように周囲を見回し、それから声を落として答えた。

「幸助は気の毒なことになっちまってね」

「お身内にご不幸でも？」

「いや、それが……」

乙吉は言いにくそうに言葉を濁したが、本当は言いたくてたまらないのが、顔つきに現れていた。

「教えて下さいよ。気になるじゃありませんか。幸助さんには仕立ての注文を随分と頂いてるんですから」

おしまは「決して誰にも漏らしませんから」とダメを押した。すると乙吉は、ほとんど嬉しそうに話し始めた。

「悪い奴に騙《だま》されてね。お店《たな》の品をごっそりやられてしまったんだよ」

「まあ」

数日前、小田原《おだわら》の豪商という触れ込みの男がさかえ屋にやってきて、「嫁ぐ娘の衣装を誂えたい。小田原にはろくな呉服屋がないので、江戸にやってきた。この店は趣味の良い品、面白い品を揃えていると聞いてきた」という意味のことを言った。

応対に出たのが幸助で、男は勧められた小紋の反物を二反購入した。すると翌日、男は再び店に現れて「昨日の反物を娘がたいそう気に入った。せっかくだから晴れ着と花嫁衣装もお宅で誂えたい。反物を見繕《みつくろ》って、宿に持ってきてほしい」と言った。

幸助は喜んで、小僧と自分とで三十反を背負い、指定された宿に赴《おもむ》いた。男の部屋に通されると、幸助はいきなり後ろから何者かに羽交い締めにされ、当て身を食らって気を失った。小僧も同様だった。気が付いたときは、反物は消えていた。男の名前や肩書が全くのでたらめだったことは、言うまでもない。

「それで、幸助さん、お怪我は？」

乙吉が首を振ったので、おしまはホッと胸をなでおろした。

「そりゃあ、幸助さんも小僧さんも、災難でございましたねえ」

「まったくだ」

乙吉は気の毒そうに眉をひそめたが、内心少しも同情していないことは、その目で分かった。

「ただね、盗まれた反物は店でも飛び切りの品ばかりでね。旦那様も頭を抱えてなさるんだ」

そんなバカな、とおしまは思った。さかえ屋は日本橋に店を構える呉服屋で、担《かつ》ぎの反物売りとはわけが違う。三十反や五十反、泥棒に盗まれたくらいで身代が傾くはずもなかろうに。

「要は、客を見る目がなかったってことさ。そんな荒っぽいことをする輩《やから》には、身なりや言葉の端々に、何処《どこ》か怪しいところがあったはずだ。それを見抜けなかったのは、幸助の目が曇っていたからだと、旦那様はそう仰った」

得意そうに語る乙吉の前で、おしまははらわたが煮えくり返りそうだった。さかえ屋の旦那というお人は、なんとまあ、薄情なんだろう。災難に遭った手代をいたわるどころか、傷口に塩をなすり込むようなことを口にするとは。しかも、朋輩の前で。

「それで、幸助さんは、今？」

「今日明日は店を休むそうだよ。昨日までお役人のお取り調べもあったから、無理もないさ」

おしまは手短に挨拶《あいさつ》をして、さかえ屋を後にした。

幸助さん、可哀想《かわいそう》に……。考えると気の毒でならない。あれほど一心に商売に打ち込んでいたというのに、運悪く落とし穴にはまってしまった。どんなに気落ちしていることだろう。

おしまは身につまされて、とても仕事をする気になれなかった。

そうだ、おもんのうちに行こう。手土産《てみやげ》に団子でも買って……ついでに鰻《うなぎ》も買って、向こうで夕飯をごちになろうか。

おしまは立ち止まり、踵《きびす》を返して田原町へ向かった。

おやつの団子を食べながらおもんとおしゃべりに興じ、鰻のかば焼きで夕餉《ゆうげ》の膳を囲み、すっかり長居してしまった。気が付けば暮六つを半刻《はんとき》ほど過ぎている。

おしまはあわてて帰り支度をした。

「ねえさん、途中まで送ろうか？」

徳松はそう言ったが、おしまは笑顔で制した。

「心配ご無用さ。子供じゃないんだから」

おしまは長屋を出て、日本橋へ急いだ。この時代、夜四つ（午後十時）になると町木戸が閉まり、出入りが出来なくなる。

夜なのでなるべく広い通りを選んで歩き、伊勢町《いせちょう》堀《ぼり》に沿って江戸橋に出た。昼間は人出の多い江戸橋だが、今は人影もない。

いや、一人いた。肩を落として欄干《らんかん》に佇《たたず》んでいる。提灯《ちょうちん》をかざすと、幸助だと分かった。

「幸助さ……」

声をかけた瞬間、幸助は欄干を乗り越えようとした。おしまは提灯を捨てて駆け寄った。

「幸助さん!」

むしゃぶりついて抱き留めた手を、幸助は払いのけようとした。

「離してくれ! 死なせてくれ!」

「なに言ってんだい! 早まるんじゃないよ!」

二人はしばらくもみ合っていたが、やがて幸助は力尽き、その場にくずおれた。そして、両手で顔を覆って泣き始めた。

「私はもう……死ぬしかない。何もかも、ダメなんだ」

おしまは幸助の背中をさすりながら、必死で訴えた。

「しっかりして。弱気にならないで。思い詰めるんじゃないよ」

泣き声が小さくなると、幸助の肩に手を回して助け起こした。

「とにかく、うちへおいで。もうすぐ町木戸が閉まるからね」

もう逆らう気力もないのか、幸助は素直についてきた。

おしまは幸助を部屋に招じ入れ、行灯に火を灯した。

明かりの下で幸助の顔を見て、おしまは胸を衝《つ》かれた。憔悴《しょうすい》しきって目がくぼみ、頬《ほお》がこけていた。いつもは身ぎれいにしているのに、髭《ひげ》も当たらず、月代《さかやき》も伸びかかっていた。昼間の光で見たら、きっと顔色も悪いだろう。

おしまは幸助の前に座り、諭すように言った。

「ことの次第は乙吉さんから聞きました。災難でしたね。でも、死ぬなんていけませんよ。悪いのは泥棒で、幸助さんじゃない」

幸助は力なく首を振った。

「奪われた反物の値は、全部で二百両なんですよ」

二百両と聞いて、おしまも一瞬背筋が寒くなった。その半分の百両でも、一生涯目にすることはないだろう。

幸助はがっくりと肩を落とし、うなだれた。

「私のせいでお店は二百両も失《な》くしたんです。せめて半分でも返せればともかく、このままじゃ私は、死んでお詫《わ》びをするしかない」

幸助は再び泣き崩れた。

おしまは慰《なぐさ》める言葉が見つからなかった。しかし、頭の中は最初の衝撃が去って、いくらか冷静さを取り戻してきた。

何とか幸助を助ける手だてはないだろうか？　それはつまり、百両という大金を作る手だてだ。ただの手代や仕立て職人に、そんな大それたことが出来るはずもない。

だが……。

あたしなら、出来る！

おしまはきりっと奥歯をかみしめた。一か八か、やるだけやってみよう。それしかない。

「幸助さん、大丈夫。あたしが何とかするよ」

幸助は驚いて顔を上げ、おしまを見た。まるで「月に連れて行ってやる」と言われたような顔をしている。

「でも、おしまさんにそんな……」

「当てがあるんだよ。だから、安心しておくれ」

なおも問い詰めようとする幸助を、おしまは笑顔で遮《さえぎ》った。

「そんなことより、腹が減ったろう。茶漬けでもお食べ」

翌日、おしまは日本橋の北、大伝馬町へやってきた。ここは囚獄《しゅうごく》で名高いが、町全体は大きな問屋街で、高島屋《たかしまや》、巴屋《ともえや》という江戸でも指折りの大店が店を構えている。

巴屋は元はありふれた太物《ふともの》（綿・麻織物）問屋だったのを、やり手の女主人が二十年ほどで大店にのし上げた。通旅籠町には絹物を扱う呉服店を出し、こちらも大繁盛だが、本店は大伝馬町だった。

おしまは一代で大店を築いた女主人の度胸と才覚にすべてを賭《か》けた。巴屋の女主人なら、おしまの賭けに乗ってくれると信じていた。

巴屋の奉公人たちは、おしまに不審の目を向けた。一見の客なのに、ずけずけと帳場の近くに進んできたからだ。

「お客さま」

不審もあらわに尋ねる手代に、おしまは言った。

「大鋸町で仕立物をしている、おしまと申します。実は耳寄りなお知らせをお持ちしました。お内儀《かみ》さんにお取り次ぎを願います」

「それはどうも。お内儀さんに代わって、私が承って伝えましょう」

「畏れ入ります。お内儀さんに直《じか》に申し上げたく存じます。どうぞ、お取り次ぎください」

「それは困ります。どうぞ、私に仰ってください」

手代と押し問答をしていると、奥からお内儀らしい女が現れた。手代が早速注進に走った。事の次第を耳にすると、お内儀はおしまに顔を向けた。四十をとうに過ぎているはずだが、充分に美しかった。

「良い知らせをお持ちくださったとか。それはどのような？」

お内儀は張りのある声で尋ねた。その辣腕《らつわん》ぶりから、一時「人でなしのおけい」とあだ名されたと聞いたが、目の前の女は臈長《ろうた》けていて、威厳はあるが傲慢《ごうまん》さのない風《ふう》貌《ぼう》だった。

「賭けでございます」

「賭け？」

「お内儀さん、あたしが一日で袷を何枚仕立てられるか、賭けをして下さいませんか？」

お内儀はふっと苦笑を漏らした。

「それがどうしていい知らせなのだろうね？」

「巴屋さんと言えば天下に知られた呉服太物の大店でございます。そこのお内儀さんが仕立物の賭けをなさったら、江戸中の評判になって、巴屋の名前はいよいよ世に知られます」

お内儀はもう一度おしまを見直した。巴屋はもはやそんな宣伝を必要としない、押しも押されもせぬ大店だったが、おしまの中に、かつての自分の片鱗《へんりん》を見た気がしたのだ。

「分かった。賭けよう」

おしまはパッと顔を輝かせ、深々と頭を下げた。

「ありがとう存じます」

「一日に縫える袷は、どんな名人でも二枚と言われている。しかし、わざわざ賭けを挑んでくるからには、お前さんには秘密の技があるのだろう」

お内儀はそこで言葉を切って、ほんの少し考えてから先を続けた。

「三枚。……いいとこ、それが関の山」

「五枚！」

おしまは右手を前に突き出して、五本の指を思い切り開いた。お内儀は呆《あき》れたように目を丸くした。

「それはどんな手妻を使うのだえ？」

「いかさまは一切ありません。うちから道具を運んで、巴屋さんの家《いえ》うちで仕立てます。朝から始めて翌朝まで、本当に五枚の袷を縫えたかどうか、見張りを立てて下さっても構いません」

お内儀はもう一度苦笑した。

「律儀《りちぎ》で結構。それではそうさせてもらおうか。ところで、掛け金はいかほどお望みかえ？」

「五十両」

見物していた周囲の人々がどよめいた。お内儀もさすがに顔つきが厳しくなった。

「五十両とは穏やかならぬ大金だ。引き換えに、おまえさんはいったい、何を賭けるのだえ？」

おしまは右の二の腕をポンとたたいた。

「この腕を巴屋さんに差し上げます」

お内儀は顔をしかめた。

「うちをやくざ稼業と間違えないでおくれ」

「仕立ての腕のことでございます。あたしが負けたら一生涯、巴屋さんの仕立物は、他の十分の一の値でお引き受けします」

お内儀はゆっくりと頷いた。

「分かった。そういう事なら、賭けの着物は、うちの手代のお仕着せを縫ってもらおうか」

翌朝、おしまは明け六つ半（午前七時）に、裁縫道具と弁当を持って家を出た。巴屋の小僧が荷物持ちに来てくれたので、裁縫台を持たせた。

巴屋に着くと奥の一室へ通された。庭に面した六畳間で、日当たりの良い部屋だった。そこへ芳三《よしぞう》という番頭がやってきて、荷物を検《あらた》めた。羽二重に包んだ硯以外、変わったものがないので、拍子抜けしたような様子だった。

次にお仕着せ用の反物が部屋に運び込まれた。おしまもざっと反物を調べたが、何処にも細工はなかった。

五つ半（午前九時）の鐘が聞こえると同時に、おしまは作業を始めた。

巴屋の番頭や手代、小僧、女中たちも次々に部屋を覗《のぞ》きにやってきた。おしまは気を散らすこともなく、淡々と作業を進めていった。始めて一刻もすると、袷が一枚完成した。見張り番に立っていた手代が、息を呑むのが分かった。

昼過ぎに、お内儀が直々《じきじき》に見物にやってきた。四半刻ばかりおしまの作業を熱心に見ていたが、何も言わずに立ち去った。

お内儀は内所（主人の居間）に戻ると、番頭の芳三を呼んだ。そして芳三がやってくると、いきなり命じた。

「芳三、五十両、用意しておくれ」

「でもお内儀さん、まだ賭けは始まったばかりですよ」

「あの手さばきを見ただろう。五枚というのはかなり割り引いた数だよ。あの女が本気になれば、一日に七枚や八枚、縫い上げることも叶《かな》うだろう」

芳三は渋い顔をした。

「でもお内儀さん、たかが仕立てに五十両は法外ですよ」

「うちは仕立てのお陰で成り立つ商売なんだよ。腕の良い職人は宝物さ。特にあの女は……」

お内儀は考える顔になった。

「どこであんな技を思いついたのだろうね。畏れ入ったよ。久しぶりに目を洗われる思いがした」

お内儀の予言通り、おしまは翌朝までに五枚の袷を仕立て上げた。検品した芳三も、そのしっかりした縫製に舌を巻いた。とても急ぎのやっつけ仕事とは思えない。わずかな糸目の乱れもなく、一枚一枚丁寧に縫われていた。

お内儀はおしまを内所に呼び、二人きりで向き合った。

「おまえさんの勝ちだ。掛け金をお取りなさい」

袱紗《ふくさ》に載せた五十枚の小判を前に、おしまはごくんと唾をのんだ。生まれて初めて目にする大金だった。

「あの、お内儀さん……」

おしまは勇気を振り絞って訴えた。

「この賭けに乗って下さる旦那衆を、ご紹介いただけないでしょうか。あたしはどうしても、あと五十両要るんです」

お内儀は気を悪くした風もなく、鷹揚に答えた。

「分かった。問屋仲間に酔狂《すいきょう》なお人が三人ほどおいでだから、話を通してあげよう」

「ありがとうございます！」

おしまが畳に平伏すると、お内儀は言った。

「だが、いくら酔狂でも掛け金五十両は出すまいよ。一人頭二十両にしておおき」

おしまは平伏したまま「はい」と答えた。

「それと、そちらの事情が片付いたら、うちで働く気はないかえ？」

おしまは顔を上げた。お内儀はいたわるような目でおしまを見ていた。

「腕の良い仕立職人が欲しいのは、どの店も同じだよ。それともう一つ……」

お内儀の視線が、おしまの身体を貫くように鋭くなった。

「おまえさんの仕立ての技はまことに見事なものだ。どれほどの思いでその技を身につけたか、考えると言葉もない。だが、おまえさんが死ねば、その技もこの世から消える。それはあまりにもったいないと思うのだよ」

お内儀の口調はあくまで穏やかで、押しつけがましい響きはなかった。

「うちの店で仕立てを頼んでいる職人の中から、おまえさんが見てこれと思う者がいたら、その技を伝授してほしい」

おしまは一瞬頭に血が上った。自分が創意工夫して会得した技を、どうしてやすやすと他人に教えられるだろう。

お内儀はそれを見越していたように、静かに微笑んだ。

「こんな頼みが心外なのはよく分かっている。だが、もう少し時が経《た》てば、おまえさんの気持ちも変わるかもしれない。その時が来るまで、私は待っているよ」

お内儀は言葉通り、三人の大店の主人に引き合わせてくれた。三人とも粋な風流人で、おしまの賭けを面白がって乗ってくれた。

もちろん、おしまは見事に賭けに勝ち、金六十両を手に入れた。そしてその賭けでは、一日で七枚の袷を仕立て上げ、旦那衆を驚嘆させたのだった。

「幸さん!」

おしまはさかえ屋の勝手口に駆け込み、幸助を呼んだ。幸助が廊下を小走りにやってきた。

いつもの三畳間で二人きりになるとおしまは袱紗に包んだ百両を幸助の手に押し付けた。

「おしまさん、これは……」

「言っただろう。百両だよ」

幸助は信じられないものを見るように、おしまと袱紗包みを見比べた。

「これを旦那に渡して、きっちり詫びを入れるんだよ。そうすりゃ、またお覚えがめでたくなるに違いない」

「でも、おしまさんから、こんな大金をいただくわけにはいかないよ」

「何言ってるんだい。あんた、百両返さないと、死んでお詫びをしなきゃならないんだろう。命あってのものだねじゃないか」

今少し押し問答をした後で、幸助は畳に両手をつき、額《ひたい》をこすりつけた。

「おしまさん、一生恩に着るよ。本当にありがとう。おしまさんは私の命の恩人だ……」

嗚咽《おえつ》で幸助の声がくぐもった。

おしまも感極まって泣けてきた。これですべてうまくいく。旦那に金を返したら、幸さんは私と夫婦になって、そして……。

それから十日後、おしまは縫い上げた仕立物を抱えてさかえ屋を訪れた。

「ああ、おしまさん、ご苦労さん。上がって下さい」

応対に出たのは幸助ではなく、乙吉だった。

「あのう、今日は幸助さんは？」

三畳間に通されてから、おしまは尋ねた。乙吉は検品の手を止めて、皮肉に笑った。

「幸助は今、それどころじゃないのさ。急に婿入りが決まってね」

「え？」

「お嬢さんと祝言を挙げることが決まったんだよ」

おしまは後ろ頭を棒きれで殴られたような衝撃を受けた。

「前から話はあったんだが、あの泥棒騒ぎで沙汰《さた》やみになった。ところが何をどう算段したものか、幸助が損金の半分百両を、耳を揃えて持ってきた。旦那は幸助の男気にすっかり感心して、一刻も早くお嬢さんと祝言を挙げさせる気になったっていうわけさ」

おしまは何も考えられなかった。どうやって大鋸町の長屋に戻ったのかもよく分からない。

頭の中は幸助のことでいっぱいだった。

幸さん、あたしは命の恩人じゃなかったの？　一生恩に着るって言った、あの言葉は嘘だったの？　そのあたしを捨てて、お嬢さんと祝言を挙げるなんて、どうしてそんなひどいことを……。

おしまは涙が止まらなかった。言葉には出さず、心の中でさんざんに幸助を詰《なじ》った。

そして、ひとしきり泣いて気持ちが落ち着くと、頭もハッキリしてきた。

そうだ、たしかに幸助はおしまのことを「一生恩に着る」「命の恩人」と言った。

しかし、ただの一度も「好きだ」とか「一緒になってくれ」と言ったことはなかった。

言質《げんち》を取られるようなヘマは、見事なまでに犯していないのだった。

涙が乾くと、乾いた笑いが唇から洩《も》れた。

幸助は大した利口者だ。言葉一つで女心を転がして、百両手にしてさかえ屋の入り婿の座まで手に入れたのだから。だけど、あいつはとんでもない人でなしだ。人の真心を踏みつけにして、少しも心が痛まない。

おしまは顔を上げた。心はもう乱れていなかった。その代わりに、強い確信に満ちていた。

あんな奴は、ろくな死にざまをしない。

おしまは巴屋の専属の仕立職人になり、さかえ屋との付き合いも絶えた。

そうして三年が過ぎた。

日本橋の通りで、不意に後ろから声をかけられた。

「おしまさんじゃありませんか？」

振り向くと、およう が立っていた。

「久しぶり。確か、巴屋さんにいらしたとか」

屈託のない様子に、おしまも警戒心を解いた。

「ちょっとしたご縁で、お世話になってます。およう さんは？」

「私は相変わらず」

どちらからともなく、二人は近くの茶店に入った。

「さかえ屋さんのこと、知ってる？」

昨年、主人の惣右衛門が亡くなったと、風の噂に聞いていた。

「大変だったみたい。乙吉さんから聞いたんだけどね」

一昨年、出奔《しゅっぽん》していた息子の惣吉が舞い戻ってきた。上方《かみがた》で働いていたとかで、かつての放蕩ぶりとは打って変わって、至極真面目《しごくまじめ》で殊勝な態度だった。元々後継ぎと思っていた息子だから、惣右衛門の気持ちも惣吉に移り、店の後は惣吉に継がせる、身代は惣吉に譲ると店の者たちに言い含めた。そして、翌年亡くなった。

「可哀想なのは幸助さんよ。急にはしごを外されて」

しかし、おようの声に同情はなかった。もしかしたらおようも、幸助の言葉に惑《まど》わされたことがあるのかもしれない。

「それで、幸助さんは？」

「針の筵《むしろ》よ。惣吉さんが後を継いで、店に居場所がなくなっちまったんだもの」

「ふうん」

因果応報という言葉が、おしまの頭をよぎった。しかし、不思議なほど「ざまあみろ」と快哉《かいさい》を叫ぶ気持ちにはならなかった。巴屋で働いた三年間で、心に受けた傷が半《なか》ば癒《い》えたからだろうか。

茶屋を出ておようと別れ、おしまは大鋸町へと歩いた。

歩きながら、ふと、「そろそろ誰かに早縫いを教えようか」と思い立った。

早縫いの技はおしまが創意工夫で手に入れた宝だった。しかし、おしまが死んだらその宝もこの世から消える。それを寂しいと思う気持ちが、いつの間にやら生まれたようだ。おしまという人間がこの世から消えた後も、何かを世の中に残せたら、それはきっと幸せなことだ……。

その時、人々の悲鳴が耳に突き刺さり、おしまはハッと我に返った。

唐突に、何かにぶつかる衝撃で、弾《はじ》き飛ばされた。荷車を引く馬が御者を振り落として暴れ出したのだった。

だが、おしまはそんなことは知る由《よし》もない。地面にたたきつけられた。目を開けると、身体がふわりと宙に上がった。地べたにはおしまそっくりの女が倒れていて、周りを野次馬が囲んでいる。

ああ、あたし、あの世に行くんだな。

どんどん小さくなっていく日本橋の町を眺めながら、ぼんやりとそう思った。しかし、不思議なくらい心は澄んでいた。恐怖もなく、恨みも後悔もなかった。むしろ、誇らしくさえあった。

だってあたし、誰にもできないことをやり遂《と》げたんだもの。

日本橋の路上で息絶えたおしまは、穏やかな微笑を浮かべていた。

おしまが後世に伝えることが出来なかった早縫いの技は、それから七十年後、元号が昭和《しょうわ》となった時代、吉井《よしい》ツルエという女性の手によって、再び世の中に登場することになる。吉井式和裁早縫いの技法は、今も健在だ。

うわなり合戦

蝉谷めぐ実

蝉谷めぐ実（せみたに・めぐみ）

1992年大阪府生まれ。2020年『化け者心中』で第11回小説野性時代新人賞を受賞し作家デビュー。21年、同作で第10回日本歴史時代作家協会賞新人賞、第27回中山義秀文学賞受賞。22年『おんなの女房』で第10回野村胡堂文学賞、23年、同作で第44回吉川英治文学新人賞受賞。その他の著書に『化け者手本』『万両役者の扇』がある。

己《おのれ》の名前が変わったことなんて、別条《べっちょ》気にしちゃおりません。

それどころか、むしろ気に入っているのだとお勝《かつ》は言う。

もちろん生まれた際には、きちんと名前をつけてもらっている。江戸も浅草の炭問屋で生まれた、二人目の娘の名前はお雛《ひな》。肌は抜けるように白くって、店で扱う炭を持たせりゃその黒さが目立つ商い孝行。ふくふくとしたお顔は女雛《めびな》の如《ごと》くで、一家はこの次女を蝶《ちょう》よ花よと大事に育てた。

しかしこの娘、大きくなってくるにつれ、蝶は蝶でも蝶の足の付け根やら、花は花でも花の種の中身やらが気になる質《たち》になってきて、人形遊びよりも剣術に興味を示す。竹刀《しない》を与えてみれば稽古に励み、鍛えられた足腰のおかげか背丈はそこらの男よりもずんと伸び、柄《がら》も大きくなった。あれのどこが女雛です。女雛というより随身《ずいじん》武者ではないですか。そんな陰口が聞こえてくるたび、お雛は頷《うなず》いていたという。自分でも似合わぬ名前だと思っていたらしい。

なるほど、だからか、と権之助《ごんのすけ》は合点《がてん》する。

大家の仲立ちでお雛の嫁入りが決まってすぐに、権之助の二親《ふたおや》がこちらの方が縁起がいいからとお雛の改名を言い出したが、お雛は二つ返事で受け入れた。己の名前のお話だよ、お勝になるんだよ、いいのかいと念を押しても、お雛はええ、と答えて涼しい顔をしている。権之助はほっとした。ことさら父は験《げん》にこだわる性分であったから、お雛の、いやお勝の受け入れようは随分と助かった。

しかし、この名前というものが、夫婦の諍《いさか》いの種になることは世間じゃよくあることらしい。

「仲睦《なかむつ》まじい夫婦だと思っていたんだがなあ。この町に家移《やうつ》りしてきたときにゃあ二人してにこにこしながら、俺のところに挨拶《あいさつ》に来てさ。人目なんて憚《はばか》っちゃいねえ。蚤《のみ》の一匹たりとも通さねえってなくっつき振りでよ」

朝餉時《あさげどき》、膳に並んだ小松菜のお浸しに箸《はし》を伸ばしながら、真向かいに座る女房に向かってそう漏らす。

長年、町名主として少なくない数の祝言《しゅうげん》や、夫婦の有り様を目にしてきたが、半月前に隣町へと越してきたあの二人はとりわけ感じが良かった。だから、ひとしお気も落ちる。

「なのに、名前の呼び間違えが因《もと》となって、夫婦別れしちまうなんてねえ」

今朝方、家の戸を叩《たた》く音に跳ね起きてみれば、玄関口で見知りの男が一人しょげ込んでいる。髭《ひげ》の剃《そ》り残しのある顎《あご》をぼそぼそと動かして言うには、此度《こたび》はお暇《いとま》を告げに参りました。別れちまったので家移りをするんです。ええ、そうですよ、女房とです。理由《わけ》ですか。聞いてお腰を抜かしちゃいけませんよ。あたしがあいつに髭抜きはどこだっけと尋ねたときに、違う女の名前を呼んじまったのがどうしても許せねえってんですよ。でもね、権之助さん。外に女がいるなんざ普通のことじゃあねえですか。それをあの狆《ちん》くしゃったら、くどくどくどくど。そりゃ頭にも来るでしょう。そんなに言うなら別れてやらぁと煙草盆《たばこぼん》をひっくり返してやったら、待ってましたとばっかりに真っ白い紙《ちろ》を棚から取り出して、畳の上にぺんと置く。離縁状を書けってんですよ。そのままぶっつり縁が切れた次第で。

「そうやって悪口《あっこう》を垂れるくせして、話の合間合間にゃぐずりと鼻を鳴らしやがる。だけど、女房の方はさっさと実家に帰っちまったってんだから、可哀想に思えてよぉ。名前を言い間違えることなんざ誰にだってあるじゃあねえか。そんなことくらいで見切りをつけなくってもさ」

下《くだ》り醤油《じょうゆ》がほの香るため息を吐き出せば、あらと目の前の女房の箸が止まった。

「そんなことくらいとはお言葉でございますね」

女にしては低めの声とともに真《ま》っ直《つ》ぐ眼光が差し込んできて、ああ、権之助め、馬鹿野郎。余計な口を叩いた己を胸内《むなうち》で罵《ののし》りながら、何食わぬ顔で茶碗を口元に引き寄せる。飯をかき込んで顔を隠しつつ、片目でちらりとお勝を見やる。

丸々とした一重目は女雛の名残があるものの、こうも大きいと腹の奥のそのまた底を覗《のぞ》き込まれているような心地にもなってくる。くわえてお勝はどこに行くにも腰を屈《かが》めねば扉をくぐれぬ六尺の上背《うわぜい》、一方権之助はそこらの女子《おなご》と同じ程度の身の丈の蚤の夫婦であるから、女房の見下ろすようなその眼光は、権之助によく効いた。

「その殿方が細君《さいくん》のお名前を呼び間違えたことは、さして問題ではないのです」

お勝は空《から》になった権之助の茶碗に飯を盛りながら言う。

「その名前をどのような状況で呼んだのか、どのようなお顔で呼んだのか、どのようなお声の高さで呼んだのか、そういうものが女子にとっては肝要なのでございます。件《くだん》の細君も、名前を呼び間違えた際の殿方の何かがどうしても許せなかったのでございましょう」

「そういうもんかい」

「そういうものでございます」

江戸の神田《かんだ》に宅を構え、夫婦で暮らして十年、権之助は四十二でお勝は三十。子はいない。夫婦間でのしきたりは互いによく心得ている。こういうときは女房の言うことに素直に頷き、飯で口を塞《ふさ》いで見せるのが降参の証《あかし》だ。だが此度はお勝にしては珍しく、はよう飲み込みなさいませとでも言うように、権之助の前に湯呑みを滑らせてから、言葉を重ねてくる。

「己の女房を侮《あなど》ってはいけません。どれだけ些事《さじ》であろうとも、旦那の尋常と違う部分には自然と目についてしまうものでございます。それは旦那への愛情いかんにかかわらない。旦那が好きならより早く気づきましょうが、蛇蝎《だかつ》の如く嫌っていれば、よりより早く気づきましょう」

ですから、とお勝は目を光らせて、

「いつもなら一等先に手が伸びるはずの汁物に、決して口をおつけにならないその御舌を少々疑《うたぐ》っておりますよ」

ごちりと、権之助の前歯に湯呑みが当たる音が部屋に響いた。

「……一体何のお話だい」

「あら、新《あたら》シ橋《ばし》先のご隠居さんが脚気《かっけ》になられたとのお話をうかがって、あんなにも神妙になってらしたじゃありませんか。俺も決して若くねえ、体に気をつけなきゃならねえなとそう言って、どこぞで吹き込まれてきたのか、何よりもまず先に汁物を腹に入れる食べ方を徹底なすっておりましたのに」

「昨日、俺ぁ外食《そとぐ》いをしてきたろう。そんときに屋台で食い過ぎた。腹がいっぱいなんだよ」

「あら、不思議。腹は満ちていらっしゃるのに、飯はおかわり、お別腹」

「汁だよ、昨日は汁を飲みすぎたのさ。だから今朝の汁物は控えておこうと、それだけさ」

「その召し上がった汁というのは、いつもの夜鳴きそばの屋台の三島屋《みしまや》さんで？」

「ああ、そうさ」

「そこでの夕餉《ゆうげ》は今月でもう五度目。随分とお世話になっておりますから、妻として直《じか》に一言御礼でも」

「いや、待て！　昨日は夜鳴きそばは食ってねえ！」

咄嗟《とっさ》に叫んで、口をつぐんだ。吊り上がったお勝の笑みに、権之助の長くもない背筋が伸びる。

「はて。それではどちらで腹を膨《ふく》らませて来《こ》らしゃった？」

尋常では聞くことのないお勝のほの高い声に、万事休すか。権之助が息を呑んだそのとき、

「ごめんくださいまし」

訪《おとな》いを告げる声が玄関の方から聞こえてきた。するとお勝はすくと立ち上がり、何事もなかったかのように部屋を出ていく。ほっと息をついたが、ばれるのも時間の問題だ。次に吐き出した息は深く重くなる。

いつもこうだ。夫婦で取っ組み合うといつだってあちらが勝つ。負ける勝負は仕掛けてこない。まさしく名前の通りなのだから、やはり名前を変えたことは正しかったのではあるまいか。

だが、と権之助はようやく茶を味わいながら考える。

その名前が、女房の生業《なりわい》をも決めることになろうとは思ってもみやしなかった。

玄関の表戸を叩いたのは一人の若い女子であった。

ひどく恐縮しているようで、廊下を通る際も音を立てぬように足裏をそろりそろりと滑らせて、客間に入っても畳の目に沿うようにして足をきっちり折り畳む。

女子に相対して座った権之助とお勝への辞儀だって、額《ひたい》で畳をほじくるが如くだ。

「佐那《さな》と申します。朝早くからこのような不躾《ぶしつけ》な訪い、誠に申し訳ございません」

客人、お佐那に頭を上げるよう繰り返し、もう二、三度繰り返してようやく上がった顔に、権之助は問いかける。

「さて、此度は私にご用とのことでよろしいですかな」

町名主は町奉行の下につき、町民に対して、お上からの触書《ふれがき》の伝達、どれそれのお人がどこそこに住んでいるかを確認するといった人別改《にんべつあらため》、町内で生じたあらゆる事件の対応に、公事《くじ》訴訟の付き添いまでをも請け負っている。要は町のまとめ役だが、まあ、これが世話好きの権之助には天職だった。権之助が面倒を見る町は揉《も》め事が少ないと、町奉行はここもあそこもと年毎に町数を増やし、今や権之助が束ねる町は八町。こうして町民が訪ねてくることも少なくない。

しかし、今日のはおそらく俺じゃあねえな。

煙管《キセル》を遣《や》って吐いた煙の間から、権之助は女子の容子《ようす》をそっとうかがう。

歳は十八、九あたりか。顔色は縁側から陽の光が入っているというのに青白く、体の線の細さは思わず筆でなぞってやりたくなる。だが、権之助が目をつけるべきは、その目蓋《まぶた》の赤らみに鼻頭の皮のめくれ方。こうして一晩泣き明かした証《あかし》が残っている客は己目当てではないことは、訪れてくる人間が増えればわかってくるというもの。

「いえ、此度はお勝様にお仕事のお願いに参った次第で」

ほらきたと斜め後ろに控えているお勝に目をやれば、お勝ははぁとため息を吐《つ》く。

「どこで私の話をお聞きなさったんです」

「皆んなからでございます。皆んなが言っております、うわなり打ちをする際は、神田のお勝様を仲人《なこうど》にせよと。神田、浅草辺りでは知られているお話です」

「ほう、お勝の名前はそれほど知れ渡っているんだね」

「何を笑っていらっしゃるんです。そもそもが旦那様のせいなのですよ。旦那様が真《ま》面目《じめ》に取り組まぬから私にお鉢が回ってきたのです」

「何を言う。俺ぁ真面目さ。真面目だったさ。それでも俺には無理だった。お前だって見ていたじゃないか」

以前までは、うわなり打ちの仲人役は権之助に依頼がくることが多かった。神田の権之助といったら八町をも束ねる名名主。町を巻き込んでの戦《いくさ》もうまく捌《さば》いてくれようとの望みからであったがしかし、うまくいかない。戦がうまく収まらない。止《や》めの合図をかけたというのに、そこらで未《いま》だ小競り合いがおきている。それになんと声をかけたら良いものか。わたわた慌《あわ》てる権之助を見かねたお勝が口を挟むとすぐさま、しゅんと戦の火が消えた。そういうことが何度か続いて、権之助に代わってお勝へ仕事の依頼がくるようになったのだ。

「何度も申し上げておりますけれど、私はただの町名主の女房です。あなたのお世話が私の仕事。それなのに、あなたが味を占めてお仕事を私に何度も頼まっしゃるから」

「その言い草はちと酷《ひで》え。俺だって仲人役を引き受けたからには、きっちり務めてやりたいさ。長年町名主として町人を相手してきた杵柄《きねづか》もあるんだ、男相手ならやりようもわかる。だけどうわなり打ちはすべて女がやるもので、男は一切出てこねえだろ。男の俺が仲人をしたってどこでどう声をかけりゃあ良いかがわからねえ。俺のしくじりで場を騒がせちまったことも度々で、俺ぁ、至極《しごく》後悔したんだよ」

「そんなお顔をしても騙《だま》されやしません。私の仲人役が数回たまさかうまくいっただけで、『うわなり打ち仲人承り〼《ます》』なんぞと筆書きした紙を家の戸に貼りつけ始めたのは、一体どこのどなたです。そもそもうわなり打ちの仲人なんて生業は、この江戸じゃあ聞いたことがない」

「それでもお前はそれで金をとっているじゃあないか。金が生まれているんなら、そいつは立派な生業さ」

ここで「あのぉ」とおずおずとした声を差し込まれ、あっといけねえ、夫婦共々口

を閉じると、

「今のお話は本当ですか、うわなり打ちに男は出してはいけないものなのですか」

言い合っていたのも忘れて、夫婦で顔を見合わせる。

「だ、だって読売ではこのように」

お佐那は袂《たもと》から一枚の紙を取り出すと、急《せ》くようにしてそれを畳に広げた。

今まさに戦の狼煙《のろし》が上がったばかりの、戦場《いくさば》の絵図である。

右に陣を張るは、北条政子《ほうじょうまさこ》。左に陣を張るは、巴御前《ともえごぜん》。

どちらも見事な女武者姿だが、それぞれが振り上げている武器というのが土鍋、そして心張《しんば》り棒。手下《てか》ももちろん皆揃って女足軽。こちらも手に持っているのは箒《ほうき》に擂粉木《すりこぎ》、桶盥《おけたらい》ときた。

お佐那が男に間違えたのはおそらく絵中の人間が全て鎧《よろい》をつけているからだろうが、しかし、文字では全員女との説明書きがされている。当然だ。そこがミソだ。読売がそれを書かぬわけがない。

色も鮮やかに描かれた絵図に、お勝はふんと鼻を鳴らす。

「まあ、これだけ派手に描かれていれば勘違《かんたが》えしてしまうのもわかります。読売は男が手前勝手に描いているもの。殿方は女子同士の争いがお好きでいらっしゃるから、鎧《よろい》を着せて兜《かぶと》をかぶせてと筆が乗っておしまいになったのでしょう」

お勝の目がつとこちらを向いた。部屋にいるのは女子が二人で男が一人、いや女子の一人は一と半身あるから余計、権之助の肩身は狭い。

「ですが、派手さを抜けば、読売に書かれているのは本当の話。うわなり打ちは男が加わることが禁じられております」

「そうなのですか」言って、お佐那はおろおろとし始める。「私、近所の煮売り屋さんに声をかけてしまいました。ここを出たらすぐにお断りをしませんと」

口の中で泡を潰《つぶ》すようにぷちぷち呟《つぶや》いているお佐那のその様子が、権之助は不安になってきた。腕を組んで訊《き》く。

「そもそもだがね、あんた、うわなり打ちとは何かわかって訪ねてきてるのだろうね」

「もちろんでございます」

ここは間髪容《かんはつい》れずに返したお佐那は一旦《いったん》膝《ひざ》をぴちりと合わせ、手習い本を読み上げるかのように朗々《ろうろう》と語る。

「夫に離縁をされた先妻が、夫が新しく迎えた後妻の家を襲うという昔ながらの慣わしにございます」

権之助は頷いた。

うわなり打ちのうわなりは漢字で書くと後妻となるから、まさに字面の通りの慣わしと言っていい。

一等古い記述は遡《さかのぼ》って平安の世、藤原行成《ふじわらのゆきなり》なる男の日記『権記《ごんき》』に残っている。藤原道長《みちなが》を父にもつ藤原教通《のりみち》の乳母《めのと》が、下女を引き連れ鴨院《かもいん》の西の対《たい》を襲ったことが具《つぶ》さに書かれてあるのだが、ここでは「宇波成打《うはなりうち》」との漢字が当てられていた。

「中でもよく知られているのは、あの鎌倉殿の妻である北条政子だ。『吾妻鏡《あづまかがみ》』に亀《かめ》の前《まえ》へうわなり打ちをおこなったと書かれている」

政子は妻の座を奪われたわけではなかったし、実際に妾《めかけ》の住む伏見広綱《ふしみひろつな》の屋敷を打ち壊したのも政子本人ではなかったようだが、その剣幕ったら恐ろしいものであったに違いない。あの頼朝《よりとも》公がなぜ打つ前に内々に己に教えてくれなかったのかと、政子本人にではなく部下に泣き言を漏らしたというぐらいであるから、そりゃ今でも読売の中で見立てられるというもの。

こうして昔はよくおこなわれていた慣わしだったが、徳川公の御治世に入ると一気に少なくなってくる。

享保《きょうほう》の頃に出板《しゅっぱん》された『昔々物語』ではうわなり打ちはそうとう打との名前が使

われ、紹介がされたが、その結句には「百年以来、ずきとなし」。つまり、寛永《かんえい》の頃には廃《すた》れていたとの書き振りであった。

しかし、この作者、先見の明がなかったか、それとも女子の妬《ねた》み嫉《そね》みを甘くみていたか。

三月《みつき》ほど前のある日、麴町《こうじまち》のあたりでうわなり打ちがおこなわれたとの知らせが江戸に轟《とどろ》き、江戸に住む人間は皆んな揃って仰天《ぎょうてん》した。

今は文政《ぶんせい》の世。およそ二百年振りに甦《よみがえ》ったわけである。

出された読売はすぐさま購《あがな》い、夕餉時に膳の横に広げてお勝に眉《まゆ》を顰《ひそ》められたりもしたが、そう悠長に構えていられたのは束の間のこと、それから五日も経《た》たぬうちに権之助の家の戸を叩く女子が現れた。目蓋が赤く、鼻の頭の皮がめくれているその女子は、うわなり打ちがしたいのだという。権之助はうわなり打ちについて必死に調べ、どうにかこうにか事を収めたが、今度は己が捌いたうわなり打ちが読売に載る羽目になる。すると、それを読んだ女子らが読売片手に権之助の元へとやってきて、おかげで今の江戸ではうわなり打ちが流行《はや》りの一端。

「しかし、野放図《のほうず》に襲ってはただの喧嘩《けんか》でございます。慣わしというからには定まり事の通りにせねば」

そう言って、お勝は己の手のひらをお佐那の顔前にぴんと突きつけ、

「まず一に、うわなり打ちは旦那が妻を離縁して五日から一ト月《ひとつき》以内に新しい妻を迎え入れた場合に限られます」

見やると、お佐那はうんうん頷いているから、ひとまずほっと息をつく。この条件が外れていれば、そもそもうわなり打ちが成立しない。

「二に、襲う先妻側、応える後妻側、ともにすべて女子であること。男は加わってはいけません」

ここからはどうやら初耳らしいお佐那は、お勝の言葉を何度も口中で繰り返している。

「三に、武器は一切刃物を使ってはならぬこと。木刀、竹刀がまあ思い当たりましょうが、先の読売に描かれていた通り、箒に土鍋、桶盥と刃物でなければ得物《えもの》はなんでもよろしい」

口中で忙《せわ》しなく動くお佐那の舌を見かねて権之助は紙を渡してやったが、首を振られた。お佐那はどうしても今、頭に入れて進めたいらしい。

「四に、壊すものは台所を中心に鍋、釜、障子《しょうじ》などの家財に限ること」

お佐那が口を閉じるのを待ってやってから、お勝は「と、いうように」と話を続け

る。

「定まり事はいくつもあって、これを破った際には立会人である仲人が止める。そして最後の打ち止めの合図、これも仲人が決めるものでございます」

この止めどころというのが、仲人の腕の見せどころ。先妻に壊し足りないと思わせてはいけず、後妻に壊されすぎだと恨みを募らせることになってもいけない。双方が己のくすぶりをすとんと腹に落とせるようなそんな一瞬。

「後妻ももちろん黙って壊されているままではございません。後妻には事前に仲人がうわなり打ちをおこなう申し入れをしますから、あちらも人を集めて万全に応戦の用意をされましょう」

その言葉にぴくりとお佐那の肩が動いたのを、この女房が見逃すはずがない。

「刃物は使わぬでも土鍋で殴られては、無傷というわけにはまいりません。爪の一枚割れることなく今のお姿のまま、後妻の宅から戻って来れるとは思いませぬよう」

お勝は丁寧《ていねい》に、そして容赦《ようしゃ》無く釘をさす。

「くわえて、私は金を取ります。代金は銭三百文。紅を十は買えましょう。稼ぎ口のない一人の女が払う金にしては少なくはない」

「そんなこと、わかっております！」

突然に部屋に鳴り響く甲高《かんだか》い声が、お勝の言葉を遮《さえぎ》った。

「それでも私は、うわなり打ちを仕掛けてやらねばならないのです！」

細い体をさらに振り絞るようにして叫ぶお佐那の姿に、権之助は面食らった。思わず仰《の》け反《ぞ》った権之助のその隣で、ずいと着物を破るかの如くしっかりとした膝頭が前に進む。

「つい一ト月前あたりのことでしょうか」

膝頭をみなぎらせたまま、お勝は静かに語り始める。

「あんまりに家を訪ねてくる女子らが多いものですから、一度訊いてみたことがあるのです。どうして仲人役に私をお選びになるのかと」

すると、その日、依頼を持ってきた女子はすんなり答える。

お勝さんはこれまでにいくつかうわなり打ちの仲人を引き受けてきたと聞いておりましたから。でも、何よりもまず先に、そのお名前でございます。

「お勝の名前はとっても縁起がいいからと。私はそれを聞いて、ははあと思いました。なるほど江戸のお人は、いち早く流行りに乗ずることが何よりの乙粋《おついき》、それには女も男も隔たりはない。ですから、これも流行りに乗ってうわなり打ちを己の口端に乗せんがため。私の名前を話の出《だし》に使わんがため。それで依頼が増えているなら、随分と迷惑だ。私は仲人役に金を取ることにいたしました」

これで潮が引くだろうと思っての策であった。しかし、女子らは次々と権之助の家の戸を叩く。

「私は女子の覚悟というものを侮っていたのです。もちろん時折素見《ひやかし》もおりましたが、ほとんど皆が真剣そのもの。仲人の名前なんていう験を担《かつ》いでしまうほど」

うわなり打ちに勝敗はない。だが、あたしはこの勝負、どうしても勝たねばならぬ。だからお勝さん、あなたに仲人を頼むのです。

「そしてその真摯《しんし》さは、そのお人の目を見ればわかるようになりました」

権之助の前に出たお勝の背中はぴんと張り、ただ真っ直ぐにお佐那を見ている。

「どうぞ此度のうわなり打ちに至ったまでの道のりをお聞かせください」


お佐那は水茶屋を営む家に生まれた。

誕生した娘に二親は喜んだが、娘につかった産湯《うぶゆ》は客の茶を煮出したその残り湯で、産着は店先の床几《しょうぎ》に置く座布団のいたんだ衣を縫い直したものである。要は仕事で手一杯。そもそもが元手のほとんど要らぬ手軽さに思いつきで始めた商いであったから、構えた店といったら裏店《うらだな》も裏店、小体《こてい》も小体。しかし客入りは多いとくるもんだから、出入りの激しい客足に毎日必死に縋《すが》りつくばかり。お佐那も物心ついた時にはすでに手に盆を持っていた。

そうして家の仕事を手伝って忙しく立ち働いていれば、気づけば二十《はたち》になっていた。看板娘として売れていれば話も違っていたかも知れぬが、茶屋娘の番付に載るには器量が足りていないことは自分でもわかっていたし、まずもって客の隣に座って媚《こび》を売る暇《ひま》もなかった。お佐那の毎日の楽しみといったら、仕入れの遣いで行く店の娘との世間噺《ばなし》に花を咲かせるだけだ。

しかし、ある日から毎日のように店に通う男が現れた。

そりゃもう言葉のままの毎日で、まるで団子のような大粒の雨粒が打ちつけている日も、黒蜜のようなべたつく嵐が吹き荒れている日も男は欠かさず足を運んでくれる。二夕月《ふたつき》も経てばその意味は、いくら男ががらっきしのお佐那であっても自《おの》ずと知れる。店終わりで客のいなくなった頃、床几まわりを行きつ戻りつ地面を草履《ぞうり》でじゃりじゃり何度か言わせてから、えいやっと男の隣に尻を押し付けた。

清九郎《せいくろう》と名乗った男は、お佐那の手を取って言う。

よかったよ。こうして振り向いてくれたのが、茶を飲み過ぎて、あたしの腹の皮が伸びてしまう前で。

そこからは、あれよあれよという間に縁づいた。

尋常なら長屋住まいの身の上だが、清九郎に小さいながらも持ち家があったのは、この男が名の知れた小間物問屋の三男坊であったからである。

二親はあたしの兄さんたちに店のことを継がせる気でいるからね、何にも持っちゃいねえあたしへの餞別《せんべつ》のおつもりなのさ。清九郎が家の生業に就いていない理由は不思議に思ったが、仕事一筋の二親を持つ子同士、寄り添いたい気持ちの方が上をゆく。

お佐那は己のすべてをもって、家内のことをこなした。

清九郎の方も、羅宇屋《らうや》の仕事に真面目に取り組む。明け六つの鐘が鳴る前に家を出て、木戸の閉まる刻限まで家に帰ってくることはない。時にはお得意先へ泊まり込むこともある。それほど煙管の脂《やに》掃除の腕はたしかで評判も高く、博打《ばくち》もしない。実家から送られてくる小遣いも素直にお佐那へと渡してくれる。

家に入ってお人柄ががらりと変わるなんてこともなくお優しいままで、己の好物を夕餉に毎日所望するその子ども振りもお可愛らしい。気に入れば一直線のこの性分のおかげで、己は清九郎に通ってもらえたのだと思うと嬉しかった。

そうして、ともに暮らし始めて一年が経った頃である。

ある日の夕餉時、膳を平らげた清九郎から突然離縁状を差し出されたのだとお佐那は言う。

「心当たりがないのです。なんぞ私に悪いところがございましたか、なにか気に障《さわ》るようなことをいたしましたかと何度も訊きました。ですが、清九郎様は眉を八の字にされるばかりで、別れてくれとその一点張りで」

お佐那は膝のあたりの着物をきゅうっと握り締めている。

「そうまでご意志が固ければ仕方がございません。ここは身を引くことがあの人のためだと、女房のつとめだとそう思い、離縁状を受け取って」

「身を引く？」聞き返し、権之助は腕を組む。

「引く前にやることはきちんとやったのかい？」

「え」とお佐那の心底驚いたような声に、権之助は眉間に皺《しわ》を刻む。

「あんたが旦那に払った持参金は耳を揃えて全額返してもらったかい？　嫁入りの際に持ち込んだ家財はきちんと返してもらっただろうね。もしも旦那が勝手に質入れしてりゃあ、旦那を罪に問うこともできるはずだぜ」

「……いえ。離縁がそういう習いであるとは知らず」

弱い。権之助は素直にそう思った。

芝居なら美しい身の引き様であろうが、現《うつつ》じゃ意地汚くとも手にできるものは全て懐《ふところ》に抱え込んで生きていかねばならぬ。実際、お佐那は二親へ離縁を告げることが躊躇《ためら》われ、実家にも戻れず、清九郎から最後に渡された金と友人の伝手《つて》で借家住まいをしていると言う。

「で、ですが、あの人が十日も経たぬ内に嫁を取ったと友人から聞かされて、私は憤《ふん》怒《ぬ》したのでございます。居ても立ってもいられぬようになって、清九郎様と二人住んでいた家へと走りました」

幾度も通ったどぶ板を踏み締め路地を抜け、住み慣れた家屋を前にお佐那は息を整える。修繕《しゅうぜん》を頼もうと思っていた木塀の割れ目から家の内を覗いてみれば、

「赤子がいるのでございます」

お佐那は少し呆《ほう》けたような声になって、ぽつりと言った。

障子を開け放した部屋の中、畳に寝かされ体を捩《よじ》る赤子の襁褓《むつき》を、清九郎が替えてやっている。その隣には一人の女が座り込んでいる。清九郎と一緒になって赤子を覗きこみながら、紅の塗られたかのような赤い口元が動いているのは、清九郎に襁褓のつけ方を教えているからか。

清九郎とお佐那の間に子はいない。

何度か体は重ねたが、子種がお佐那の腹に宿ることはなかった。

お佐那の視線の先で、女の緩《ゆる》く着付けた着物の合わせから、ふくよかな乳がこぼれ落ちるその瞬間、お佐那は思った。うわなり打ちだ。

「うわなり打ちを仕掛けなければいけないと、そう心に決めたのでございます」

そう呻《うめ》くお佐那の嚙《か》み締めた歯の間から、しいしいと息の漉《こ》される音がしている。

「お前さんが後妻を赦《ゆる》せぬ気持ちはよくわかったよ」

でもね、と権之助は己の喉の一等柔らかいところで声を出す。

「うわなり打ちを仕掛けるかどうかは、もう一度考えた方がいいんじゃないのかね」

権之助はお佐那が己の心を晴らすよりも、お佐那のこれから先のことの方が心配でならぬ。

「あれは一時沸いただけの怒りでやるものじゃあない。ともに襲ってくれる人間を集めるのもそう簡単じゃあねえだろう。今のところは何人くらいが集まってくれそうな見込みなんだい」

うわなり打ちの人数に限りはない。下は二十人から、上は百人と幅があり、どれだけ人を集められるかもこの戦の要《かなめ》となってくる。

お佐那は頭《こうべ》を垂れて考えてから、上目を遣うように権之助を見る。

「……おそらく二十人ほどは」

「それでは三十までは頑張って」

「少なすぎるな」

「それでも少ない」

切って捨てると、お佐那の小さな頭がより沈む。

その頼りないうなじを眺めながら「一旦考え直してみるのはどうだい」と権之助は言葉を添えてやる。

「後妻に恨みを晴らそうとして逆にやり込められちまったら、余計にお前さんの恨みが嵩増《かさま》すだけだ。お前さんの心はこれからも元の旦那にこびりついたまんまで――」

「権之助様」

低い声に遮られ、権之助はすぐさま口を閉じる。

「これはお佐那様から私へのご依頼でございます」

「へえ、そうだったな。すまねえすまねえ」

つと目玉で許しを乞えば、同じくつと目玉でお佐那の顔の方へと促される。それを追って見てみれば、権之助はもう何も言えぬようになる。

お佐那の唇の端に赤く血が滲《にじ》んでいる。唇がこうも簡単に割れるのは、今日まで何度も噛み締めてきたからであろう。その唇を隠すようにお佐那は下を向き、だがこれ以上額が下がっていかぬよう堪《こら》えている。

ご安心くださいませ、とお勝はお佐那の湯呑みを引き寄せ、茶を注ぐ。

「此度のうわなり打ち、このお勝が仲人としてきっちり見届けさせていただきます」

湯呑みをお佐那の前に滑らすと、畳がざりりと悲鳴をあげるのは、湯呑みを摑《つか》む手に力が入っているがゆえ。

お佐那が茶を飲む。きゅうと顔を顰《しか》めたのは、決して茶が染みたわけではないのが権之助にもわかった。


次の日、権之助はお勝と二人して両国まで出向いた。小体ながらも木塀に囲まれた家屋の戸を叩いてみれば、なんと御大将直々の出迎えである。

案内《あない》のままに廊下を進みながら、怨敵《おんてき》のお出ましだな、と隣を歩くお勝に囁《ささや》くと軽く手の甲をつねられる。仲人はどちらかを贔屓《ひいき》することがあってはいけません。両者の真ん中に立って、平らかな目で戦を見なければならないのです。小声でぴっしゃり返される。だが、通された客間に尻を置き、こうして相対して見りゃあ、お佐那の側につきたくもなる。

「おりょうでございます」

名乗りとともに畳につかれた三つ指は爪先まで手入れがされており、さすが三味線の女師匠ともいうべきか。目鼻の粒立った顔貌《かおかたち》にも白粉《おしろい》がきっちり塗り込まれ、だがその首筋には後毛《おくれげ》が数本はみ出していて色気が匂う。この気の抜きどころの塩梅《あんばい》は、お佐那より八つ年上の年増だからこそ出せるものであろう。

おりょうは突然の訪いにも落ち着いた様子で、権之助らに饅頭《まんじゅう》と茶を出した。己で菓子をつまんで味わう余裕さえ見せつけられて、此度の仕事は自分に回ってきたものでなくてよかったと権之助は心底思う。

「さて、先ほど玄関先で聞いたお話では、お二方はうわなり打ちの遣いでいらっしゃるとのことでございましたが」

おりょうに話しかけられまごついたが、「ええ」と返すのは隣のお勝だ。その手元の皿上の饅頭はすっかり平らげられていて、よしきた、余裕振りに関しては己の女房だって負けちゃあいない。

「ですから、事前にこうして襲撃を申し入れにまいりました」

「襲撃のお日にちは」

「今から十日後、時は昼九つの鐘が鳴った頃」

「おや、遠慮会釈《えしゃく》もないことだねえ。こちらの都合は考えておられない」

「うわなり打ちとはそういうもの。申し合わせて時刻を定めるようなものではございません。もしやご存じではありませんでしたか」

「いいえぇ、存じておりますよ。そちら様の品《ひん》を確かめるために尋ねたまでさ」

「それはようございました」

笑みの下で歯を剝《む》き出している女子二人に挟まれて、権之助は居《い》た堪《たま》れない。できることならお勝の背中に回りたい。が、そんな隙なく己の女房と敵の総大将は言葉の鍔《つば》迫《ぜ》り合い。身動きができぬ中、お勝がまたぞろ鯉口を切る。

「先妻側の仲人は私がお引き受けをいたしました。よろしければ、そちら様の仲人も私が。無論別に仲人を立てていただいても問題ございません。当日はそのお人と私と二人で立ち合わせていただきます」

「いいえ、結構。聞けば仲人同士の諍いもあるそうで。私側の仲人もあなたでようございます。しかし、あちら様が選んだ仲人となるとちと疑わしい。よもや仲人様があちら様を贔屓するってえことも。ですから、どうです。此度のうわなり打ちでは互いに襲撃の人数を伝えておくというのは。ちなみにあちら様は何人集めらっしゃるおつもりで」

「それは慣わしに外れております」

「おっと、教えていただかなくてもようござんした。数は五十、いや二十」

見物人に徹していた権之助だが、ここでほうと声が出た。

「凄《すご》いね、なぜわかったんだい」問いかけると、おりょうはきらりと目を光らせて、

「なるほど二十人。襲う方にしては随分少なくていらっしゃる」

謀《はか》られた。思わずあっと声が出て、同時にえっと気づきもする。

はみ出していると思っていたおりょうの後毛が鬢付《びんづ》け油でぬらりと輝いている。気の抜きどころさえ、この女の思案の内か。

やはりこの後妻は一枚上手《うわて》だ。

権之助のやらかしをお勝は目玉で責めてくるが、そのおかげでわかったのだからよしとしてくれ。おりょうはお佐那の敵《かな》う相手ではない。

一旦気を落ち着けてぐるりとまわりを見回してみても、部屋内は綺麗《きれい》に磨かれて、玄関や台所、格子窓の近くに朝顔の鉢が所狭しと置かれている。こいつは平生《へいぜい》の暮しは万事つつがなく、花を愛《め》でる暇さえあるということ。

「……珍しいお色味ですね。花にも葉にも斑《ふ》があって」

と、先ほどまで鍔迫り合いをしていた女房殿でさえ刀を納めて、ぽつりと溢《こぼ》している。家奥から聞こえてくる赤ん坊の声も家の空気に温味《ぬくみ》を添えてきて、何一つ足りぬ

ところがないように思える。くわえて、だ。

「おや、おりょう、お客人かい」

くわえて、その赤ん坊を抱いているのが旦那ときたもんだ。

権之助の視線の先では、男が一人、半開きの襖《ふすま》からひょいと顔を覗かせている。

「清九郎さん、後日にうわなり打ちがおこなわれるそうですよ」

体を捻《ひね》って話しかけるおりょうに、件の旦那、清九郎は「うわなり打ち？」と聞き返しながら、おりょうの隣にすとんと腰を下ろす。

「うわなり打ちってのはたしか、先妻が後妻を襲う慣わしだったか……それなら、この家をお佐那が襲ってこようというのかい」

「ええ、その知らせをこの仲人さん方が持ってきてくださった次第でして」

おりょうがつと手のひらでこちらを示すと、清九郎は腕の中の赤ん坊を畳に寝かせ、慌てたように頭を下げる。

「お佐那には可哀想なことをしたと思っております。……しかし、離縁の理由を告げぬはお佐那のためでもございました」

言って、清九郎はしゅんと鼻を鳴らす。

「私の心はもうあの娘《こ》のところにはないのです。何を言おうとも何を言われようとも、この心が変わらぬことは己が一番わかっている。ですから、言葉をかけずに離縁状を渡してやる方がお佐那も諦《あきら》めがつくのではと、そう思ってのことであったのですが……。よもやうわなり打ちを仕掛けてくるほど、恨みを募らせていようとは」

同じ男の権之助でも眉間に皺《こしら》を拵えてしまうほどの身勝手な言い分である。おまけに上げられた顔は、二人の女子が戦を起こすような男振りではない。がたつく文机《ふづくえ》の上で筆を動かしたような線の弱々しい顔は戦場にたとえるのなら足軽で、ひょろりとした体軀《たいく》には見合う胴鎧もなさそうだ。

しかし、すかさずおりょうの手を取って「怪我をしてはいけないよ」と両手で握り込む様は、優しさに満ち溢《あふ》れている。

「男がくわわってはいけない慣わしだから、私はお前を手伝ってはやれないが、子供と一緒にあたしの生家でお前が戻ってくるのを待っているからね」

清九郎の手が薄汚れているのも、家の事に先んじて手を貸しているからに違いない。赤ん坊が泣きだせば、すぐさま覗き込むのもその証。よしよし、早く襁褓を変えようなと声をかけながら、こちらにぺこりと一礼をしてから部屋の奥へと消えていく。

いい旦那じゃないか。

赤子を抱いて丸くなるその背中を目で追いながら、権之助は考える。

先の勝手な言い分には眉も寄ったが、それだけ無理を通してでもお佐那の元を離れたかったという筋もある。それならもしやお佐那の方が手前勝手な女房であったということも――。

そんな権之助の胸内を読んだかのように、

「先妻は、清九郎さんに朝顔を楽しむ暇も与えちゃくれなかったと聞いております」

おりょうは冷たく告げてくる。

「清九郎さんが仕事から帰るなり、行灯《あんどん》の油を注げ、障子を張り替えろと家内の色々を押し付けてくる。そうして家に帰るのが嫌になっていた頃に、私に出会ったのだと仰《おっしゃ》った」

話が違う。目玉でお勝に問いかけてみるが、今は黙って聞きましょうとの目玉の指図に、権之助は口を引き結ぶ。

「私にはすでに赤子がおりましてね。先ほどご覧になった赤子ですよ。陽太郎《ようたろう》。五月《いっつき》前に生まれた父《てて》なし子です。父親かい？　腹に子がいると聞いた途端、姿をくらませやがったよ。あの棒手振《ぼてふ》りの芋っ掘り、どこぞで野垂れ死んでいりゃあいい。だけど、陽太郎は盆暗《ぼんくら》の血が混じっているとは思えぬほどに可愛らしい。どうにか子供を食わすため、三味線の稽古で家を回り、謝儀を頂戴する毎日でありました。そんなときさね、あの方に声をかけられたのは」

私が抱いていようかと、そう訊かれた。

何をと一瞬頭を巡らせたが、そんなもの己の腕の中にいる赤子しかない。

稽古をつけに次の家へと向かう道中、三味線の糸が切れているのに気づき、近くの茶屋の床几を借りて必死に掛け直している最中のことであった。声の主《ぬし》を見上げてみれば、見知りの羅宇屋だ。だが、見知りといっても一度煙管の脂を抜いてもらったことがあるくらいの薄いもの。不気味には思ったが、陽太郎は泣くし、三味の糸は捩《よ》れるしで礼を言いながら陽太郎を渡した。もちろん三味線の糸を掛けながらも、男の気配は常に探り、いつでも飛びかかれるよう草履の鼻緒に足指の股を痛いほどに押しつけていた。しかし、男は腕の中にいる赤子をただひたすらにじいっと見つめている。

いつ生まれたんだい。ふうん四月《よつき》前。……そりゃあ、とってもいい子だね。交わした声が頭から離れず、その日の稽古では、糸を掛け直したばかりの三味線で何度か音を外してしまった。煙草の匂いに引き寄せられるよう、次の日も茶屋へと足を運んでみると、男は昨日と同じ床几に腰を下ろしていて、笑みを浮かべながらこちらに両手を差し出した。

陽太郎を預かってもらうのは、三味線の手入れをするその間だけのはずだった。だが、それがいつの間にやら稽古の間中、おりょうの住む長屋の部屋内になっている。煙草の匂いにはもう引き寄せられることはない。嗅ぎたければ、己の乳房の間に鼻を寄せればよくなった。

一ト月経って、おりょうは思った。このままずるずると関わりを持ち続けるのは性に合わない。手を切るなら三味線の糸を使うくらいにすっぱりと。

そんな風にして清九郎にこれからのことを尋ねようと心に決めたその日に、一緒になってくれと言ってくるのだから、やっぱりこのお人はずるい。

良いのですか、と返した声は掠《かす》れていた。さんざん音曲《おんぎょく》を唄っても、かれたことなどこれまで一度もなかったというのに。

良いのですか。私は陽太郎を手放すことはいたしません。私と縁づくということは血の繋《つな》がらぬ子を抱えて生きるということ。それでも私を嫁にする覚悟はおありなのですか。

「すると、清九郎さんはお笑いになった。もちろん赤子も大切なのだと、その赤子ごと家にきて欲しいのだと」

おりょうは一寸息を止め、

「救われた」

小さな声でぽつりと言う。

子を抱えて女一人で生きてきたその苦労が滲んだ言葉であった。

「清九郎さんに妻女がいることは知っておりました。しかし、清九郎さんから愛想をつかされ、素直に離縁状を受け取ったのならもうその方は清九郎さんの何者でもない。それでもまだ縋ってくるというのなら、私はわからせてやらなくちゃいけないのさ」

頭を上げたおりょうの顔一面に凄味が漲《みなぎ》っている。なるほど、と隣の女房が湯呑みを畳に置く音にも権之助の喉仏は動く。

「おりょう様はこの勝負、お引き受けになるということでよろしいですね」

「もちろんさ。引き受けなければこのおりょう一生の大恥」

「わかりました。それでは」

うわなり打ちのその日まで、どうぞ御覚悟これあるべく候《そうろう》。

おりょうは権之助とお勝が辻を曲がるまで、その姿をずっと家先から睨《にら》みつけていた。

家に戻るその帰り道、権之助らは茶屋に入った。甘味が好きなお勝は団子を頼むが、権之助はどうにもその気になれない。湯呑みを口に運ぶ手も時折止まる。

あの後妻を相手取り、果たしてお佐那に勝ち目はあるものか。

そりゃうわなり打ちに勝ち負けはないが、おりょうにしてやられるお佐那の姿がしきりに頭に思い浮かんで、ほうとため息。湯呑みを見下ろし、験が悪いぞ、茶柱ぐらい立っていろと啖呵《たんか》も切りたくなってくる。すると隣からひょいと手が伸び、渡された湯呑みには茶柱が立っているもんだから、この女房相手ならと弱音がひょっこり喉仏から顔を出す。

「お佐那には、ちゃんとうわなり打ちの味方が集まるのかね」

お勝はつつと茶を啜《すす》ってから、

「……弱いと、そう思われましたか」

「これまでの姿を見ていりゃあなあ」

夫に言われるままに離縁を受け入れたその態度だけではない。お勝によるうわなり打ちの口授に際しても、頭に入れると決めたらそればかりで、紙に写したりと場に応じた判断ができぬ性分。総大将がそんなであれば、うわなり打ちが血が流れる大戦《おおいくさ》へと成りかねない。

「根が真面目なところも、不安に思えてならねえや」

「紙のことなら仕方がありません。お佐那さんは字が読めぬのですから」

すらりと返された言葉に、権之助は弾《はじ》かれるようにしてお勝の顔を見た。お勝は湯呑みに目を落としたままで、話を続ける。

「本人からそう聞かされたわけではありませんので、これはあくまで私の勘。しかし、これまでのお佐那さんのおこないをみるに、おそらく字が読めていないのは確かかと。ですから、夫から渡される離縁状を受け取ることしかできなかったのでございましょう」

そうか、と権之助は気がついた。読売でうわなり打ちに男がいると勘違《かんたが》えしたのは、書かれている字が読めなかったからか。権之助の差し出した紙を受け取る代わりに向けられた、あのちょっと困ったような顔が頭をよぎる。

「離縁状に書かれている但書《ただしがき》にもお佐那さんは目を通すことができないのだから、交渉《かけあい》なんぞできるはずがございません。もしも清九郎さんが、それを分かっていながら何も言わずに離縁状をお佐那さんに渡したのだとすれば、私はこの串をあの方の尻に刺してやりとうございます」

皿の上に残っている串をなぞるお勝に、権之助は己も団子を頼んでおけばよかったと後悔をする。

一町に二つも三つもあるほどにその数を増やしている寺子屋だが、すべての子供がそこに通えるわけではない。子供であったお佐那が始終手に持たされていたのは、筆ではなく盆だった。

「先日、朝餉時にお話に上がった夫婦ですが、女房は実家に帰ったのではございません。実家に逃れたと言うのが真実《まこと》でございます。女房がどれだけ頼んでも夫は離縁状を書いてはくれず、実家に身を寄せていた女房を夫は力ずくで家へと連れ帰ったそうにございます」

権之助は口を引き結ぶ。あの男を可哀想だと思った己を恥じている。

「女の立場というものは弱いものです」

「……ああ」

権之助ら夫婦に子はいない。

権之助はいらなかったと言い、お勝はできなかったと言う。

権之助の二親は子のいないことでお勝を責め立てた。権之助の母親は病に侵され死ぬ間際、お勝一人を病床に呼んだ。何を話したのか権之助は知らぬ。父も母も死んだのち、お勝に病床での話の中身を聞いたことがある。だがお勝は、息子を頼むと仰られましたとそれだけだ。

この世では二親が、家が、旦那が何よりも力を持つ。

権之助は思い出す。お勝の名前を変えたいという二親からの申し入れを伝えたあの時、お勝はすんなりと頷いていたけれど、しかし、その日まで己の一部であった名前に対し、愛着がなかったはずがない。

「ですが、女には女なりの戦い方というのがあるのでございます」

お勝は茶柱の立っていない湯呑みを両手で支え、ゆっくり、そしてうまそうに飲む。

「ご安心ください。お佐那さんのうわなり打ちには、たくさんのお人が集まりましょう」

己の女房はそう言ってのけたが、権之助の腹の中では未だ不安が燻《くすぶ》り続けていたから、うわなり打ちの当日に家の戸が叩かれた時には心の底からほっとした。格子戸を開けるとそこには襷掛《たすきが》けをし、頭に鉢巻を巻いた女子らが三人、それぞれ色の違う唐傘を手に持ち、ふんふん鼻息荒く息巻いている。

庭先に通してやりながら、権之助は胸を撫《な》で下ろす。

よかったよかった、これでお佐那一人討ち死に覚悟のうわなり打ちではなくなった。どれ、戦場へ出る前の兵《つわもの》たちへ腹拵えでも差し入れようかと台所に足を向けた途端、これまた訪いを告げる戸の音がある。庭へ通せばこれまた次の戸の音で、今や権之助の家に集まった女子らは、庭では収まりきらず家の内外にわんさといる。その数およそ五十人。お話が違いますと、権之助の家の女中はぷりぷりと怒っている。おそらく十、よくて二十人くらいであろうから、虎屋さんとこの羊羹《ようかん》でも出しておやりとそう仰っておりましたのに、これでは数が足りません。慌てて女中に銭を握らせ、追加の羊羹を買いに行かせてからふと隣を見やってみると、細められたお勝の目が言っている。

ほうらどうです、見たことですか。

「どうしてわかったのだね」

権之助が素直に尋ねると、お勝はふふんと少し得意げな顔をする。

「お佐那さんは字が読めぬのに、読売をお持ちになっておりました。描かれているのは巴御前に北条政子。どう考えても、中身がうわなり打ちだとは思えない。ということは、その読売を読んでお佐那さんに聞かせてくれた方がいたということ」

言われてみれば、たしかにそうである。

「それに、お佐那さんの袂には墨染みがついておりました。字が書けぬのにどうして筆を持っているのか。こういったご友人方がお佐那さんに字を教えてくれているからでございましょう」

お勝の目線の先に顔を動かせば、友人らがきゃらきゃらとお佐那の周りに集まって、襷の色は紅唐《べにとう》がいいだの、いや洒落柿《しゃれがき》がいいだのと紐《ひも》を小袖に当てている。お勝によれば、あれらはお佐那の唯一の楽しみであった、店の遣いを終えての世間噺で得た友人たちだという。その友人たちが友人たちを呼び、そのまた友人たちが友人たちをといった寸法で、お佐那の陣営はここまで膨れ上がったらしい。女子同士の付き合いというものは一旦繋がると、つきたての餅の如く粘り気が出て、こうも重くなるものなのか。

女子らは老いも若いも皆、くくり袴《ばかま》を穿《は》いての襷掛け、しかしその着物の色は取り取りで、髪も勝田髷《まげ》にふくら雀、一つ括《くく》りと様々だ。髪に合わせて帽子を載せるや鉢巻を巻くや、紅白粉もべったりだ。今から打ち入るというのに見目を気にしてどうするのだと、初めてのうわなり打ちで思わずお勝にこぼしたときには、ぴしゃりと叱《しか》りつけられた。

女にとっての化粧とは、己を鼓舞するものでもあるのです。

そのときはほうほう、そういうものなんだねと素直に引き下がったが、実のところ権之助は未だに呑み込めていない。

やはり己では女子が大切にしているものを分かってやれない。

だからこうしてうわなり打ちの玄人《くろうと》に任せるべきだ。権之助は女房の横顔をそっとうかがう。

いつもであれば薄付きの白粉が今日はしっかりと塗り込まれている。身につけている小袖が陣営の女子にも負けぬくらいに派手なのは仲人役の目印のためであろうが、心なしかお勝の顔が煌々《こうこう》として見える。

お勝は打ち入りの支度《したく》を終えた様子の皆に目をやってから、お佐那を呼び寄せる。

「お体の具合はいかがです」

「……よろしくありません」

答えずとも見れば分かるほどだった。さすがは総大将とも言うべき一等鮮やかな振袖の色味が首から上へと色移りしたかのように、顔面《かおおもて》が青々しい。だが、お勝は「それは大変」と言うに留《とど》める。その冷たい物言いにちろりとお佐那は上目を遣う。

「……不安です。今から人を打つんですよ、そんなことこれまでしたことがなくって……だって、私は女だから」

お勝はお佐那を柔術の手際でくるりと後ろを向かせると、頭の鉢巻を結び直しながら言う。

「良いですか。己の弱さを武器にしてはなりません。あなたはそういうところがある。

女であるからと、女であるから仕方がないのだと、他人と己に言い聞かせて何でも呑み込んでしまうところがある。たしかに世間では女というものはそういう扱いでございましょう。けれど、それを女子が自ら武器にしてしまったならば、己が弱いと認めてしまうことになる」

お勝は袂から紅を取り出す。

「どんな理不尽にあおうとも、女だから、は今日で仕舞いです。うわなり打ちは女だからできる戦でもあるのです」

お佐那の唇に紅を塗っていく。お佐那の嚙み締めていた唇の傷痕が、朱色で塗りつぶされていく。

「あなたのこれからの人生において、ここが胸突き八丁正念場となりましょう。醜く抗《あらが》うか美しく去《い》ぬか、どうぞお選びなさいませ」

あかぎれの目立つ手がぶるぶると震え、そして一本の木刀を握りしめた。

お佐那一行が町中へ出ると、すでに見物人がわんさと集まっていた。

町名主には町のあれこれを町奉行に申し伝える務めがある。もちろん、此度のうわなり打ちも権之助は事前に書状にしたためて渡していた。皺のたるんだ目蓋を押し上げようともせずに、目玉で字面をなぞるだけなのはいつものことで、意見をうかがうことなく退出しようとした権之助だったが、くるりと向けた背中に、町奉行はそれで、と声をかけてきた。

それで、このうわなり打ちは一体いつおこなわれるのだね？

素っ気なさを装ったその目の奥で、野次馬の鼻面が見え隠れしていた。

そういうものなのだ。

女同士の戦なんてものは見せ物だ。

どこで聞きつけてきたのか、集まった見物衆は道なりに人垣を作り、その人垣相手に棒手振りたちが白酒やら蒲焼《かばやき》やらを売り歩いている。普段は芝居小屋の中で客に菓子を売っている中売りたちも、今日はこちらに狙《ねら》いをつけてきているようで、そこら中で物売りの声が飛び交っている。しかし女たちはそんな見物衆には目もくれず、道の真ん中を列を成してずんずんと進む。足にあわせて口も動いているが、今日ばかりはその姦《かしま》しさが心強い。先頭を行くのはお佐那の乗った法仙寺《ほうせんじ》駕籠《かご》で、その傍《そば》を権之助夫婦が付いてゆく。

そうやって半刻《はんとき》町を練り歩き、たどり着いた家屋はこれから戦場になるとは思えぬほどの静けさだ。木塀越しには全く物音は聞こえてこず、先ほどまでは得物を手に煩《うるさ》くしていた女子らも声ひとつ上げない。見物衆も波紋が広がっていくようにして次々と口をつぐんでいく。

冷や汗が額に滲む音さえ聞こえてきそうな空気が満ちたそのとき、昼九つの鐘が鳴った。

一気にお佐那たちは裏手口から雪崩《なだ》れ込む。それを迎え打つように家屋から女子らが飛び出してきた。いの一番に縁側から庭へと飛び降りたのはやはり敵方の総大将。おりょうは黒一色の小袖の袂と鉢巻をなびかせながら、木刀を振り上げ打ち掛かっている。

黒の小袖を数え上げてみれば、同数くらいか。両陣営あわせて百を超える女子らが一軒の家屋の中で入り乱れる。手に握りしめた得物で打ち合い、突き転ばし、その隙に先妻の兵《つわもの》は台所を中心にして家財を壊し回る。包丁などの刃物を事前に家から運び出しているのは、いつもながらのお勝の指示だ。あわせてなぜか此度のうわなり打ちでは皿も一緒に運び出されているのだが、その理由をお勝は教えてくれなかった。だが、そのせいか良い的《まと》となっているのは、朝顔の鉢である。割れるとずいぶんいい音がして、お佐那ら陣営の士気は上がっているようだ。

暫《しばら》く打ち合い、得物が手に馴染《なじ》んでくる頃合いから、仲人の仕事は増えてくる。興奮ゆえに打ち合いも激しくなってきて、地面に転がった相手に対し、えいやっと余分な追いの一手が繰り出されるのを見つければ、ここにお勝は木刀をすんと差し込む。傘による突きを一度引き受けてから、攻め手の足をちょんづくと、いとも簡単に尻餅をついてくれる。兵どもは皆そろって、素人《とうしろう》。しかし素人だからこそ、皆なりふり構わない。

うわなり打ちじゃあねえな。

お勝よりも遠く離れたところから、戦場を眺めながら権之助は思う。

うわなり打ちじゃあねえ、こいつはうわなり合戦だ。

見せ物でもいい。見るなら見やれ。しかし、それならきちんとその目に焼き付けろ。合戦として語り継げ。そういった気概を権之助はひしと感じる。

そこら中で怒声と割《わ》れ破《や》れ音が重なり合い、しかしそれが何を切っ掛けにしたわけでもなく一瞬消えたその瞬間、「前へ！」とお勝の切り裂くような掛け声が差し込まれる。すると兵たちはじりじり動いて輪をつくり、その中からずいと一人の女子が前に出た。口をきゅうと引き結び、頰《ほお》の産毛に汗を光らせている。続いてずいともう一人。前に見たときはつるりと美しかったうなじは白粉が溶け、白と赤のまだらになっている。お佐那とおりょう、総大将同士の一騎打ちである。

　やアッとお佐那が仕掛けておりょうも応じ、打ち合いは暫く続くが、素人の打ち合いでは決定打となる攻めなんぞ出やしない。口での攻めに転じるのは、これまで請け負ってきたうわなり打ちと同じ流れで、お勝の狙い通りに進んだ形だ。先に打って出たのはお佐那である。

「よくも清九郎様を奪ってくれましたな！」

　肩で息をしながらも、お佐那はおりょうを睨みつける。すぐに目元をふやふやとさせていた弱々しい女子はどこにもない。しかし、おりょうの方も、これを黙って聞いている玉ではない。

「奪った？　清九郎さんはあんたに愛想が尽きたんだよ！　あんたが清九郎さんをないがしろにするからさ」

　双方ともだんだん手元がお留守になっていき、その分、舌戦が勢いを増していく。

「ないがしろになんてしておりません。私は清九郎様にすべてをもって尽くしておりました！」

「よくもそう嘘《うそ》がつけるものだね！　朝顔をいじる時間さえも自分の旦那につくってやれなかった癖によぉ！」

「朝顔？　なんです、それは」

「お可哀想な清九郎さんだ！　話も聞いちゃあもらえていなかっただなんて！」

「違います！　朝顔が道楽でいらっしゃっただなんて、清九郎様から聞かされたこともなかったし、そんな素振りも一切なさらなかった！」

「……でも清九郎さんはあんたが朝顔なんかと馬鹿にして、家事を強いてくるから別れたと」

「一体それはどういう……」

「一体こりゃあ、どういうことだ‼」

突然に響き渡った男の大声に、その場にいる女子の首すべてがそちらへ向く。

「どうしてここでうわなり打ちをやっている！」

庭先に走り込んできたのは、清九郎だった。

女子たちにぶつかり掻《か》き分けながら進む姿には、先日は溢れんばかりであった優しさを微塵《みじん》も感じない。線の細かった顔貌も、今は毛先の整わぬ太筆で描いたように険《けわ》しく荒々しい。人が変わったかのような清九郎は、壊れた鉢に駆け寄って一つ一つを見分している。這《は》いつくばり、萎《しお》れた苗を囲むように土を両手で寄せながら「……話がちげえ」と喉を震わす。

「話がちげえぞ！　うわなり打ちで襲う家は、ここからあたしの生家に変わったんじゃあなかったのか！」

絶叫する清九郎に答える者は誰もいない。唯一おりょうが清九郎に一歩近付くが、その顔は明らかに強張《こわば》っている。

「陽太郎はどうされたのです。うわなり打ちの間はお願いしますと、清九郎さんに預けていたでしょう」

たしかに清九郎がいつだって離さず胸元に抱えていた赤ん坊がどこにもいない。あの日、赤ん坊の頰を撫でていたはずの指は、一心不乱に土を弄《いじ》っている。

「うるせえ、そんなことより鉢だ、どの鉢を割りやがった」

「陽太郎をどこにやったのです！」

おりょうの金切り声に、女子らの目の奥がめらりと燃える。赤ん坊を放ったらかしにして、鉢の安否を確かめるため一人ここへとやってきた。それが何を意味するかは、権之助にだってわかろうというもの。すると、清九郎の目玉がぐるりと動いて、お勝の方を向いた。てめえ、と低い呻き声が鉢の破片が散らばる地面を這いずってくる。

「てめえが言ったんじゃねえか。うわなり打ちをおこなう場所が変わったってよぉ。いきなり昨日の夜現れて、あたしにそう言ってくるから、あたしは夜通しで実家に預けておいた鉢をこっちの家に移し替えたんだぞ」

「あら失礼」

お勝はしゃらりと言ってのける。

「伝え間違えました」

清九郎が呆気《あっけ》に取られている間に、お勝はくるりと女子らに向き直る。

「陽太郎さんのことはご安心ください。すでに私の家の女中が、ご友人の家の玄関先に置かれてらしたのをお預かりしております。つまらぬ乱入でお時間をいただきましたが、いざ再開とまいりましょう」

とくにお鉢を中心に、としれっと添えることを忘れない。はじめっ、との仲人の掛け声に皆が我に返る中、

「やめておくれ！　もう朝顔の鉢は壊さないでおくれ！」

清九郎の叫び声には、涙が混じり込んでいる。

「その子らは、赤ん坊のばばでようやくそこまで育った苗なんだよ！」

まさか、と権之助は息を呑む。思わずお勝の目を見やったが、お勝の目の答えはそのまさか。おいおい、赤ん坊のばば、つまりは襁褓の中身が欲しくて先妻と離縁して、新たに赤ん坊のいる嫁と縁づいたってんなら、狂っていやがる。

「そういった変わり朝顔に狂う御仁は少なくないそうでございます。清九郎さんもそ

のお一人になってしまわれたのでしょうが、まあ、随分深くまではまってしまったものですねえ」

花合わせか。権之助の頭にぴんとくる。

珍しい朝顔を持ち寄って品評し、この鉢は大関、あの鉢は小結と番付に載せていく江戸の流行りだ。妙ちきりんな花や葉っぱであるほど位は高いと聞いたことがある。目の付け所は花の形に、花の色、斑《ふ》入りも点が入るのだと思い出したところで、権之助はあっと声を出す。おりょうの家を訪ねた際に並べられていた朝顔の葉には、山ほど斑が入っていた。

お勝はこの変化朝顔について、清九郎の周りに訊いて回ったのだという。すると話が出るわ出るわ、清九郎の道楽にのめりこむ一面が見えてきた。実家の生業につかず羅宇屋をやっていた理由も、煙管の美しさにぞっこん惚《ほ》れ込んだとかで、仕事を一向に覚えぬからだ。

「巷《ちまた》では朝顔だけの図譜が数多く出板されております。中には勿論眉唾の本もある。赤ん坊のばばが朝顔の生育に良いなんて書いているものもあるんだぜ、とあなたの朝顔仲間は笑っておられましたが、あなたは心からそれを信じ込んだのでございましょう。あなたは赤ん坊が欲しかった。居ても立ってもいられぬようになって離縁し、子供のいる女を探し当てた」

女子たちはざわめいている。権之助だってお勝の話を深掘りせずにはいられない。

「お前、それにどうやって気づいたんだい」

「清九郎さんは赤ん坊の襁褓をやたらと気にしておりました。くわえて清九郎さんのお手が汚れていらっしゃいましたが、あれは家事の汚れ方ではなかった。庭の手入れにやってきた花屋の手の汚れ方に似ていると気がついたときに、ああ、もしやと」

なんてえ女房だ。感心すると同時に清九郎にも思う。なんてえ野郎だ。一発拳骨ぐらい入れてやりたいところだが、権之助はぐうと我慢をする。己は決して手を出してはならない。ここは女子の戦場。うわなり打ちの最中だ。

「あなたの朝顔道楽に異を立てるわけではございません。道楽は人生に彩りを添えるもの。しかし、そいつで他人様《ひとさま》の人生を狂わせるとなると、別条話《べっちょ》が変わってまいりましょう」

りんしゃんと言ってのけるお勝の目の前に、いつの間にやらゆらりと清九郎が立っている。

「この大女《おおめろ》」

呻き、お勝に向かって手を振り上げる。が、ここで己が出ねばなんとする。権之助は清九郎の腕を摑んで止める。

「人の女房にずいぶんなことを言ってくれるじゃねえか」

そのまま清九郎を後ろから羽交い締めにする。耄碌《もうろく》はしたが、伊達に町名主を続けちゃいない。暴れる清九郎に、おいおい、と笑いながら声をかける。

「清九郎さん。あんたもしや、うわなり打ちをご存じねえな。こいつはな、男は加わっちゃあいけないってのが定まり事だぜ。だから、俺とここで戦の決着を一緒に見ていようや」

ここまでくれば、皆、何を狙うべきかをわかっていた。

清九郎の目の前で鉢がどんどんと壊されていく。先妻陣営も後妻陣営も混《ま》ぜ込《こ》ぜ関係なしで、おりょうなんて両方の手に木刀を握りしめている。清九郎は心が折れたのか、唯一自由になる足で鉢を抱え込んでおいおい泣いている。

どんな理不尽にあおうとも、強く生きてやらねばならない。

女には女なりの戦い方というのがあるのです。

やめ！　とお勝の声が青天に響き渡った。

夕餉をかき込んでいると、

「おりょうさんは別れたそうでございますよ」とお勝が飯のおかわりとともに言葉を添えてきた。

「ああ、聞いているよ」

権之助は茶碗を受け取りながら、小さく頷く。うわなり打ちの仲人としては己は盆暗かもしれないが、町名主の仕事はそれなりにできると自負している。

うわなり打ちを引き起こした総大将両名の行く末は、町名主としてきちんと追っていた。

お佐那は実家に戻り、二親が営む水茶屋で働いている。女だからの言い訳や字が読めないからとの卑屈《ひくつ》さがお佐那の心から剝《は》がれ落ち、代わりにうわなり打ちを成したことによる自信の芯が入ると、とんでもない変わり様。お佐那は己にできぬことでなく、できることに目を向けた。そうだ、己は文字は読めぬが、算盤《そろばん》が弾ける。店表で立ち働くより店裏の大福帳を手に取れば、店がすいすいと回り始める。これが面白いのです、とそう言ってお佐那は笑っていた。

おりょうは清九郎とすっぱと縁を切った。お佐那とおりょうのうわなり打ちはもちろん読売に書かれたが、それで名が売れ、今では売れっ子の三味線の女師匠だ。陽太郎も見知らぬ家の玄関先に放り置かれてもぐっすり寝こけていたその胆力で、すくすくと育っているらしい。

ちなみに清九郎の朝顔は番付で小結をとったという。しかし、此度のうわなり打ちでの悪評が轟き、実家からは縁を切られたらしい。まあ、嫁を貰《もら》って家を出ても、小遣いを渡すような甘い二親だからそれが続くのかどうかはわからない。

そして、権之助の家を訪ねてきたあの男の女房は、鎌倉《かまくら》の縁切寺へ駆け込んだと聞いている。女房は寺で三年、寺の仕事を務めながら、縁切りを待つことになる。

お勝は漬物を小皿に盛りながら、静かに口を開く。

「先日、あなたにはつべこべと申してしまいましたが、私はうわなり打ちの仲人が嫌ではないのです。私はできるだけ多くの女子のうわなり打ちに関わって、できるだけ多くの女子らの心に始末をつけてやりたいと思っているのです」

権之助は箸と碗を置き、黙ってお勝の言葉に耳を傾ける。

「うわなり打ちの後、打ち壊された家財の片付けはおそらく女がやっている。それが女の役目なのでございましょう。ですが、うわなり打ちは、女が己の心を晴らすことのできる、お上から認められた唯一の手段なのでございます」

お勝の低く、しっかりとした声が言う。

「私はこれからも、うわなり打ちの仲人を続けとうございます」

「そいつはよかった」

権之助の心からの言葉であった。ほほ笑み、再び碗を手に取ろうとすると、

「しかし、あなたのお世話も私の仕事のうち」

お勝の目がきらりと光った。

「今日のお汁は三つ用意しております」

どこに隠していたのか、権之助の目の前に膳が畳を滑らされてくる。

「一番左は蜆汁《しじみじる》。江州《ごうしゅう》の瀬田《せた》で採れたものですからお味は一推し。真ん中は鴨汁。肉喰《くすりぐ》いにて滋養をつけて一緒に地獄へ堕《お》ちましょう。右はいつもの昆布汁《こぶじる》。一周まわってこれに帰ってくることを見越しております」

お勝は一つ一つ椀の中身を丁寧に説明し、

「お口にしていただいて、やはり好きではないと思われましたら仕方がございません。その女子の居所を教えてくださいまし。作り方を訊きに行ってまいります」

お勝は真っ直ぐに権之助を見つめる。

「ですから、白状なさいませ。どこへ行ってお腹を膨らませて来《こ》らしゃった。別によいのです。外に女子をつくっても。しかしきちんと伝えてはいただかないと。その女子にもお歳暮をお渡しせねばならないのですから」

「菓子を譲ってもらいに行っていた」

権之助の言葉に、お勝はぱちくりと何度も目を瞬《またた》かせてから聞き返す。

「……今、なんと？」

「お前が好きな葛《くず》饅頭を譲ってもらえるよう、頼みに行っていたんだよ」

袂から取り出して、膳の横に置いた竹皮包みは皮越しにもでっぷりと太っていて、貫禄がある。

「先月の菓子番付で大関をとった一品さ。こいつを商う丹後屋《たんごや》と鍋物屋の主人が懇意だというからね、店に通って手に入れてもらえるよう掛け合っていたんだよ。そいつをお前に内緒にしておきたかっただけさ。外に女なんぞいないさ」

「……まぎらわしいことをなさいますな」

権之助をきっと睨んでくる目には先ほどまでの鋭さがない。むしろ恥ずかしさからか、うるりと湿っている。頬と耳たぶが真っ赤になっていて、権之助はそれを可愛らしいと思う。

己の名前が変わったことなんて、別条気《べっちょ》にしちゃおりません。

それどころか、むしろ気に入っている。その方が今の自分にしっくりとくるからだとお勝は言う。

いつもなら丁寧な手つきで汁を飲むお勝が椀をかき込んでいるのを見て権之助が笑うと、お勝は片手で畳を叩く。その頰はまだ羽毛が残っている雛鳥のように膨らんでいる。

だが、権之助にとっては、お勝もお雛もどちらも等しく、己の可愛い女房にしっくりとくる名前なのである。

万年橋の仇討ち

藤原緋沙子

藤原緋沙子（ふじわら・ひさこ）

高知県生まれ。脚本家を経て、2002年『雁の宿』で作家デビュー。13年「隅田川御用帳」シリーズで第2回歴史時代作家クラブ賞シリーズ賞受賞。主な著書に「橋廻り同心・平七郎控」「藍染袴お匙帖」「浄瑠璃長屋春秋記」シリーズ、『花鳥』『番神の梅』『茶筅の旗』『龍の袖』等がある。

一

「お母さま、行ってまいります」

千加《ちか》は、臥《ふ》せっている母の豊《とよ》に声を掛けると、髪結いの道具が入った箱を取った。

「お千加、すまないねえ」

弱々しい声が返って来る。

母の豊は、一年ほど前に長屋の井戸端で足を滑らせて右足首を痛めている。骨折はしておらず、医者は膏薬《こうやく》で治ると言ってくれたが、その後も痛がって以前のようには歩けない。

またそれが引き金になったのか、すっかり病がちの身体《からだ》になって、今年も春先にひいた風邪が治らず、寝たり起きたりの暮らしである。

「帰りに道庵《どうあん》先生のところに寄って、お薬をいただいてきます」

千加はそう告げると外に出た。

「あら、お千加さん、仕事かい。おっかさんのことは心配しないで」

長屋の井戸端で洗濯をしていた中年の女房おすまが言った。

「いつもすみません」

千加が笑みを見せて頭を下げると、

「いいんだよ、お互い様。それより、今日のお千加さんのその髪、いいねえ。しゃきっとしていて女っぷりも良い。あたしも一度でいいから結ってもらいたいものだよ」

見とれた顔でおすまは言ったが、その時、長屋の戸が開いて、

「馬鹿言っちゃあいけねえや。おめえなどはな、どんな髪を結ったって、お千加さんのようにはなりはしねえ。おめえは、おろく櫛《ぐし》でもつっ挿《さ》してりゃいいんだよ」

憎まれ口を放ったのは、おすまの亭主松五郎《まつごろう》だった。

「お前さん、もう一回言ってみな！」

夫婦喧嘩《げんか》の始まりだ。もっとも、この夫婦の愛情表現のひとつが喧嘩だと知れている。千加は二人に苦笑を送ると冬木町《ふゆきちょう》の長屋を出た。

確かに千加は、目鼻立ちの整ったいい女だ。その顔立ちが映えるのも、今朝結い上げた灯籠鬢《とうろうびん》の貝髷《ばいまげ》というもので、絵師の美人画にもよく描かれている髪型だ。しかも身に着けている着物は地味な色の紬《つむぎ》だが、きりりと締めた黒繻子《くろじゅす》の帯と鮮やかな友禅の前垂れが妙である。

女髪結師として得意先に向かう時のお決まりの姿だが、千加の腰は、きゅっと引き締まっていて品が良い。

江戸では女髪結いは取あげ婆《ばば》と並ぶ女ならではの職業になっていて引く手あまただが、武家屋敷に奉公する女たちに比べれば格下に見られている。女の髷は自分で結うものだとした風習によるものだ。だが千加は、この職に誇りさえ感じている。

六年前に母親と二人、この深川《ふかがわ》に居を構えた時、暮らしの糧《かて》を得るために何が出来るかと考えた。それがこの女髪結師だったのだ。

千加は下駄を鳴らして足を急がせる。深川の仙台堀《せんだいぼり》に架かる海辺橋《うみべばし》に差し掛かった時だった。

「殺しだ！……侍が殺されているぞ！」

大声で叫ぶ男とすれ違った。

千加は反射的に土手に向かって走り出した。

殺しがあったその場所は、永堀町《ながほりちょう》の南仙台堀の河岸《かし》だった。既《すで》に野次馬が大勢垣根を作っていて、垣根の向こうに町奉行所の同心や小者《こもの》の姿が見える。

千加は野次馬を強引に割って入って、殺されている男の顔を見た。老齢の侍で、刀の柄《つか》を掴《つか》んで一尺ほど引き抜いたところで殺されたようだ。胸をはだけて仰向《あおむ》けに倒れていた。

「懐《ふところ》の中を物色されたんだな。下手人は物盗りだな」

野次馬の誰かの声が聞こえてきた。

千加は、すぐにその場を離れた。

自分とは関係の無い殺しと分かっていても、侍が殺されたと聞くと確かめずにはいられない。

忘れることなど決して出来ない六年前のこと、千加は母の豊と父の戸田彦十郎《とだひこじゅうろう》と、下野《しもつけ》の高島《たかしま》藩三万石の地で暮らしていた。

彦十郎のお役目は、勘定組の中でも賄《まかな》い方。日々城内で使用する薪《まき》、炭、野菜や魚などの食料の買い付けを委《まか》されていた。

常に仕入れた品と支払った金銭の計算と確認に追われる仕事で、

「気が抜けない仕事だ。まったく疲れるよ」

などと彦十郎は愚痴《ぐち》ってはいたが、内心は仕事に対する強い自負が、娘の目からも見受けられた。

役高十五石、家格は藩の中では中級の下。一歩間違えば下級武士に仲間入りするところだが、算盤《そろばん》をはじいて帳面付けをしている連中よりも、役目は遥かに重かった。

千加が十六歳になった歳の春の夕刻、父が戸板に乗せられて運ばれて来た。下城してきた父の彦十郎を、同役の崎山平左衛門《さきやまへいざえもん》が斬り殺したというのである。

何がどうなったのか混乱と衝撃で言葉を失った母と千加に、まもなくやって来た目付から言い渡されたのは、父は不正によって成敗された、よってお家は断絶の文言だった。

「うそうそ、嘘です。父はそのような人ではありません」

千加は目付の使いの者に喰ってかかったが、

「既に崎山平左衛門から届けが出ておる。不正の張本人は戸田彦十郎。帳面と金と、台所方にある品の数が合わぬ。不正は証明されておる。五日のうちに立ち退《の》くよう命じる」

冷たい言葉が返ってくるばかりだった。

——そんなことがあるものか……。

あれほど役目に誇りをもって勤めていた父が不正を働いていたなどと誰が信じるものか。目付の言葉は一方的で納得できる筈《はず》が無い。

「謀《はか》られたのです。きっとそうです!」

母の豊は、目を赤くして千加に言った。あまりの悔しさに、二人は父の葬儀が終わっても涙も出なかった。

父の葬儀を済ませて菩提寺《ぼだいじ》の僧に後を頼み、屋敷を畳み、江戸に向かうために国境を越えた時、二人は国の山々を振り返った。

二人はそこで初めて涙を流した。故郷を出る悔しさと悲しみが、どっと二人の胸に迫ってきたのである。

——お父様、千加はお約束いたします……。

この時千加は、父に誓ったことがあるのだった。

千加がまもなく訪ねたのは、今川町《いまがわちょう》に呉服太物《ふともの》商の暖簾《のれん》を張る『津島屋《つしまや》』だった。

この深川では一、二を争う大店《おおだな》で、月に二度の訪問を約束しているのだが、今日はそれとは別に臨時で頼みたいと使いが来て、それで急遽《きゅうきょ》訪問したのだった。

「すみません、遅くなりまして」

千加が詫《わ》びを入れると、

「良いのですよ。まだ時間はありますから。それに、お千加さんは、おっかさんの看病もなさっているのですもの」

鏡台の前に座ると、内儀のおよねはそう言って洗い髪を千加に向けた。

「少し白髪が目立ってきましたでしょ」

およねは言う。

「まだ大丈夫です。伽羅《きゃら》の油で艶《つや》がでますから、気にするほどではございません。目立つようになりましたら染めればよいのです」

千加はすぐに、およねが安心する言葉を並べる。

「ありがとう。あなたに来ていただくようになって、ほんとに有り難いと思っているのですよ。それでね、少し遠出になりますけど、日本橋《にほんばし》まで行っていただけないでしょうか。実は私と懇意にしている小間物問屋のお内儀が、私の髷を見て、お千加さんにお願いできないものかと言っているんですよ」

「喜んで伺います」

「良かった。きっと喜びますよ。だって美しい髪型を自分で結うなんて出来ませんもの。今日はね、夕刻に大事な会食があるんです。それも同業者の集まりですから、お衣装も格別の物を着てゆくつもり。でもね、その衣装が映えるのは髪型が大きく影響いたしますから、それでお千加さんに来ていただいたんですよ」

「承知しました。では本日は丸髷は丸髷でも、少し鬢を張りましょう。華やかになりますから」

千加はおよねの髪に手を掛けると、鏡を覗《のぞ》いた。

「よろしくお願いします」

鏡の中のおよねは、嬉しそうな顔で言った。

千加は道具箱を開けた。箱の上段には、はさみをはじめ、荒櫛、荒筋立《あらすじたて》、鬢櫛、五本歯、小深歯《こふかば》など二十種類の道具が入っていて、箱の中段には、結髪用の髢《かもじ》がこれも二十種類、そして下段には結髪の折の付属品、髱芯《たぼしん》や髱はさみ、結髪用のピン、元結い、輪紙《わかみ》などここにも二十種類ほどの道具が入っている。

「では、始めます」

千加はおよねの髪にまず伽羅の油を付けて櫛で髪を梳《と》き、次には前髪部分、鬢になる部分、髱にする部分を根分けし、前髪部分と鬢の部分は、緩《ゆる》まないようしごきで結

んだ。そして、

「痛かったらおっしゃって下さいませ」

およねに声を掛けながら、まず髱を造っていく。それが終わると鬢にする髪を梳きつけて、鯨《くじら》の髭《ひげ》を使って半円形の鬢張りを造り、それを両鬢に通し、その上に髪の毛をかけていく。ただし、かつての灯籠鬢とは違った、心持ち華やかにみえる程度の鬢に仕上げる。

千加の手は休む暇《ひま》無くおよねの髪を操って、やがて元結いで固く結ぶと、鼈甲《べっこう》の櫛を挿し、平打ちの銀のかんざしを挿して終わった。

「さあどうぞ、お召し上がりになって……」

およねは女中に茶菓子を運ばせると、道具を片付けて手洗いを終えた千加に勧めた。

「ありがとうございます」

千加は、お茶を取って喉を潤す。

「本日の髪も大変気にいりました」

およねは、懐紙に包んだ手間賃を千加の前に滑らせて来た。

「何時《いっ》も過分にいただきまして……」

千加は押し頂いて懐紙を懐の財布に入れる。近頃は上客で手間賃は百文から二百文の間でいただくが、およねが渡してくれる手間賃は、三百文だった。

近年の大工の手間賃は、日当が三百五十文から四百文が相場だと聞いている。その手間賃に比べても、津島屋の内儀およねの手間賃は破格だった。

「いえね、今日は髪を結っていただきたくてお呼びしたんですが、実はお千加さんにお話もあったんです」

およねは茶碗を下に置いて、じっと千加の顔を見た。

「なんでしょうか……」

怪訝《けげん》な顔で千加は聞き返す。

「お千加さん、おっかさんが病弱だと伺っておりますが、でも、このままどこにも嫁《とつ》がない、なんてことを考えているんではないでしょ」

にっこりとして見詰めたおよねの顔は、千加の心を窺《うかが》っている。

「ええ、母をひとりにはできませんので」

「でしょうね。ところが、今日お会いする方の中に、あなたにぴったりの息子さんをお持ちの母親がおりましてね。良い人がいたら是非紹介してほしいって言っているの。歴《れっき》としたお店《たな》ですし、おっかさんの面倒だってみて下さると思うんです」

およねの言葉は熱を帯びてくる。

「あの……有り難いお言葉ですが、大きなお店ならなおさら、私のような者は務まりません」

やんわり断るも、

「いいえ、あなたは良い家に育った方だと見ていますよ。何かの事情があって女髪結師をしていらっしゃるのでしょうが、そこいらの町娘とは違って、私なら太鼓判を押して先方にお勧めしますよ」

どうでも納得してほしいという顔だ。

「おかみさま、私にはなんの後ろ盾もおりません。母ひとり娘ひとりのつましい暮らしをしております。そんな私がお店のご子息さんのところへなんて、とてもとても……それに、こちらにご迷惑をおかけしてはいけませんから……」

千加の言葉に、ようやくおよねは押しても無理だと悟ったらしく、

「そう……残念なこと。まあね、突然こんな話をされてもね」

落胆した目を向けてきたが、すぐに笑みを見せてくれた。

「いろいろとお気遣い、ありがとうございます」

千加は礼を述べて、津島屋を後にした。

およねの気持ちは、千加にとってどれほど有り難いことか。だが千加には心に秘めたものがある。

千加は、前を見据えて歩き始めた。

二

津島屋の内儀およねの紹介で、千加が日本橋通南一丁目にある小間物問屋『日吉《ひよし》屋《や》』に髪結いに向かったのは数日後のことだった。

前日に使いが来て、日吉屋の内儀は五十路《いそじ》も過ぎた高齢で、腕が痛んで髪を結うどころか、洗うのも難しくなった。女中に手伝わせて洗っているのだが、要領が悪くてうまく洗えない。

そんな話を使いの者から聞いていた千加は、この日朝食を終えると早々に日吉屋に向かった。

店を訪ねると案の定、これから洗髪を始めるところだと、縁側に内儀のおふねが肩の肌を見せて座っていた。

「千加でございます。腕が痛いと伺いましたので、髪を洗うのをお手伝いいたします。

髪を結うのは明日にいたしましょう」

そう告げると、内儀は大喜びで、

「ありがとう、助かります。腕の自由がきかず、おまけにかがんで髪を洗う姿勢が長いと腰が痛くて、この人を困らせているのです」

おふねは、側《そば》に居る若い女中の顔を見て苦笑した。

「私の母もひとりでは髪を洗えず私が手伝っているものですから……」

千加の言葉に、おふねはほっとした顔をしてみせて、

「津島屋さんのおっしゃる通り、良い方を紹介していただいて……」

嬉しそうな目で千加を見た。

「では始めましょう」

千加は持参して来た紅色の襷《たすき》を掛け、袖が邪魔をしないよう支度すると、金だらいに熱い湯を運ばせ、その中にふのりを入れて溶かし、次にうどん粉を入れて溶かした。

そしてその溶き汁をおふねの髪に擦《す》りつけながら、油と汚れで固まった髪を櫛でほぐしながら洗っていく。根気よく、幾度も幾度も、溶き汁を付け、櫛を髪に通しながら汚れを落として行くのである。

そして汚れが取れたら、千加は女中に命じて湯を何度も替えさせながら、また櫛を

使って濯《すす》いでいく。

途中でおふねが腰の痛みを訴えだすと、千加はおふねの背後に回って腰をぐいっぐいっと押してやった。

「ああ、いい気持ち……すみませんねえ」

おふねは心の底から礼を述べる。やがて濯ぎ湯がきれいになったのを見て、

「もう良いでしょう。手ぬぐいを……」

千加は女中に指図して、何枚もの手ぬぐいを使って髪の水分を拭《ふ》き取った。そして、

「髪を梳かしながら乾かしてあげてくださいね」

女中に櫛を手渡すと、明日また参りますと伝えて、日吉屋の店を出た。

「あっ……」

千加は、思わず小さく声を上げた。

店の前の大通りを過ぎて行った侍が、父を殺した崎山平左衛門ではないかと思ったのだ。

千加は侍の後を追いかけた。侍は日本橋の大通りを南に向かって歩いて行く。顔は見ずとも右肩を落として歩く姿には覚えがある。

――まさかこの江戸に……。

千加の胸は激しく打った。

崎山平左衛門は生きておれば、御年五十歳だ。

千加は気付かれぬよう後を尾《つ》ける。

日本橋からまっすぐ南に向かって歩く侍の後を追いながら、千加は八年前に父が仲間だと言って、崎山平左衛門を屋敷に連れて来た時のことを思いだしていた。

母とお茶を持って挨拶《あいさつ》に出た時、

「おぬしは良い娘御を持って幸せじゃな。わしにも倅《せがれ》はいるにはいるが、体質が妻に似たのか病がちで……」

などと身体の弱い家族のことを愚痴って苦笑したが、その折千加たちに送って来た視線には、羨《うらや》みの色が浮かんでいたのを覚えている。

その日、父は下《くだ》りものの酒など出して接待した。

平左衛門は喜んで存分に楽しんだ様子だったが、帰り際に玄関先まで千加たちが見送った時、再び羨むような、いや、妬《ねた》ましいような視線を送ってきた。

「あやつの家は大変だ。妻も倅も医者の手から離れることが出来ぬらしいのだ」

父は平左衛門を見送りながらそんな事を言っていたが、その時千加は、平左衛門は右肩を落として歩く人だなと思ったものだ。

その時によく似た後ろ姿の侍に出合ったのだ。今前を行く侍は右肩を落として歩いている。

――このまま京橋《きょうばし》に出て、そこからさらに南に進めば大名の上屋敷が多数有る愛宕《あたご》下《した》だ。

愛宕下には、かつて千加の父が奉公していた高島藩三万石の上屋敷がある。

先を行く初老の侍が高島藩の上屋敷に入ったのなら、間違い無く崎山平左衛門だ。

次第に緊張が高まっていく千加は、しかし京橋を渡ったところで俄《にわか》に現れた集団に視界を遮《さえぎ》られた。

菅笠《すげがさ》に袈裟《けさ》姿の僧体二十人ほどが、小太鼓を打ち鳴らしながらお題日を唱えて橋の向こうからやって来たのだ。

ドン、ドン、ドンドン……ドン、ドン、ドンドン

凄《すさ》まじい音は全ての騒音を打ち消して、一行のお題目だけが辺りに響く。

橋を渡っていた者たちは、そのありさまに圧倒されて欄干に身を寄せ、一団が通り過ぎるのを見送っている。

平左衛門だと疑って侍を追っていた千加も、前方を遮られて橋袂《はしたもと》で一団の過ぎるのを待った。

長い列に感じた。ようやく一行が千加の前を通り過ぎた時、千加は慌てて橋の上に走った。

だが、もはや平左衛門と思《おぼ》しき侍の姿は無かった。

がっかりして立ち尽くす千加の肩を、誰かが叩《たた》いた。

千加がぎょっとして振り返ると、

「どうしたんだよ、こんなところで……」

笑みを見せて話しかけてきたのは、深川の伊勢崎町《いせざきちょう》に住まう錺職《かざりしょく》の與之助《よのすけ》だった。

「あら、與之助さんもどうしたんですか」

千加も驚いた。與之助には、髪結いに行った先で注文を受けた銀のかんざしを作ってもらっているのだった。

「おや、與之助さんに会ったんだね。今日朝のうちに、お千加が出かけた後に、かんざしを届けてくれたんですよ」

長屋に帰ると、母の豊は千加の顔をみるなり言った。

「ええ、届けてくれたこと、私も與之助さんから聞きました」

千加は與之助と会ったことを告げた。與之助はかんざしが出来上がると、ふらりと届けることがあるのだ。

豊はいそいそと二段の衣装簞笥《だんす》に歩み寄ると、與之助から預かっていたかんざしの包みを取りだして来た。この衣装簞笥は、二人が国を追われて江戸に出て来る時に、これだけは手放せないと豊が言い、厄介《やっかい》になる兄、渡邊左京《わたなべさきょう》のところに送っていたものだ。今はこの長屋の座敷で昔を偲《しの》ぶ唯一の品となっている。

「お母さま、今日は足の痛みも和《やわ》らいでいるんですね」

千加は、簞笥までの往復を難なく歩いた母を見て言った。

「ええ、道庵先生の痛み止めが良く効いているようです。痛みが無い時には歩かないと、お前に迷惑を掛けることになるんだから」

千加はくすりと笑った。思いがけず回復した母を見て嬉しかった。

「先に見せていただいたんだけど、何時見ても與之助さんの細工は素晴らしいねえ」

かんざしの包みをほどく千加の手元を見ながら豊は言う。

千加は包みの中から桐の小箱を取り出すと蓋《ふた》を取った。

「まあ……」

思わず声を上げる。箱の中には銀色に輝く平打ちのかんざしが入っていた。頭の部分には鶴が羽を広げていて、その羽の部分だけは透かし彫りだ。側から覗いていた母が言った。

「きっと津島屋のおかみさまも満足なさるでしょうよ」

「ええ、きっと」

「女なら一度でいい、そのようなかんざしを挿してみたいものだね」

母の言葉に千加は苦笑しながら箱の蓋を閉め、包み、二段の衣装箪笥の中に収めようと足を運び、

「あっ……」

箪笥の中にある着物に気付いて声を上げた。その着物は父が改まった折に着ていた裃《かみしも》の下に着る物だ。

納戸色《なんどいろ》の小袖で、跡目を継いだ殿様が初めてお国入りした時に、大手門の前で出迎えた折に着た物だ。

母が夜なべして仕立てていたのを、千加ははっきりと覚えている。「お母さま、なぜここにお父さまの着物が？」

振り返って母を見た。

「ええ、それね。形見だと思って行李《こうり》の中に仕舞っていたのだけれど、仕立て直してお前にどうかと思ってね、出してみたの」

「いいわよ私は……形見ですから、大切に仕舞っておきましょうよ」

千加は両手で形見の着物を押し入れの行李に運んだが、何か異質の物が手に触れたのに気付いた。異物は着物の中だった。

　千加は慌てて異物を捜した。すると、衿《えり》の中に衿芯のように何かが入っているのに気付いた。はさみを持ち出し、衿の縫い目をほどくと、

「これは……！」

衿の中にあったのは、小さな文字でびっしりと綴《つづ》られた父の筆跡による文書だった。

千加は思わず叫んだ。

「お母さま！」

千加は母の豊の前に、父の着物から取りだした紙を広げて置いた。

全部で三枚、冒頭の紙には『賄い方不正の詳細』と題し、勘定方組頭に提出する文章の内容と同一のものをこれにしたためるとある。

千加は、目を皿のようにして、父の筆跡を追って読み上げる。

「同輩崎山平左衛門が自訴《じそ》するならば、崎山の意を尊重して、この不正の証明書を組頭に提出することはしない。崎山が否定するなら提出も止むを得ないと考えている。そうなると妨害《ぼうがい》その他阻止《そし》されて、自身の命が狙《ねら》われることもあるやもしれぬ。万が

一の時のために、この不正証明書の書き写しを残す」

千加は読み上げると紙から顔を上げて、母の豊を見た。

「これは、お父さまの遺書です」

豊は静かに頷《うなず》いた。顔面は蒼白、その目は青い光を発するかと思えるほどの、怒りに満ちている。

千加は再び視線を紙の上に戻し、険《けわ》しい顔で読み進め、読み終えた紙を母の手に渡していく。

母も息を詰め、鋭い目で文章を追って行く。

父が残した文字のひとつひとつは、父の苦悩の声を聞くがごとく二人の胸に突き刺さる。

また二人の耳朶《じだ》には、この世のいっさいの音は消え、文字から発する父彦十郎の叫びだけが聞こえてくる。

千加は全てを読み終えて、大きく息をついた。

不正を暴く内容だが、父の遺言ともいえる文章には、同じ賄い方である崎山平左衛門が、藩が購入して蓄えている台所方の蔵から、魚や俵物、酒や砂糖などを三日に上げず私腹していた記録が詳細に綴ってあった。

父はこの不正を、台所方の吹田《ふきた》という者から聞き出していた。崎山平左衛門は自身の不正が吹田に知れた時、

「妻が病がちで医者に渡す薬礼で諸々《もろもろ》を買う金が無い。しばらく目をつむっていてくれ。ばらせばそなたの職を解くぞ」

などと脅して黙らせていたようだ。

「お千加……」

最後の紙を読み終えた豊が顔を上げて言った。

「やはり、父上は謀られたのですね。父上は、せめて同僚の崎山殿に白訴するよう勧めたのでしょう。ところが崎山殿は父上の心を汲《く》み取ることもせず、父上が組頭に文書を提出する前に口を封じようと、下城してくるのを待ち受けて殺したんですね。もっと早く、もっと早くこの紙に気付いていれば……」

豊の目から涙が溢《あふ》れてくる。

「お母さま……」

千加は母と抱き合った。じわりと千加の目にも涙が溢れてくる。

父が成敗されたと突然の死を告げられた時、二人の感情は瞬時にして凍結したごとく、涙も出なかったことを思い出す。

「これでお父さまの正義が証明できます。台所方の吹田という人に問い詰めて、ねえ、そうでしょう、お母さま……」

千加は、闇の中にようやく光を得たのだと強く思った。

だが豊は、哀しげな顔で首を横に振ってみせた。

「お母さま！」

千加は母の肩を摑むと強い力で揺すぶった。

三

翌日、朝食を終えたところに、母の兄、渡邊左京がやって来た。

「大事ないか」

左京は女二人の住まいにやって来ると、まず部屋に上がる前に家の中を覗いて眺め回す。

畳は傷《いた》んでいないか。台所に米や味噌醤油はあるのか。竈《かまど》で火を燃やしているのかと、暮らしが立っているのかどうかを見ているらしい。

左京は母の豊とは同腹の血の繋《つな》がった唯一の兄妹だ。二人には他に遠い血縁もいないことから、千加の目からみても二人の絆は強い。

六年前、豊と千加は国を追い出されたが、その時、豊が迷うこと無く江戸で暮らそうと決めたのは、左京がいたからだ。

左京は富岡《とみおか》八幡宮の近くに居を構え、神職を生業《なりわい》としている。

昔は妻帯したこともあったらしいが離縁しており、また子供もいなかった事から、豊も気兼ねはなかったし、左京も妹と姪《めい》っ子を迎えて嬉しそうだった。

「ずっとここにいろ。なあに祈禱《きとう》などわしは引く手あまただ。暮らしに困ることはない」

などと左京は言ってくれて、千加と母は傷んだ心を癒《い》やし、少しずつ暮らしにも慣れていった。

左京の家で厄介になってから六ヶ月も過ぎた頃、

――いつまでもおじさまに甘えてばかりいてはいけない……。

千加はそう思うようになり、女髪結師の仕事を始めたのである。

左京はむろん反対だった。だが、千加の信念に折れてくれたのだ。

但《ただ》し、暮らしが難しくなった時には、この家に戻れと千加は引導を渡されている。

だから左京は、時々自分の目で二人の暮らしを確かめたいらしく、思いついたら突然に、なんの連絡もなくやって来るのだ。

千加に引導を渡したものの、やはり心配の種にもなっているらしい。左京は部屋に上がると、豊の病状を尋ね、以前に比べて良くなったと聞くとほっとした顔で、

「そうか、ならば話があるのだ。千加、ここに座れ」

千加を手招いて、自分の前に座らせた。

「お前が、女髪結師にまで身を落として暮らしているのを見るに付け、わしは心を痛めていた。長続きはするまいと思っていたが、お前は見事に道を極め、母とこうして暮らしてくれている。わしとしては嬉しいことじゃが、それはそれ。自分の幸せも考えねばのう……どうだ、嫁に行く気はないか」

左京は笑みを見せて、千加の顔を窺った。

「おじさま……」

千加は困った顔で左京を見た。先日津島屋の内儀からも縁談の話を向けられて、断ったばかりだ。

「母はわしが面倒みる。母のことは案じることはないのだ。お前にいつまでも女髪結いなどさせたくはないのだ」

「おじさま、私はそんな気持ちにはなれません」

千加は立ち上がると、父の遺文を取りだしてきて左京の前に置いた。

「なんだこれは……」

呟《つぶや》きながら遺文を取り、読み始めた顔が瞬く間に険しくなった。

左京は千加の父が残した文書を読み終えると、膝前《ひざまえ》に置いて腕を組んだ。

「ううむ……」

大きく息をつき、しばらく言葉を発しなかった。だがまもなく、豊と千加の顔を交互に見て、

「どこから出て来たのだ？」

豊に訊く。すぐに千加が答えた。

「お父さまの着物の衿です。殺されてから六年も経《た》つのに気付かなかったなんて、無念でございます。あの時、私たちは何も分からずに目付の裁断を聞き入れた訳ですが、このこと、知っていれば、父が汚名を着せられることもなかったし、私たちが追い出されることもなかったと存じます。千加は、昨夜は眠れませんでした」

「旦那様が不正を働くなんて、ある筈が無い。私もそう考えておりました。こんなことで心を痛めていたなんて、私も千加も女、女には話せることじゃないと考えておられたのか」

豊も悔しさを吐露《とろ》して涙を流す。

「豊、千加……」

左京は神妙な顔で呼びかけると、

「時既に遅しとはこの事じゃな。せめて千加が男子なら、今から訴え出てお家再興を願い出る。聞き入れてくれぬのを覚悟してだが、侍としての矜持《きょうじ》を示すのもひとつの方法だろう。但し、これには命がけで事を起こさねばならぬぞ。千加は女子《おなご》じゃ。このまま静かに暮らした方が身のためじゃ」

命じるように言った。

「おじさま、私は武士だの男だ女だのということに拘《こだ》わって申しているのではございません。人として、こんな目にあって、それでも黙っていろとおっしゃるのですか！」

千加は思わず強い言葉で言った。

「ではお前は、どうしたいと考えているのだ……まさか仇《あだ》を討つなどと考えているのではあるまいな」

千加は黙った。

「お前は、長刀《なぎなた》の稽古はやっていたようだが、剣術は知らぬ。仇を討とうとしても、返り討ちに遭うだけだ」

「勝負は時の運だと申します」

千加は言い返す。

「運を手元に引き寄せるには、それなりの準備がいる。剣術が出来ることが第一だが、その他にも、仇を討つには許可がいるぞ。お前の父親は不正をした者として斬り捨てられている。許可は貰《もら》えまい」

千加は左京の言葉に歯を食いしばった。

「お前に言っておく。お前に何かがあれば母は生きてはおるまい。あの世の父も、お前に仇を討ってほしいと望んではおるまい。それにだ、敵の男は下野の国にいるのだろう。一人で国に侵入して、殺せると思っているのか。敵《かたき》討ちなど、お前が考えているほど容易《たやす》いことではない」

左京は険しい顔で千加に言った。そして遺文に手を伸ばし、

「これはわしが預かっておこう」

「いえ、私が……」

千加は素早く引きよせると胸に抱いて左京をきっと見た。

「與之助さん、千加です」

千加が伊勢崎町で錺職をしている與之助を訪ねたのは翌日だった。

「どうしたんだい、元気がねえし、顔色も悪いな」

與之助は金床《かなとこ》の上で銀の細工をしていた手を止めて、千加を案じ顔で迎えた。

その背後の棚には、與之助が使っている錺職の道具が数え切れない程整然と並べて置いてある。

金《かな》ばし、金槌《かなづち》、丸鑿《まるのみ》、角鑿、小鑿、ヤスリも五十か六十か、数えられない数で、鑿にも彫り鑿、切り鑿があり、その光景は壮観だ。

道具の数々を見ただけでも高揚感を覚え、自分も髪結いの仕事を頑張らねばと思う千加だ。

だが今日の千加は、與之助に言われるまでもなく、覇気というものが失せていた。

千加は上がり框《がまち》に腰を据えた。そして、懐紙に包んだ物を與之助の前に滑らせた。

「津島屋さんのおかみさまから預かってきた、先日のかんざしのお代です」

「すまねえ」

與之助は懐紙の包みを引き寄せて中身を確かめた。

「金三分も！……多いよ」

そう呟くと、一分を千加の方に突き返してきた。

「これはお千加さんの取り分だ」

「何を言っているの。津島屋さんは一両でも安いとおっしゃっていたんですよ。それを與之助さんから二分だと聞いていたので、そのように伝えたんです。一分は津島屋さんのお気持ちです。私はおかみさまにはたっぷりいただいていますから」

一分を與之助の方に寄せると、

「そうはいかねえよ。お千加さんにお客を次々紹介してもらって、こっちは大助かりなんだ。手数を掛けた分をもらってくれねえのなら、もうお千加さんのお客はお断りだ」

一分金を千加の手に握らせようとして、思わず千加の手を摑んで、二人ははっとして互いの顔を見た。

次の瞬間、與之助は手をひっこめて、

「お茶を淹《い》れるよ。美味《うま》い茶をもらったんだ」

火鉢に掛けてある鉄瓶《てつびん》を取り、二つの湯飲み茶碗にお茶を淹れて、千加と自分の前に置いた。

千加は黙って飲んだ。與之助も黙って飲んだ。二人は視線を合わせずにお茶を飲んだ。

これまで千加は、幾度か與之助のことを考えたことがあった。頼もしく優しくて、だからと言って千加の心に踏み込むようなところも無かった。初めて異性に持った淡い恋心だった。

だが何時もその気持ちを、千加は慌てて打ち消して来た。

いつかは父の無念を晴らしたい。その気持ちが強かったからだ。

「そうだ」

與之助は、ふいに声を上げた。

「この間、永堀町の河岸地で侍が殺されていて、見に行ったと言ってただろ。あの侍は高島藩の者だったらしいんだ」

「高島藩の者ですって……」

千加は聞き返した。

「お千加さんは確か高島藩で暮らしていたんだよな」

「ええ、まあ……」

口を濁すが、

「しかもお父上は不正の罪を着せられて殺されたのだと……」

「與之助さん、誰からそんなことを聞いたんですか」

千加は驚いて聞き返した。

「おふくろさんだよ」

「私の？」

「きまってるだろ。以前、かんざしを持って行った時に、おふくろさんから聞いたんだ」

千加は驚いて言葉も出ない。父が惨殺されて国を追われたことは、この江戸では母の兄の左京しか知らないことだった。

「おふくろさんにお茶を出していただいて、二人で飲んだことがあるんだ。おふくろさんも毎日家の中で一人で暮らしているから、ふっと心の内をしゃべりたくなったんだと思うよ。それにその時は、俺も久しぶりにほっとした気分だったから、自分の母親が生きていれば、おふくろさんのような人だったかなと思ったりして、それで、俺の父親は浪人だったという話をしたんだよ」

「與之助さんのお父上はご浪人だったんですか」

これには千加も驚いた。與之助は苦笑して、

「おふくろさんは驚いて、実はね私たちもと、この江戸にやって来た訳を話してくれたんだ。そういう訳だ」

「與之助さん、一度もそんな話をしてくれなかったじゃない」

千加が責めるような口調で返すと、

「いや、親父の話はいい加減な話かもしれねえんだよ。確かに親父は刀を差していた。本人に言わせりゃあ、一刀流の道場では一目おかれていたらしいんだが、日常は賃働きで埃《ほこり》まみれの人足姿、貧乏暮らしだ。剣術なんて何の役にもたってはいなかった。今時、仕官なんてある筈もないからな。俺はそんな親父をずっと見ていたから、錺職の親方に弟子入りしたんだ。親父のような人生は送りたくない、そう考えたんだ。案の定親父は、侍という一字に死ぬまで縋《すが》って、酒で憂《う》さを晴らして一生を終えた。俺は浪人をさっぱりと捨てたことで食うに困ることはない」

そう話してから一度言葉を切ったが、

「とはいえ、一年前から一刀流を習っているんだ」

苦笑して千加を見た。

「まあ」

千加は笑った。

「何、遊びのようなものだ。だが、稽古をしていると、つまらねえ親父だが、親父の顔が思い出されて……」

「與之助さん、実は私も剣術を習いたいと考えているんです。髪結いの仕事は腕や指に力を入れないといけないから、それが肩に来て凝ることがあるんです。剣術でもすれば凝りもほぐれるかも知れないと思って……」

するとすぐに與之助は、

「そうかな。お千加さんが剣術を習いたいというのには、別に訳があるんじゃないのか」

きっと千加の顔を見た。

四

「おかみさま、いかがでしょうか？」

千加は津島屋のおよねの顔が映っている鏡台を覗いてそう告げると、手鏡を使って結い上げた髷の右側、左側、そしてうしろの髷の具合も映してみせた。

およねは髷に手をやって確かめると満足した顔で頷き、

「いい感じ。歳を取ると髷の張り具合で重たく感じることもありますからね。でもお千加さんは、いつも私が考えていることを瞬時に受け止めてくださって、自在に結ってくださいますから」

「そう言っていただくと嬉しいです」

「本当よ。こうして髪を綺麗《きれい》に結っていただくと、用事もないのに出かけたくなってしまう」

声を弾ませながら、およねは膝元に置いてあった銀のかんざしを取り、白い腕を見せてかんざしを髷に挿した。

「お千加さん、この間無尽の会で皆さんにうらやましがられました。このかんざし、どなたの細工なんですかって」

およねは笑って千加の方に向き直ると、

「それでね、二人ほど急いで與之助さんに作ってほしいっておっしゃる方がいるんだけど」

いかがかしら、と千加を見る。

千加の女髪結いの仕事、そして與之助の銀のかんざしが多くの人から注文を受けるようになったのは、このおよねの力が大きい。

「承知しました。與之助さんに頼んでみます」

千加は言った。

「よかった、一人はね、亀を彫っていただきたいんですって。もう一人は模様はおまかせしますので、透かし彫りでお願いしますとおっしゃっているんですが」

「お願いしてみます」

千加は、笑みを浮かべて礼を述べると立ち上がった。

「ありがとうございました」

津島屋の大勢の奉公人たちの声に送られて、千加は津島屋を出た。

だがその足は、深川の母が待つ家とは反対の、大川に向かった。

永代橋《えいたいばし》を渡り、黙々と南に歩を進める。桜の花が咲き始め、春の風が頬《ほお》を掠《かす》めていくのだが、千加の表情は固い。

千加は、高島藩の上屋敷がある愛宕下に向かっているのだった。

実は昨日、国元にいた頃の親友、菅野《すがの》美里《みさと》から文をもらっていた。

美里とは、藩内にある寺で読み書きを一緒に教わったし、野や山に山菜やきのこを採りに行った。長刀も一緒に習った。

親の家格も中の下、だから住まいも近く、姉妹のように暮らしていた。

ただ、父が不正を疑われて殺されて、母と国を追い出されたあの時、千加は美里に会う勇気がなかった。

江戸に落ち着いてから、一度暮らし向きのことを知らせ、黙って国を発《た》ったことを詫びる手紙を送っている。

もう美里には相手にされまい。諦《あきら》めていたが、このたび江戸の上屋敷の女中衆として暮らしているが、一度会いたいものだという文が届いたのだ。千加は飛び上がるほど嬉しかった。

――美里に会いたい……。

千加は、高島藩の上屋敷に急いだ。

「奥のお女中の美里という方にお目に掛かりたいのですが」

千加は、高島藩上屋敷の門番に、懐に忍ばせてきた美里からもらった文の送り主の名を見せて言った。

「しばし待て」

門番は屋敷の方に向かって行った。

一度も来たことも見たこともない藩邸の中を外から窺いながら、千加は美里が現れるのを待った。

やがて先ほどの門番が、女中姿の美里を伴って正門に戻って来た。

「美里さん……」

「千加さん……」

二人は手を取り合って再会を喜んだ。

だが美里はすぐに、目顔で自分についてくるよう促すと、千加を案内して藩邸の庭に入り、そこに設《しつら》えてある東屋《あずまや》に誘った。

木の長椅子があり、庭から池を眺められるようになっている。

「半刻《はんとき》ほどのお暇《ひま》を奥方さまからお許しいただいています」

安心してお座りになってと、自分も長椅子に座った。

千加は、先ほどから美里の変わりように驚いている。

身に着けている着物も千加など羽織ったこともないような高級な物で、それが今の美里の地位を表している。

昔はおちゃめだった美里が、今は品格と貫禄を備えた奥の女中として見事に転身を遂げている。

「案じていたんですよ、元気にしているかどうか……でもこうして会うことが出来たなんて夢みたい」

美里は懐かしそうに言った。

父が汚名を着せられたばっかりに、大きく変わった二人の人生。

だがこうして、昔と同じように言葉を交わしてくれる美里に、千加は我が身の不遇も癒やされた。

ひとしきり近況を話し合ったそのあとで、

「実は今日は美里さんに相談したいこともありまして……」

千加は美里に切り出した。美里は嫌な顔をするかと案じていたが、予期していたような顔で頷いて千加の顔を真顔で受けた。

千加は、懐から持参した父の遺言の文章を美里の前に置き、つい先日、父の遺品の中から出て来たものだと説明した。

美里は驚いた顔で頷くと、息を詰めて遺言を読み終え、

「やはり……私の父も、千加さんの父上が不正などする筈が無い、そう申しておりました」

美里は険しい顔でそう言った。

「美里さん……」

千加は美里に縋る思いだ。どうしたら父の汚名が晴らせるか、千加の頭にはそれしかない。

「千加さん、崎山平左衛門ですが、今この江戸に来ていますよ」

美里は驚くような事を言った。参勤交代でやって来ているという。

「しかもこの遺文に、崎山に口封じをされたとある吹田という人も来ていたのですが、仙台堀の河岸で何者かに殺されたようです」

千加は驚いた。千加が見たあの男は吹田だったのか。

「この遺文、私に預けていただけませんか。お役にたてるかもしれません」

さきほどから千加と與之助は、息苦しいほどの小さな息をつき、沈黙を続けている。

千加の膝前には、出来上がった銀のかんざしが紫の袱紗《ふくさ》の上に置かれている。

千加がお客から注文を受けたかんざしが出来上がり、それを受け取りに来たのだが、

「私にしばらく剣術を教えていただけませんか。道場に行く時間がありません。私も昔、少しは長刀のお稽古をしておりますが、剣はまだ持ったことがないのです。基本の立ち回りだけでも教えていただけましたら……」

そんな突拍子もないことを千加が言ったため、與之助は内心驚いて返事に窮《きゅう》しているのだった。

千加の様子から、とても暇つぶしや趣味のたぐいで剣術を習いたいと言ったのではないことは、その表情から見て取れる。

千加は悟られずに軽く言ったつもりでも、その表情には決死の思いが見えたからだ。

ずっと沈黙を続ける與之助に、千加はとうとう諦め顔で、かんざしを手元に引き寄せたが、その時ようやく與之助が口を開いた。

「お千加さん、なぜ剣術を身に付けたいのか、その訳を話してほしい。遊びのつもりじゃないんだろ」

與之助の顔は真剣だ。

千加はようやく腹を決めたのか、顔をまっすぐ與之助に向けると、「父の敵を討ちたいのです。敵は今、この江戸に参勤でやって来ていることが分かりましたので」きっぱり言った。

「やはり……そうじゃないかと思っていたよ」

與之助の顔は案じ顔だ。

「おふくろさんから親父さんのことを聞いた時から、お千加さんのこれまでの態度が納得できたんだ。いつも心ここにあらずで、女髪結いの仕事以外、何も考えようとはしていない」

與之助の洞察力に千加は内心驚いた。

千加は心を決めて、與之助にこれまでの経緯を告白した。

「分かった、協力すると言いたいが、仇討ちなど、己《おのれ》の命も捨てる気でかからねば成し遂げられないのではないか」

「覚悟の上です」

千加は即座に返答した。

「女の幸せも捨てるのか？」

「父の無念を晴らさずして、私の幸せはありません」

また千加はきっぱりと言って與之助を見た。

「何を言っても無駄だな」

與之助は大きく息をついた。自分は浪人の父を見て育ち、侍に拘わる息苦しさを知り、町人になった。

だが千加は、町人として暮らしていても尚、侍の世界から抜けられなくなっている。その原因が、ぬれぎぬを着せられて殺された父の遺恨だったとしても、荷が重すぎるのではないか。

「分かった、俺で良ければ協力しよう」

與之助は言った。

まもなく二人は伊勢崎町の北仙台河岸に出た。

千加も與之助も襷掛けだ。しかも千加は、しごきで着物の裾を短くしていて足元も草履《ぞうり》である。

なにやら緊迫した空気を纏《まと》っているが、河岸の隅には一本の桜の木が植わっていて、今花は真っ盛りだ。

桜の木はこの仙台堀を掘り、河岸地を設けたとき植えたものなのか、一見して古木である。

だがその古木に、花はしな垂れるほど咲いている。

どれほど年代物かは分からないが、この桜の木は、北仙台堀河岸の長い歴史を、ずっと見詰めて来たに違いない。

その長い間、北仙台堀の河岸地で、千加のような運命を背負った者が、剣術の稽古をするとは桜の木も驚いているに違いない。

千加も與之助も、ふとそんなことを考えながら、相対して息を整えると、木刀を摑んですっくと立った。

「長刀も同じだったと思うが、まずは揺るぎない姿勢をとることだ。足をしっかりと踏ん張って正眼に構える」

與之助が、すっと木刀を持ち上げて、身体の前で正眼に構えると、千加も緊張の面持ちで正眼に構えた。

「相手の隙《すき》を見逃さない」

與之助は千加を睨《にら》んで言った。

「はい」

千加も険しい目で頷く。

「相手が打ち込んで来るのを待って、その剣を撥《は》ね返す。ヤア！」

いきなり與之助は打ちかかって来た。

千加は飛び退きざま與之助の剣を撥ねた。

「流石《さすが》だ。長刀の稽古をやっていたと言っていたが、身体はまだ覚えているようだ。

それで良い。相手の剣を躱《かわ》しながら隙を見て、突く！」

今度は突きをしてみせると、次には木刀を下段から切り上げた。

「逆袈裟斬り！」

千加は飛び退き、正眼に構えた。

「よし、今度は自分の方から打ち込んでみるんだ」

「行きます！」

千加はぐいっと睨むと、声を上げて與之助に飛びかかって行く。

「エイ！……エイ！……エイ！」

そのたびに與之助は打ち返す。

やがて千加が荒い息を吐きながら上段に構えて立った。

與之助はそれを見て、構えていた木刀を下ろした。

「崎山という侍の剣がどれほどのものかは分からないが、まず相手の剣を待ち、撥ね返して突く。片手突き、両手突き、相手との距離を寸時に測って突く。捨て身で突く。それも早い決着が良い。勝つのはこれしかないように思える」

與之助の厳しい言葉に、千加は決意の目で頷いた。

その時だった。御高祖頭巾《おこそずきん》を被《かぶ》った女が河岸地に降りて来た。美里だった。千加は頭を下げて迎えると、美里は言った。

「千加さん、お報《しら》せしたいことがあって参りました。崎山は五のつく日に江戸見物をしているようですよ」

五

——この機を逃せば、何時崎山に会うことが出来ようか……。

父の敵を討つためには今しか機会は無い。

千加の決意は日増しに強くなり、一昨日と昨日は得意先を回って、しばらく女髪結いの仕事は休止すると告げて詫びを入れた。

むろん、休止の理由は、

「母が病で臥せっていて、とても目が離せないのです」

偽りを述べてのこと。心苦しいが、敵討ちの為だなどと言える筈もない。

お客の中には津島屋のおよねのように見舞金を渡してくれた人もいる。千加は心の中で詫びながら見舞金を受け取った。

むろん、いずれ事情を話して詫びを入れ、返金するつもりだが、今は話せない。

「お父さま、千加はきっと敵を討ってごらんにいれます」

千加は父の位牌《いはい》に手を合わせた。

明日は待ちに待った五のつく日だ。先日美里が教えてくれた崎山が外出する日だ。

高島藩の藩邸の決まりでは、外出は月に三日、時刻は朝の六ツから夜の六ツまでと決まっているらしい。

その三日という日を何時にするかは個人の希望によるものだが、このところ満開だった桜が散り始めていて、江戸の春を惜しむ勤番侍たちは大勢藩邸を出て来る筈だ。

崎山平左衛門も、きっと出て来る。千加はそう考えて、明日は早朝より藩邸前に張り込むつもりだ。

――必ず出合う筈……。

父の位牌に崎山と巡り合うことを願っていた千加は、母の豊が千加の背後で手を合わせているのに気付いた。

千加は母の方に向き直ると、神妙な顔で頭を下げた。

「お前にはもう何を言っても聞き入れてはくれないでしょう。母は無事本懐を遂げて、ここに戻ってくれることを祈っています」

豊は言って千加を見詰める。

無事本懐を遂げたとしても、お家再興が叶《かな》う訳ではない。怪我を負えば一生苦しい思いをするかもしれない。それを承知で送り出す母の気持ちは筆舌に尽くしがたい。

「お母さま……必ずこの思い、果たすことを約束します。ですから千加は、お別れの挨拶はいたしません」

千加はきっぱりと言った。

豊は頷いて立ち上がった。そして大風呂敷に包んだ長い物を押し入れから出してくると、千加の目の前に置いた。

「これはお父さまの刀……」

驚く千加の目の前で、豊は大風呂敷を解いて中から大小の刀一式を千加の方に寄せてきた。

千加は息を詰めて大小を手に取った。ずしりと重い。父の命の重みだと思った。

敵討ちの刀は與之助に頼んでいたのだが、この父の刀で仇を討てるのなら本望だ。

千加は刀を位牌の前で抜いた。

裏庭から差し込む光に刀を翳《かざ》した。刀光は煌々《こうこう》として鋭く、父の潔白を見たと思った。

「お千加さん……」

與之助がやって来たのは、その夜だった。

與之助は一本の刀を布に包んで持っていた。

「神田の古道具屋に頼んでいた刀がまだ届かないんだ。それで、俺の親父の形見を持ってきた。いつか売り払って金に換えようと思っていた代物だ。だが点検してみると曇りひとつ無い刀だ」

與之助は上がり框に刀を置いた。

「すみません。こちらも父の刀を母が出してくれましたので」

千加は背後を振り返ると、父の位牌の前に置いてある大小の刀を與之助に示し、

「明日は五のつく日です。與之助さんには本当にお世話になりまして、お礼の言葉もありません」

千加は頭を下げた。

「待ってくれ。今日はおふくろさんのいる前で、お千加さんに話したい事があるんだ」

與之助の表情は緊張で青白くなっているように見える。

「どうぞ、そこではなんですから上がってください」

豊が部屋に上がるよう勧めると、與之助は神妙な顔で座敷に座り、千加をまっすぐに見て言った。

「お千加さん、俺に仇討ちの助太刀をさせてくれないか」

「いえ、それは……有り難いのですがそれは出来ません。與之助さんには関係のないことですので」

千加は即座に断った。豊は二人のやりとりを案じ顔で見ている。

「では、はっきり言おう。お千加さん一人では返り討ちに遭う。相手は父上を斬り捨てたほどの男だろう。俄に剣を手にしたお千加さんが勝てるとは思えないんだ」

歯に衣《きぬ》着せぬ與之助だ。

「勝負は時の運とも言います。確かに剣術は未熟ですが、長刀はずいぶんと習ってきています」

「無理だな」

與之助は冷たく切り捨てる。

「與之助さん、その言葉、許せませんよ！」

千加は喰ってかかった。強い志を持っていてこそ闘えるのに、心の骨を折るのかと腹が立った。

「俺は、お千加さんに死んでほしくないんだ。怪我もしてほしくない。お千加さんは、俺の心の支えなんだから」

「與之助さん……」

意外な言葉に千加は驚いた。同時にふっと喜びが胸を走った。

「俺は、お千加さんのためなら喜んで死ぬ。だから助太刀をする」

與之助が覚悟してやって来たことは、その表情からも分かる。

豊はじっと二人を見ている。千加が與之助を密かに慕っていたことも、與之助が千加を愛おしく思っていたことも分かっている。

狼狽《ろうばい》する千加と決死の顔で千加を見詰める與之助に、豊は言った。

「與之助さん、ありがとう。あなたが助太刀をしてくだされば、母の私も安心です。千加をよろしくお願いします」

豊の言葉に與之助は顔を紅潮させて頷いていた。

千加はその夜床についても、明日はいよいよ崎山と対峙《たいじ》するのかと思うと、流石に緊張が緩むことはなかった。また與之助の言葉も千加の心を何度も襲った。

與之助が参戦してくれることで心強いことは言うまでも無い。更に願わくば、晴れて二人が新しい人生を送ることが出来るなら、どれほど幸せだろうかとも思う。

だが、千加の仇討ちは、ただの殺しで裁かれるかもしれないのだ。無事崎山を討ち取っても、藩庁から仇討ちの許可を得ていない身分では、千加だけで無く與之助まで牢《ろう》に繋がれることになるに違いない。

それは父が不正で成敗されたことになっているからだ。千加がやろうとしていることは、正義の斬り合いではないのだ。

そこに浪人だった父の生き方を否定して町人になった與之助を、引きずり込むことになったのだ。

ようやく眠りについたのは夜半過ぎ、翌早朝、千加は心を静めて支度にかかった。

その出で立《いた》ちは、着物を短く着て、手ぬぐいを被り、菊の花の造花と一緒に刀をござで包んで花売りの姿に変装している。

千加は母に頭を下げると家を出た。ようやく日が昇り始めたところだ。

木戸を出たところに與之助が旅姿で待っていた。菅笠、股引《ももひき》に草鞋《わらじ》履き、合羽を羽織っていて、刀は合羽の中に隠しているようだ。

二人は頷き合うと黙然として高島藩の上屋敷に向かった。正門の見える場所の物陰に身を隠し、崎山が出て来るのを待った。

六ツの鐘が鳴り始める。すると正門が開いて、十数人の侍が出て来た。

「あの男……少し右肩を落として歩く、あの男が崎山です」

千加は與之助に告げた。その目は一人の五十がらみの侍を追っている。

崎山は意気揚々として見物に出かけていく。

千加は與之助と頷き合うと、崎山を尾け始めた。

人の多いところでは斬り合いは出来ない。崎山の背中を追いながら、千加と與之助は討ち取る場所を見定めていく。

崎山はまずは回向院《えこういん》に入った。この月は丁度ご開帳が行われていて、崎山はそれを見物したのだった。

さらには両国東で行われていた芝居小屋に入った。一刻ほどしてから崎山は外に出て来た。

近くの蕎麦屋《そばや》で昼を摂《と》り、次には矢場で女にちょっかいを出したあと、深川に足を向けた。

大川端をゆったりと南に下って行く。あちらこちらに咲いている桜の花が風に乗って飛んでくる。

花弁は崎山の肩に舞い落ちて、崎山を尾ける千加と與之助の肩にも舞い落ちる。

崎山が小名木川《おなぎがわ》に架かる万年橋《まんねんばし》を渡り始めた時、千加と與之助は隠し持っていた刀を手に、崎山に走り寄った。

「崎山平左衛門、戸田彦十郎の娘千加、父の敵！」

千加は声を張り上げると、被っていた手ぬぐいを取った。

崎山平左衛門は振り返った。ぎょっとした顔で千加を見る。

「戸田の娘だと……何を世迷い言《よまいごと》を言っている。お前の父は不正を働いたのだ。敵などとは迷惑千万、逆恨みも甚《はなは》だしいぞ」

崎山は怒鳴った。髪には白いものが無数に走っている。

「何が不正だというのですか。不正をしたのはお前だ。父の遺文でお前の悪事は分かっている。尋常に勝負！」

千加は刀を抜いた。與之助も刀を抜く。

「ふん、助太刀まで用意してご苦労なことだ」

平然として崎山は刀を抜き払った。

「斬り合いだ！……殺し合いだ！」

通りかかった町人の男が、声を張り上げる。

千加と與之助は、崎山の右手と左手に立ち正眼に構えた。

「ふん、そんなへっぴり腰で、わしに勝てると思うのか……」

崎山は冷笑を浮かべると、じりりっと千加の方に足を進める。

「！……」

はらりはらりと、どこからともなく桜の花弁が飛んで来た。すぐそこにある柾木《まさき》稲荷の古木、吉野桜が散り始めているのだった。

思えばこの場所は、元禄《げんろく》の頃、吉良上野介《きらこうずけのすけ》の首を討ち取った赤穂《あこう》浪士たちが泉岳《せんがく》寺《じ》に向かった道だ。

千加が敵を討とうとしているこの万年橋の上を、赤穂浪士たちは渡って行ったのだ。吉良の首を掲げて行進した橋だ。

千加は心を静めて、ゆっくりと上段に構えた。出来れば一撃で仕留めたい。時間を掛ければ不利になると與之助から言われている。ちらと與之助に視線を送ると、與之助は冷静な顔で頷いて来た。その時だった。

「死ね！」

崎山が千加に斬りつけて来た。

千加は踏み込んで崎山の剣を受けた。そして次の瞬間、この剣を撥ね返し、無防備になった崎山の胸を突いた。

だが、崎山の動きは速かった。

千加の突きを横手に払って、その剣を上段に回し、千加の頭上に振り下ろして来た。

「危ない！」

與之助が叫ぶと同時に突っ込んで来た。

かろうじて崎山の剣を撥ね返したが、崎山の切っ先は與之助の左肩を打っていた。

與之助の肩口の着物が切れ、血が滲《にじ》んでいる。

「與之助さん……」

千加が叫ぶも、與之助は崎山にもう一度挑んでいく。二人は激しく打ち合い、崎山が與之助を斬り下げようと刀を振り上げたその一瞬、崎山の腹に隙を見た。千加は崎山の腹に突進した。

「ヤー！」

崎山は一瞬千加を向いたが、そのまま腹を押さえて膝をついた。

「止《とど》めを！」

與之助が叫ぶ。

「父の敵！」

千加は崎山の胸を刺した。その時、與之助が崩れるのが見えた。

「與之助さん！」

千加は與之助に駆け寄った。

六

千加は、海辺大工町《うみべだいくちょう》の番屋の留め置き部屋で正座して、自身に下されるお沙汰《さた》を待っている。

崎山を刺殺したあと、誰かの報せで走って来た同心に仇討ちだったことを説明し、崎山平左衛門の身分を告げ、同時に深手を負っている與之助の治療を頼んだ。

そうして自身は、同心の意に従って、番屋に留め置きされているのだった。

一度母の豊が会わせてほしいとやって来たが、追いかえされている。

これから千加に起こることは、崎山の遺体を引き取った高島藩がどのような判断を下すかによる。仇討ちの許可もないまま刺殺した千加だ。ただの殺しとして町奉行所に引き渡され、重い罪に問われるに違いない。しかしどう裁かれようとも後悔はなかった。

ただひとつ気になるのは與之助のことだった。肩口を斬られていたにもかかわらず、捨て身で崎山の隙を誘ってくれたからこそ、千加は本懐を遂げることが出来たのだ。

千加は、我が身に裁断が下されるまで、これまでの幸せだった日々を回想していた。

番屋が慌ただしくなったのは、夕暮れ近くなった時だった。

高島藩の御用人、田野村作左衛門《たのむらさくざえもん》という老齢の侍が家来を連れてやって来たのだ。

美里も一緒だった。

「お千加さん……」

美里は、髪を振り乱して端座している千加に走り寄った。

「お報せが遅くなって……でも千加さん、お父上の遺文、こちらの御用人のお力添えで認めていただいたのですよ」

「美里さん、本当ですか……」

千加は美里の手を取ると、わっと泣き崩れた。美里も千加の手を取って泣いた。

「うぉっほん」

田野村用人が咳払《せきばら》いをした。美里がはっとして座を外した。

「戸田彦十郎の娘、千加。彦十郎が残した不正を記録した遺文『賄い方不正の詳細』は目付によって調べてみた。その結果、不正を働いたのは崎山平左衛門だったと判明した。崎山は一月《ひとつき》半前、この深川で不正隠蔽《いんぺい》に使った台所方の吹田を口封じのために殺害している。よってそなたの今般の一件は、仇討ち免状により本懐を遂げたものと決まった」

老齢だが朗々とした声で、用人田野村は千加に告げた。

「ありがとうございます。父もあの世で喜んでくれていると存じます」

千加は、深々と頭を下げた。

「女だてらに見事であったな。追って藩庁から今後のことについてはお達しがある筈だ。それまでは母御と心を癒やせ」

用人田野村はそう告げると、番屋で待機していた同心に事の次第を告げ、美里と一緒に上屋敷に引き返して行った。

「良かったな、お千加さん」

同心は、もう帰って良いのだと言った。

「あの、與之助さんの具合は……」

千加はそれがなにより知りたかった。

「安心しろ。外科医玄斎《げんさい》は命に別状はないと言っている。ところが與之助とやら、今にも死にそうな声でお千加さん、お千加さんと呼びつづけているらしいぞ」

同心は笑って言った。千加は頭を下げると番屋を走り出た。万年橋を背にして、外科医玄斎の家に向かって走った。

初出　日刊ゲンダイ

艶化粧　二〇二三年十二月五日号～十二月二十九日号
月満つる　二〇二四年一月五日号～二月三日号
残り香　二〇二四年二月六日号～三月二日号
針の歩み、糸の流れ　二〇二四年三月五日号～三月三十日号
うわなり合戦　二〇二四年四月二日～四月二十七日号
万年橋の仇討ち　二〇二四年五月一日～五月三十一日号

この作品は徳間文庫オリジナル版です。

徳間文庫

時代小説アンソロジー

てさばき

2024年10月15日 初刷

著者 梶《かじ》よう子《こ》 坂井《さかい》希久子《きくこ》
篠《しの》綾子《あやこ》 山口《やまぐち》恵以子《えいこ》
蝉谷《せみたに》めぐ実《み》 藤原《ふじわら》緋沙子《ひさこ》

発行者 小宮英行

発行所 株式会社 徳間書店

東京都品川区上大崎三―一―一 〒141―8202
目黒セントラルスクエア

電話 編集〇三（五四〇三）四三四九
販売〇四九（二九三）五五二一

振替 〇〇一四〇―〇―四四三九二

印刷
製本 株式会社広済堂ネクスト

ISBN978-4-19-894972-3 （乱丁、落丁本はお取りかえいたします）

徳間文庫の好評既刊

あさのあつこ 小松エメル 澤田瞳子
奥山景布子 西條奈加 志川節子

時代小説アンソロジー

てしごと

豊富な知識と聡明さで人々の悩みをときほぐす薬師《くすし》・真葛《まくず》。亡き母の仕込みを継ぐ色酢の麹《こうじ》造り職人・沙奈《さな》。木肌の魅力に惹《ひ》かれ根付職人に弟子入りするおりん。妹の亥《いの》とともに秩父の峠で茶屋を切り盛りするそば打ち職人・蕗《ふき》。その身に霊を降ろす「口寄せ」を使う市子《いちこ》。身体《からだ》のみならず心の凝《こ》りもときほぐす揉《も》み屋・梅《うめ》。時代小説の名手六人が女性職人の働く姿を活写する競作集。